卷一

鸭子·蜜柑·入伍后

沈从文⊙著

长江出版传媒
长江文艺出版社

图书在版编目（C I P）数据

鸭子·蜜柑·入伍后/ 沈从文著. -- 武汉 ：长江文艺出版社， 2014.9（2021.10 重印）
（沈从文小说全集·卷一）
ISBN 978-7-5354-7424-7

Ⅰ. ①鸭… Ⅱ. ①沈… Ⅲ. ①短篇小说—小说集—中国—现代 Ⅳ. ①I246.7

中国版本图书馆 CIP 数据核字(2014)第 147591 号

策　　划：尹志勇
责任编辑：毛　娟　刘程程　刘兰青　　　责任校对：毛　娟
封面设计：力志设计·王志强　　　责任印制：邱　莉　王光兴

出版：长江出版传媒　长江文艺出版社
地址：武汉市雄楚大街 268 号　　邮编：430070
发行：长江文艺出版社
电话：027--87679360
http://www.cjlap.com
印刷：三河市百盛印装有限公司

开本：640 毫米×970 毫米　1/16　　印张：17.5
版次：2014 年 9 月第 1 版　　2021 年 10 月第 3 次印刷
字数：218 千字

定价：52.00 元

《沈从文小说全集》编辑说明

一、《沈从文小说全集》编入迄今收集到的沈从文先生所有小说作品。

二、曾出版过的作者自选集或单行本，按初版时间排序，以原书名和内容整体编入小说全集。其中，一选集内若有不同文体的作品，只收入其小说；不同选集若收有同一小说，该小说只编入小说全集的某一集内，其他选集仅存目备考。

三、未曾结集出版只单篇发表的小说，按发表或创作时间的先后，或按内容的相关性分编成若干新集，收入卷四和卷十二。

四、小说全集收入的已发表作品集或单行本，尽可能采用最早发表的文本或初版文本；作者主持增订过的著作，按增订版本编入；因故用其他文本，均附说明。

五、为最大程度地保持作品原貌，小说全集编入的作品，除对明显的编校错误和个别错字做必要的订正及按规范采用简化字外，均按原文排版。

作者的习惯用法，如："做"有时用"作"，"熟悉"作"熟习"，"理智"作"理知"，"智慧"作"知慧"，"一律"作"一例"，"哪"多作"那"，"必须"多作"必需"，"字眼"多作"字言"，以及"佣人"与"用人"、"年青"与"年轻"、"癞子"与"颠子"、"火伕"与"火夫"等等并用，还有文中数字多使用汉字，某些事物名称及人名、地名、译名与现今不一致的，均保持原样。作者对标点的使用，尤其是当标点符号连用时，有些和目前的规范用法不同，也保持原样。

文中“□”，除表示其注明的含意外，还表示原书或原稿中无法辨识的字迹。

编者

2013年12月

目录

鸭子

《鸭子》1926年11月由北新书局初版，为无须社丛书之一。原目：戏剧，《盲人》、《野店》、《赌徒》、《卖糖复卖蔗》、《霄神》、《羊羔》、《鸭子》、《蟋蟀》、《三兽窣堵波》（附文《关于〈三兽窣堵波〉》）；小说，《雨》、《往事》、《玫瑰与九妹》、《夜渔》、《代狗》、《腊八粥》、《船上》、《占领》、《槐化镇》；散文，《月下》、《小草与浮萍》、《到北海去》、《遥夜（一及二）》、《水车》、《一天》、《生之记录》；诗，《残冬》、《春月》、《薄暮》、《萤火》、《我喜欢你》。

本书只收录其小说。

雨

朝来不知疲倦的雨，只是落，只是落；把人人都落得有点疲倦而厌烦了。

各人在下课后左右无事要了，正好到电话处去找朋友谈天。那方面若是一个女人，自然是更有意思！

叫来叫去，铃儿时时刻刻是叮叮当当嚷着的。

电话器死死的钉在墙壁上，接线生耳朵中受惯了各方催促，铃儿又是最喜欢热闹的一件东西；所以都还不生出什么脾味来——就中单苦了大耳朵号房。

他刚把一个洋服年青青儿的胡子后生从四舍十三号找来，眼见那后生嘴巴对着机子叽叽咕咕开阖了一阵，末后像生气似的样子，霍地挂上耳机，走出去了。休息换不到十口气那末久，墙上那铃儿又叮叮地在同他打知会。

“喂，你是那——这是农业大学。……咸先生吧？你贵姓？喔，喔，又找他来？是，是。”他把耳机挂到另一个钉子上去。从响声沉重中可以看得出他被人无理麻烦的冤抑来。这冤抑除用力的挂耳机外，竟也无从宣泄。“又是咸先生！”他还自言自语说了一句自己能够听到的话。

这本来可以随意扯个谎，说找不到，就完事了。但他是新来这里不久的人，虽然每日里尝同到专司收发信件那位崔哥一起歇宿吃饭，还学不到这些可以偷闲的事。而且，自己一想到月前住在同乐春每日烧火，脸上趋抹刺黑[①]，肚板油刮得不剩什么时的情景，责任心登时也就增加起来了。少不得又举起那只左手来（因为如今是穿长衣，所以右手失了空闲。）挡拒着屋檐口上掷下来的大颗大颗雨点儿，用小步跑到四舍去找那年青的胡子后生。

桌子当中摆着那一座四四方方的老钟，一摇一摆，像为雨声催眠了似的，走得更慢更轻了。钟旁平平的卧着那一本收信簿，也像在打瞌睡。靠着钟身边挨挤极近的一个小茶杯，还有大半杯褐色茶水，一点热气都没有。……

他眼睛看到那后生对着耳机笑笑嚷嚷，耳朵却为门外雨声搅着，抽不出闲空来听那后生谈的那么浓酽倒了②的，究竟是些什么话。他便觉得那后生但对着耳机大笑，真是无聊。

后生又出去了。

当那后生从他身边过去的当儿，洋服裤子擦到他正垂着在髁骨边的左手时，随着有阵怪陌生但很好闻的气味儿便跑进了他的鼻孔。他昨天到消费社时，曾见到那玻璃橱内面腆腆的躲在橱角上，手指头儿大小的瓶儿；瓶中贮的什么精。——这时的气味，便是那瓶中黄水汁做的，他自信没有猜错！

这气味使他鼻子发痒，有打个把喷嚏的意思。不由得他不站起身来随同那后生走出门外。

雨还是不知疲倦；只是落，只是落。瓦口上溜下来的雨水，把号房门前那小小沟坑变成一条溪河了。新落下来的雨点，打成许多小泡在上面浮动，一刹那又复消失。一些小小嫩黄色槐树叶子，小鱼般在水面上漂走。倘若这些小东西当真是一群鲹哥鱼崽，正望着它们出神的他，不用说早就脱了鞋袜，挽起袖子，自告奋勇跳下去把它们捉到手中了。——这好像它们自己也能知道本身不值价，不怕什么意外危险事到头！不然，眼看到大耳朵在那号房门前站着，痴痴地把视线投到它们一举一动上面来，为甚还是大大方方的在水上漂来漂去？

五月十三日于窄而霉小斋

本篇发表于1926年7月24日《世界日报副刊》第1卷第24号。署名休芸芸。

①趋抹刺黑，漆黑。

②浓酽倒了，亲密极了，到了有点粘粘糊糊的程度。

往　事

这事说来又是十多年了。

算来我是六岁。因为第二次我见到长子四叔时，他那条有趣的辫子就不见了。

那是夏天秋天之间。我仿佛还没有上过学。妈因怕我到外面同瑞龙他们玩时又打架，或是乱吃东西，每天都要靠到她身边坐着，除了吃晚饭后洗完澡同大哥各人拿五个小钱到道门口去买士元的凉粉外，剩下便都不准出去了！至于为甚又能吃凉粉？那大概是妈知道士元凉粉是玫瑰糖，不至吃后生病吧。本来那时的时疫也真凶，听瑞龙妈说，杨老六一家四口人，从十五得病，不到三天便都死了！

我们是在堂屋背后那小天井内席子上坐着的。妈为我从一个小黑洋铁箱子内取出一束一束方块儿字来念，她便膝头上搁着一个麻篮绩麻。衖子里跑来的风又凉又软，很易引人瞌睡，当我倒在席子上时，妈总每每停了她的工作，为我拿蒲扇来赶那些专爱停留在人脸上的饭蚊子。间或有个时候妈也会睡觉，必到大哥从学校挟着书包回来嚷肚子饿时才醒，那么，夜饭必定便又要晚一点了！

爹好像到乡下江家坪老屋去了好久了，有天忽然要四叔来接我们。接的意思四叔也不大清楚，大概也就是闻到城里时疫的事情吧。妈也不说什么，她知道大姐二姐都在乡里，我自然由她们料理。只嘱咐了四叔不准大哥到乡下溪里去洗澡，因大哥前几天回来略晚，妈摩他小辫子还湿漉漉的，知他必是同几个同学到大河里洗过澡了，还刚重重的打了他一顿呢。四叔是一个长子，人又不大肥，但很精壮。妈常说这是会走路的人。铜仁到我凤凰是一百二十里蛮路，他能扛六十斤担子一早动身，不抹黑就到了，这怎么不算狠！他到了家时，便忙自去厨房烧水洗脚。那夜我们吃的夜饭菜是南瓜炒牛肉。

妈为捡菜劝他时，他又选出无辣子的牛肉放到我碗里。真是好四叔呵！

那时人真小，我同大哥还是各人坐在一只箩筐里为四叔担去的！大哥虽是大我五六岁，但在四叔肩上似乎并不怎么不匀称。乡下隔城有四十多里，妈怕太阳把我们晒出病来，所以我们天刚一发白时就动身，到行有一半的唐峒山时，太阳还才红红的。到了山顶，四叔把我们抱出来各人放了一泡尿，我们便都坐在一株大刺栎树下歇憩。那树的杈椏上搁了无数小石头，树左边又有一个石头堆成的小屋子。四叔为我们解说小屋子是山神土地：为赶山打野猪的人设的；树上石头是寄倦的：凡是走长路的人，只要放一个石头到树上，便不倦了。但大哥问他为甚不也放一个石子时，他却不做声。

他那条辫子细而长正同他身子一样。本来是挽放头上后而再加上草帽的，不知是那辫子长了呢还是他太随意，总是动不动又掉下来，当我是在他背后那头时，辫子尖端便时时在我头上晃。

“芸儿，莫闹！扯着我不好走！”

我伸出手扯着他辫子只是搒[①]，他总是和和气气这样说。

“四满（注一），到了？”大哥很搔急的这么问。

“快了，快了，快了！芸弟都不急，你怎么这样慌？你看我跑！”他略略把脚步放快一点，大哥便又嚷又摇的头痛了。

他一路笑大哥不济。

到时，爹正同姨婆五叔四婶他们在院中土坪上各坐在一条小凳上说话。姨婆有两年不见我了，抱了我亲了又亲。爹又问我们饿了不曾，其实我们到路上吃甜酒米豆腐已吃胀了。上灯时，方见大姐二姐大姑满姑（注二）各人手上提了一捆地萝卜进来。

我夜里便同大姐等到姨婆房里睡。

乡里有趣多了！既不什么很热，而夜里蚊子也很少。大姐到久一点，似乎各样事情都熟习。第二天一早便引我去羊栏边看睡着比猫还小的白羊，牛栏里正歪起颈项在吃奶的牛儿。我们又到竹园中去看竹子。那时觉得竹子实在是一种很奇怪的东西。本来城里竹子，通常大到屠桌边卖肉做钱筒的已算出奇了！但后园里那些南竹，大姐教我去试抱一下时，两手竟不能相掺。满姑又为偷偷的到园坎上摘了十多个桃子。接着我们便跑到大门外溪沟边上拾得一衣兜花蚌壳。

事事都感到新奇：譬如五叔喂的那十多只白鸭子，它会一翅从塘坎上飞过溪沟。夜里四叔他们到溪里去照鱼时，却不用什么网，单拿个火把，拿把镰刀。姨婆喂有七八只野鸡，能飞上屋，也能上树，却不飞去；并且，只要你拿一捧包谷米在手，口中略略一逗，它们便争先恐后的到你身边来了。什么事情都有味：我们白天便跑到附近村子里去玩，晚上总是同坐在院中听姨婆讲打野猪打獾子的故事。姨婆真好，我们上床时，她还每每为从大油坛里取出炒米，栗子，同脆酥酥的豆子给我们吃！

后园坎上那桃子已透熟了，满姑一天总为我们去偷几次。爹又不大出来，四叔五叔又从不说话，间或碰到姨婆见了时，也不过笑笑的说：

"小娥，你又忘记嚷肚子痛了！真不听讲——芸儿，莫听你满姑的话，吃多了要坏肚子！拿把我，不然晚上又吃不得鸡膊腿了！"

乡里去有场集的地方似乎并不很近，而小小村中除每五天逢一六赶场外通常都无肉卖。因此，我们几乎天天吃鸡，惟我一人年小，鸡的大腿便时时归我。

我们最爱看又怕看的是溪南头那坝上小碾房的磨石同自动的水车：碾房是五叔在料理。那圆圆的磨石，固定在一株木桩上只是转只是转，五叔像个卖灰的人，满身是糠皮，只是在旋转不息的磨石间拿扫把扫那跑出碾槽外的谷米，他似乎并不着一点忙，磨石走到他跟前时一跳又让过磨石了。我们为他着急又佩服他胆子大。水车也有味，是一些七长八短的竹篙子扎成的。它的用处就是在灌水到比溪身为高的田面。大的有些比屋子还大，小的也还有一床晒簟大小。它们接接连连竖立在大路近旁，为溪沟里急水冲着快快地转动，有些还咿哩咿哩发出怪难听的喊声，由车旁竹筒中运水倒到悬空的枧（注三）上去。它的怕人就是筒子里水间或溢出枧外时，那水便砰的倒到路上了，你稍不措意，衣服便打得透湿。我们远远的立着看行路人抱着头冲过去时那样子好笑。满姑虽只大我四岁，但看惯了，她却敢在下面走来走去。大姐同大姑，则知道那个车子溢出后便是那一个接脚，不消说是不怕水淋了！只我同大哥二姐却无论如何不敢去尝试。

一：乡人呼叔叔为满满
二：满姑乃最小之姑母
三：剜木以引水之物

本篇现未查到收录《鸭子》以前的发表记录。

①拚方言，音 bén。用力拉扯。

玫瑰与九妹

大哥从学堂归来时，手上拿了一大束有刺的青绿树枝。

“妈，我从萧家讨得玫瑰花来了。”

大哥高兴的神气，像捡得八宝精似的。

“不知大哥到那个地方找得这些刺条子来，却还来扯谎妈是玫瑰花，（九妹说）妈，你是莫要信他话!”

“你不信不要紧。到明年子四月间开出各种花时，我可不准你戴，……还有好吃的玫瑰糖。”大哥见九妹不相信，故意这样逗她。说到玫瑰花时，又把手上那一束青绿刺条子举了一举，——像大朵大朵的绯红玫瑰花已满缀在枝上，而立即就可以折下来做玫瑰糖似的!

“谁希罕你的，我顾自不会跑到三姨家去折吗！妈，是吧?”

“是！我宝宝不有几多，会希罕他的?”

妈虽说是顺到九妹的话，但这原是她要大哥到萧家讨的，是以又要我去帮大哥的忙：

“芸儿去帮大哥的忙，把那蓝花六角形钵子的鸡冠花拔出不要了，就用那四个钵子分栽。剩下的把插到花坛海棠边去。”

大哥在九妹脸上轻轻的刮了一下，就走到院中去了。娇纵的九妹，气得两脚乱跳，非要走出去照例报复一下不可。但终于给妈扯住了。

“乖崽，让他一次就是了！我们夜里煮鸽子蛋吃，莫分他……那你打妈一下好吧。”

“妈讨厌！专卫护你大哥！他有理无理打了人家一个耳巴子，

难道就算了?”

妈把九妹正在眼睛角边干搽的小手放到自己脸上拍了几下，九妹又笑了。

大哥这一刮，自然是为的报复九妹多嘴的仇。

满院坝散着红墨色土砂；有些细小的红色曲蟮四处乱爬着。几只小鸡在那里用脚乱撬；赶了去又复拢来。大哥卷起两只衣袖筒，拿了外祖母剪麻绳那把方头大剪刀，把玫瑰枝条一律剪成一尺多长短。又把剪处各粘上一片糯泥巴，说是免得走气。

“老二，这一共是三种；（大哥用手指点）这是红的，——这是水红，这是大红；那种是白的：是栽成各自一钵好——还是混合起栽好呢——你说?”

“打伙栽好玩点。开花时也必定更热闹有趣……大哥，怎么又不将那种黄色镶边的弄来呢?”

“那种难活，萧子敬说不容易插，到分株时答应分给我两钵……好，依你办，打伙儿栽好玩点。”

我们把钵子底底各放了一片小瓦，才将新泥放下。大哥扶着枝条，待我把泥土堆到与钵口齐平时，大哥才敢松手，又用手筑实一下，洒了点水，然后放到花架子上去。

每钵的枝条均约有十根左右，花坛上，却只插了三根。

就中最关心花发育的自然要数大哥了。他时时去看视，间或又背到妈偷悄儿拔出钵中小的枝条来验看是否生了根须。妈也能记到于每早上拿着那把白铁喷壶去洒水。当小小的翠绿叶片从枝条上嫩杈椏间长出时，大家都觉得极高兴。

“妈，妈，玫瑰有许多苞了！有个大点的尖尖上已红。往天我们总不去注意过它，还以为今年不会开花呢。”

六弟发狂似的高兴，跑到妈床边来说。九妹还刚睡醒，眼屎朦朧搂着妈手臂说笑，听见了，忙要挣着起床，催妈帮她穿衣。

她连袜子也不及穿，披着那一头黄发，便同六弟站在那蓝花钵子边旁数花苞了。

“妈，第一个钵子有七个，第二个钵子有二十几个，第三个钵子有十七个，第四个钵子有三个；六哥说第四个是不大向阳，但它叶子却又分外多分外绿。花坛上六哥不准我爬上去，他说有十几个。”

当妈为九妹在窗下梳理头上那一脑壳黄头发时，九妹便把刚才同六弟所数的花苞数目告妈。

没有做声的妈，大概又想到去年秋天栽花的大哥身上去了。

当第一朵水红的玫瑰在第二个钵子上开放时，九妹记着妈的教训，连洗衣的张嫂进屋时见到刚要想用手去抚摩一下，也为她：“嗨！不准抓呀！张嫂。”忙制止着了。以后花越开越多，九妹同六弟两人每早上都各争先起床跑到花钵边去数夜来新开的花朵底多少。九妹还时常一人站立在花钵边对着那深红浅红的花朵微笑；像花也正觑着她微笑的样子。

花坛上大概是土多一点吧。虽只三四个枝条，开的花却不次于钵头中的。并且花也似乎更大一点。不久，接近檐下那一钵子也开得满身满体了。而新的苞还是继续从各枝条嫩芽中茁壮。

屋里似乎比往年热闹一点。

凡到我家来玩的人，都说这花各种颜色开在一个钵子内，真是错杂的好看。同到大姐同学的一些女人到我家来看花时，也都夸奖这花有趣。三姨并且说这比她花园里的开得茂盛的远。

妈因为爱惜，从不忍折一朵下来给人，因此，谢落了的，不久便都各于它的蒂上长了一个小绿果子。妈又要我写信去告在长沙读书的大哥，信封里九妹附上了十多片谢落下的玫瑰花瓣。

那年的玫瑰糖呢，还是九妹到三姨家里折了一大篮单瓣玫瑰做的。

于北京窄而霉小斋

本篇发表于1925年11月19日《晨报副刊》第1400号。署名休芸芸。

夜　渔

这已是谷子上仓的时候了。

年成的丰收，把茂林家中似乎弄得格外热闹了一点。在一天夜饭桌上，坐着他四叔两口子，五叔两口子，姨婆，碧霞姑妈同小娥姑妈，以及他爹爹；他在姨婆与五婶之间坐着，穿着件紫色纺绸汗衫。中年妇人的姨婆，时时停了她的筷子，为他扇背。茂儿小小的圆背膊已有了两团湿痕。

桌子上有一大钵鸡肉，一碗满是辣子拌着的牛肉，一碗南瓜，一碗酸粉辣子，一小碟酱油辣子；五叔正夹了一只鸡翅膀放到碟子里去。

"茂儿，今夜敢同我去守碾房吧？"

"去，去，我不怕！我敢！"

他不待爹的许可就忙答应了。

爹刚放下碗，口里含着那枝"京八寸"小潮绿烟管，呼得喷了一口烟气，不说什么。那烟气成一个小圈，往上面消失了。

他知道碾子上的床是在碾房楼上的，在近床边还有一个小小窗口。从窗口边可以见到村子里大院坝中那株夭矫矗立的大松树尖端，又可以见到田家寨那座灰色石硐楼。看牛的小张，原是住在碾房；会做打笼装套捕捉偷鸡的黄鼠狼，又曾用大茶树为他削成过一个两头尖的线子陀螺。他刚才又还听到五叔说溪沟里有人放堰，碾坝上夜夜有鱼上罾了……所以提到碾房时，茂儿便非常高兴。

当五叔同他说到去守碾房时，他身子似乎早已在那飞转的磨石边站着了。

“五叔，那要什么时候才去呢？……我不要这个。……吃了饭就去吧？”

他靠着桌边站着，低着头，一面把两只黑色筷子在那画有四个囍字的小红花碗里“要扬不紧”[①]的扒饭进口里去。左手边中年妇人的姨婆，捡了一个鸡肚子朝到他碗里一掼。

“茂儿，这个好呢。”

“我不要。那是碧霞姑妈洗的，……不干净，还有——糠皮儿……”他说到糠字时，看了他爹一眼。

“你也是吃饱了！糠皮儿在那里？不要，就送把我吧。”

“真的，不要就送把你姑妈。我帮你泡汤吃。”五婶说。

茂儿把鸡肚子一扔丢到碧霞碗里去。他五婶却从他手里抢过碗去倒了大半碗鸡汤。但到后依然还是他姨婆为他把剩下的半碗饭吃完。

天上的彩霞，做出各样惊人的变化；倏而满天通黄，像一块其大无比的金黄锦缎；倏而又变成淡淡的银红色，稀薄到像一层蒙新娘子粉靥的面纱；倏而又成了许多碎锦似的杂色小片，随着淡宕的微风向天尽头跑去。

他们照往日样，各据着一条矮板凳，坐在院坝中说笑。

茂儿搬过自己那张小小竹椅子，紧紧的傍着五叔身边坐下。

“茂儿，来！让我帮你摩一下肚子，不然，半夜会又要嚷着肚子痛。”

“不，我不胀！姨婆。”

“你看你那样子。……不好好推一下，会伤食。”

“不得。（他又轻轻的挨五叔，）五叔，我们去吧！不然夜了。”

“小孩子怎不听话？”姨婆那副和气样子养成了他顽皮娇恣的性习；让姨婆如何说法，他总不愿离开五叔身边。到后还是五叔用“你不听婆话就不同你往碾房……”为条件，他才忙跑到姨婆身边去。

“您要快一点！”

“噢！这才是乖崽！”姨婆看着茂儿胀得圆圆的像一面小鼓的肚

子，用大指醮着唾沫，在他肚皮上一推一赶。口里轻轻哼着："推食赶食……你自己瞧看，肚子胀到什么样子了，还说不要紧！……今夜太吃多了。推食赶食……莫挣！慌什么，再推几下就好了。……推食赶食……"

"姨婆，算了吧！你那手指甲刮得人家肚皮痒痒的，怪难受。"她又把那左手留有一寸多长的灰色指甲翘起，他可不好再说话了。

院坝中坐着的人面目渐渐模糊，天空由曙光般淡白而进于黑暗……只日影没处剩下一撮深紫了。一切皆渐次消失在夜的帷幕下。

在四围如雨的虫声中，谈话的声音已抑下了许多了。

凉气逼人，微飔拂面，这足证明残暑已退秋已将来到人间了。茂儿同他五叔，慢慢的在一带长蛇般黄土田塍上走着。在那远山脚边，黄昏的紫雾迷漫着，似乎雾的本身在流动又似乎将一切流动。天空的月还很小，敌不过它身前后左右的大星星光明。田塍两旁已割尽了禾苗的稻田里，还留着短短的白色根株。田中打禾后剩下的稻草，堆成大垛大垛，如同一间一间小屋。身前后左右一片繁密而细碎的虫声，如一队音乐师奏着庄严凄清的秋夜之曲。金铃子的"叮——"像小铜钲般清越，尤其使人沉醉。经行处，间或还闻到路旁草间小生物的窸窣。

"五叔，路上莫有蛇吧？"

"怕什么。我可以为你捉一条来玩，它是不会咬人的。"

"那我又听说乌梢公同烙铁头（皆蛇名）一咬人便准毒死。这个小张以前曾同我说过。"

"这大路那来乌梢公？你怕，我就背你走吧。"

他又伏在他五叔背上了。然而夜枭的喊声，时时像一个人在他背后咳嗽；依然使他不安。

"五叔，我来拿麻藁。你一只手背我；一只手又要打火把，似乎不大方便。"他想若是拿着火把，则可高高举着。照烛一切。

"你莫拿，快要到了！"

耳朵中已听到碾房附近那个小水车咿咿呀呀的喊叫了。碾房那一点小小红色灯火，已在眼前闪烁，不过，那灯光，还只是天边当头一颗小星星那么大小罢了！

转过了一个山嘴，溪水上流一里多路的溪岸通通发现在眼前了。足以令他惊呼喝嚷的是沿溪有无数萤火般似的小火星在闪动。隐约中更闻有人相互呼唤的声音。

“咦！五叔，这是怎么？”

“嗨！今夜他们又放鱼！我还不知道。若早点，我们可以叫小张把网去整一下，也好去打点鱼做早饭菜。”

……假使能够同到他们一起去溪里打鱼，左手高高的举着通明的葵藁或旧缆子做的火把，右手拿一面小网；或一把镰刀，或一个大篾鸡笼，腰下悬着一个鱼篓，裤脚扎得高高到大腿上头，在浅浅齐膝令人舒适的清流中，溯着溪来回走着，溅起水点到别个人头脸上时——或是遇到一尾大鲫鱼从手下逃脱时，那种“怎么的！……你为甚那么冒失慌张呢？”“老大！得了，得了！……”“啊呀，我的天！这么大！”“要你莫慌，你偏偏不听话，看到进了网又让它跑脱了。……”带有吃惊，高兴，怨同伴不经心的嚷声，真是多么热闹（多么有趣）的玩意事啊！……

茂儿想到这里，心已略略有点动了。

“那我们这时要小张转家去取网不行吗？”

“算了！网是在楼上，很难取。……并且有好几处要补才行。”五叔说，“左右他们上头一放堰坝时，罶上也会有鱼的。我们就守着罶吧。”

关于照鱼的事，五叔似乎并不以为有什么趣味，这很令不知事的茂儿觉得稀奇。

…………

三月二十一日于窄而霉小斋

本篇发表于1925年10月26日《晨报副刊》第1296号。署名休芸芸。

①要扬不紧，慢吞吞的。

代　狗

“杂种，你莫起来，还要老子捶你吧？”

“噢……人家脚板心还痛呀！”代狗烂起两块脸要哭的样子。

但他知道他爹的手，除了拧耳朵以外，还会捏拢来送硬骨梨吃的，虽然口上还想撒一点娇；说是脚板心不好，终于窸窸窣窣从那老蓝布蚊帐里伸出一个满是黄毛发的脑壳——他起床了。

“快！快！放麻利点！”

“噢……！”

他爹老欧，坐在那趋抹刺黑的矮矮茅屋里一张矮脚板凳上搓着索子，排编草鞋上的耳朵。屋里没有个窗子，太黑了，他的工作，不得不靠到从破壁罅里漏跑进来的天光。

“你不瞧石家躲代狗同鸭毛崽不是天莫亮就爬起来上坡去吗？”

“我脚还——”

“脚痛就不上坡吧？”

代狗用手背搽了一下眼屎。把腰肩翻了一下。从土墙上取了一双草鞋来坐在他爹左边。

“我割担草——”

“这几天鬼要你草。……怕那样？仍然到后山去砍，和尚来时，脚放麻利一点。实在是翻不过坳来，把毛签朝茨棚里一揎，爬上树去。老和尚眼睛猫猫子[①]，赶不到你们，还不是又转庙里去睡觉了——再慢慢的转来，不行吗？”

“你讲得容易。”

“你剁时轻一点啰。”

“三不知碰来抓到了，那怎么办？”

“蠢杂种！他口上大喊大叫，什么‘抓到！抓到！抓到帮我捶死这偷柴的苗崽崽！’其实也不过是口上打娃娃，哄哄小孩子！当真你怕他抓到你就敢捶个净死吧？”

代狗想起昨天的事情，不由得又打了一个冷痉。这冷痉的意思只有他自己知道，他爹是无从注意的。

……托，托，托，这边刀砍一下树身，那边同样声音便回响转来。鸭毛崽正高高兴兴唱着——

高坡高坳竖庵堂，
攀坡盘岭来烧香——
人家烧香为儿女；
我家烧香为娇娘——

忽地，老和尚凶神恶煞的样子，发现于红墙前了。搂起大衣袖筒的灰布衫子，口中不住喊：“抓到！抓到这狗肏的！”一直冲向自己所站的地方来。他们都懂得老和尚的意思了。便丢开了未剐完的树，飞一般逃，跳了四五棚茨窠，越过两条老坎，跑跑跑跑，才不听到老和尚“抓到……”声音。危险固然脱了，但当狂逃的当中，一颗牛茨却乘到代狗脚板踏着它时，一钻钻进代狗脚心了。虽经鸭毛崽为设法拔了出来，却已流下许多鲜血，而且到今早脚着地时，还略略听到一点痒疼。

脚本来不算会事，但和尚那副凶神恶煞的脸，在他脑中晃来晃去时，却能够把代狗的身子似乎缩小了，缩小到比灶头上正在散步的灶马儿还小。

他终于嗫嗫嚅嚅说出他不愿去的意思了。

“万一再去被他抓到，纵不当真捶死我，但把我手膀子用葛索一捆，吊到山门前去示众，那是做得到！到那时，让那些朝山的娘女们，这个觑一眼；那个觑一眼，口里还要带点渣滓骂句‘小强盗应该’‘这鬼崽那么躯就偷人东西，到大时只好砍脑壳’丑话，那以后怎么见人？”

“那时老子会到大坪赵家去请赵老爷讨保。”

代狗听到他老子的话，没有什么可藉词。他若是城里人读过书的小孩，那怕也会再想个方法同他爹来嚼，可惜没有读书的人就这样笨！

他无聊无赖的站起身来，伸了个懒腰。走到灶边去把挂在柱上的镰刀往屁股后一撇。略注意到灶上那三匹从从容容正在散步的灶马一忽儿，说了句——

“爹你进城时多买块豆腐。”走出去了。

老欧虽说因了自己不大会做家务，又老爱喜欢喝一杯包谷子酒，串串筋骨，弄得手边紧紧的，时常要他十岁大的代狗跑到南华山庙背后去做点冒险事情，但他究竟是一个有把握的人啊；他记到杨瞎子在三年前为他推算流年的结果，是命当午水，须过六年才转运：所以这六年中他决定忍耐到等运气来时再戒酒。他也曾想到纵或代狗被和尚一把捞到，真的要绑到山门去示众时，很可以像从前石家躲代狗的爹偷竹子事情一样，挑一担松毛到赵大发家去，对大发或大发屋里人磕一个头，——天大的事也熨贴了。因为大发的嘱咐“只要有事，关于庙前庙后的纠葛，同我来说，老和尚不敢不遵。我曾见过他炖猪蹄子，一张出来，他就不得了！”也还在他耳边。

不过，老欧的意思，也并不是专以为有大发方面可说情，就逗着要代狗崽去受老和尚恐吓！他实在还有别的主意。他知道代狗崽人虽小，但很伶精，跑得快，决不至会为猫猫眼的老和尚抓到。不然，这面一根柴没有得到，那面倒反而要挑一担值两百制钱以上的干松毛请人讲情，这算盘怎么打法呢？

（代狗：即苗人呼小孩的普通名字。）

本篇发表于1925年5月16日《京报·文学周刊》第20号。署名休芸芸。

①猫猫子，指近视眼看东西的样子。

腊八粥

初学喊爸爸的小孩子，会出门叫洋车了的大孩子，嘴巴上长了许多白胡胡的老孩子，提到腊八粥，谁不口上就立时生一种甜甜的腻腻的感觉呢。把小米，饭豆，枣，栗，白糖，花生仁儿，合并拢来糊糊涂涂煮成一锅，让它在锅中叹气似的沸腾着，单看它那叹气样儿，闻闻那种香味，就够咽三口以上的唾沫了，何况是，大碗大碗的装着，大匙大匙朝口里塞灌呢！

住方家大院的八儿，今天喜得快要发疯了。一个人，出出进进于灶房，看到那一大锅正在叹气的粥，碗盏都已预备得整齐摆到灶边好久了，但他妈总说是时候还早。

他妈正拿起一把锅铲在粥里搅合。锅里的粥也像是益发浓稠了。

“妈，妈，要到什么时候才……”

“要到夜里！”其实他妈所说的夜里，并不是上灯以后。但八儿听了这种松劲的话，眼睛可急红了。锅子中，有声无力的叹气，正还是在继续。

“那我饿了！”八儿要哭的样子。

“饿了，也得到太阳落下时才准吃。”

饿了，也得到太阳落下时才准吃。你们想，妈的命令，看羊还不够资格的八儿，难道还能设什么法来反抗吗？并且八儿所说的饿，也不可靠，不过因为一进灶房，就听到那锅子中叹气又像是正在呻唤的东西，因好奇而急于想尝尝这奇怪东西罢了。

“妈，妈，等一下我要吃三碗！我们只准大哥吃一碗。大哥同爹都吃不得甜的，我们俩光吃甜的也行……妈，妈，你吃三碗我也吃三碗，大哥同爹只准各吃一碗；一共八碗，是吗？”

“是呀！驽驽说得对。”

“要不然我吃三碗半，你就吃两碗半……”

“卜——”锅内又叹了声气。八儿回过头来了。

比灶矮了许多的八儿，回过头来的结果，亦不过看到一股淡淡烟气往上一冲而已！

锅中的一切，这在八儿，只能猜想……栗子会已稀烂到认不清楚了吧，赤饭豆会煮得浑身透肿成了患水蛊胀病那样子了吧，花生仁儿吃来总已是面东东的了！枣子必大了三四倍——要是真的干红枣也有那么大，那就妙极了！糖若作多了，它会起锅巴……

“妈，妈，你抱我起来看看吧！”于是妈就如八儿所求的把他抱了起来。

“嗯——”他惊异得喊起来了，锅中的一切已进了他的眼中。

这不能不说是奇怪呀，栗子跌进锅里，不久就得粉碎，那是他知道的，他曾见过跌进到黄焖鸡锅子里的一群栗子，不久就融掉了。赤饭豆害水蛊肿，那也是往常熬粥时常见的事。花生仁儿脱了他的红外套，这是不消说的事。锅巴，正是围了锅边成一圈。总之，一切固都成了如他所猜的样子了，但他却不想到今日粥的颜色是深褐。

“怎么，黑的！”八儿还同时想起染缸里的脏水。

“枣子同赤豆搁多了。”妈的解释的结果，是捡了一枚特别大得吓人的赤枣给了八儿。

虽说是枣子同饭豆搁得多了一点，但大家都承认味道是比普通的粥要好吃得多了。

夜饭桌边，靠到他妈斜立着的八儿，肚子已成了一面小鼓了。如在热天，总免不了又要为他妈的手掌麻烦一番吧。在他身边桌上那两只筷子，很浪漫的摆成一个十字。桌上那大青花碗中的半碗陈腊肉，八儿的爹同妈也都奈何它不来了。

“妈，妈，你喊哈叭出去了吧！讨厌死了，尽到别人脚下钻！”

若不是八儿脚下弃得腊肉皮骨格外多，哈叭也不会单同他来那么亲热吧。

“哈叭，我八儿要你出去，快滚吧……”接着是一块大骨头掷到地上，哈叭总算知事，衔着骨头到外面啃嚼去了。

“再不知趣，就赏它几脚！”八儿的爹，看那只哈叭摇着尾巴很规矩的出去后，对着八儿笑笑的说。

其实，“赏它几脚”的话，倘若真要八儿来执行，还不是空的吗？凭你八儿再用力重踢它几脚；让你八儿狠狠的用出吃奶力气，顽皮的哈叭，它不还是依然伏在桌下嚼它所愿嚼的东西吗？

因为“赏它几脚”的话，又使八儿的妈记起了许多他爹平素袒护狗的事。

“赏它几脚，你看到它欺负八儿，那一次又舍得踢它？八宝精似的，养得它恣刺得怪不逗人欢喜，一吃饭就来桌子下头钻；赶出去还得丢一块骨头，其实都是你惯死了它！”这显然是对八儿的爹有点揶揄了。

“真的，妈，它还抢过我的鸭子脑壳呢。”其实这也只能怪八儿那一次自己手松。然而八儿偏把这话来帮助他妈说哈叭的坏话。

“那我明天就把哈叭带到场上去，不再让它同你玩。”果真八儿的爹宣言是真，那以后八儿就未免寂寞了。

然而八儿知道爹是不会把狗带到场上去的，故略不气馁。

“让他带去，我宝宝一个人不会玩，难道必定要一个狗来陪吗？”以下的话风又转到了爹的身上，“牵了去也免得天天同八儿争东西吃！”

“你只恨哈叭，哈叭那里及得到梁家的小黄呢？”

“要是小黄在我家里，我早就喊人来打死卖到汤锅铺子去了。”八儿的妈说来脸已红红的！

小黄是怎么一个样子，乃值得八儿的爹提出来同哈叭相较呢？那是上隔壁梁家一只守门狗，有得是见人就咬的一张狠口。梁家因了这只狗，几多熟人都不敢上门了。但八儿的妈，时常过梁家时，那狗却像很客气似的，低低吠两声就走了开去。八儿的妈，以为这已是互相认识的一种表示了，所以总不大如别人样对这狗防备。上月子，为八儿做满八岁的周年，八儿的妈上梁家去借碓舂粑粑，进门后，小黄突变了往日态度，毫不认账似的，扑拢来大腿腱子肉上咬了一口就走了。这也只能怪她自己头上顶了那个平素小黄不曾见她顶过的竹簸。落后是梁四屋里人为敷上了止血药，又为把米粉舂好了事。转身时，八儿的妈就一一为他爹说了，还说那畜生连天天见面的人也认不清，真的该拿来打死起！因此一来，八儿的爹就找出一句为自己心爱这只哈叭护短的话了。譬如是哈叭顽皮到使八儿的妈发气时，八儿的爹就把“比梁家小黄就不如了！”“那你喜欢小黄吧？”“我这哈叭可惜不会咬人！”一类足以证明这只哈叭虽顽皮实天真驯善的话来解围，自然这一类解围的话中，还挟着了些须逗自己奶奶开心的意味。

本来那一次小黄给她的惊吓比痛苦还多，请想，两只手正扶着一个大簸簸，而那畜生三不知扑拢来就在你腱子肉上啃一下，怎不使人气愤？要是八儿家哈叭竟顽皮到同小黄一样，恐怕八儿的爹，不再要奶奶提议，也早做成打狗的杨大爷一笔生意了。

八儿不着意的把头转到门帘子脚边去，两个白花耳朵同一双大眼睛又在门帘下脚宣开处出现了。哈叭像是心里怯怯的，只把一个头伸进房来看里面的风色，又像不好意思似的（尾巴也在摇摆）。

“混账……”很懂事样子经过八儿一声吆喝，哈叭那个大头就不见了。

然而八儿知道哈叭这时还在门帘外边徘徊。

十二月二十六于北京

本篇发表于1926年6月《晨报·七周年增刊》。署名沈从文。

船　上

毛毛雨一连落了几天，想不到河里就涨起水来了。

小河里，不到三四丈宽，这时黄泥巴水已满过了石坝。平时可笑极了，上水船下水船一上一下，总得四五个船夫跳下水去，口上哼哼唉唉，打着号子，在水中推推拉拉，才能使船走动。这时的船，却是自己能浮到水面，借到一点儿篙桨撑划力气，就很快的跑驶！

今天有大帮船下高村，一连大大小小十二只。这些船牵牵连连的下滩过闸，从岩门市场码头边过身时，赶场人都知道船上装得是军队。原来每一只船篷上那些在风中摇摇摆摆的诸色三角旗，已早告给那乡下人了。有一面大红旗，独竖在一只新油上油的双橹五舱船上飘动，他们于是又知道这只船上是一位大军官，或军官家眷。

因为那些爱玩嬉会快活的年青号兵，觉得这次随同团长下辰州，不久又可以站到辰州城头上去同贵州黔陆军号兵比赛号音了，而且一到军需处发饷时，便能跑中南门去吃辰州特有好味道的夹砂包子，是以都高高兴兴的取出喇叭来，逗在嘴上，哒哒哒哒吹起来。尤其是当船驶过某一个沿河小村砦时，只见他们鼓胀起嘴，脸庞绯红。他们的音，只是几个哒哒哒哒，不成拍子。似乎这时的喇叭，只能专拿它用来表示他们的欢欣，故不须乎像杀人号那种惨栗，冲锋号那种悲壮，以及敬礼号那种庄严与活泼。他们真是高兴极了。

这表示欢欣的一串散音，从一群年青号兵口吹出后，立时就散播开去。两河岸，原是些高而陡斜的石壁，当回音逼转来时，便满山谷若相互遥答起来。只听到连续的哒哒哒哒，查不出声之出处，也很有趣。

十二只舢板中人，各人肚子装满了欣悦与希望。这是将近中秋的八月天，虽早上瓦角屋顶已起了一层霜，究竟还不很冷。弟兄们，各人穿上团长临行时发给那件灰布夹军装，正属合式。且水既平了坝，舢板能自己浮动，不必要弟兄们上岸走路了，尤其使大家高兴。这时六十里路程已得个一半了，因快活而疲倦的，各都钻进到舱里去睡了，剩下的还搂起衣袖在那里帮船老板扳招荡桨。

“移防时，像这样子是再好没有了！”大家都觉得。觉得而又能说出他兴致的，恐怕就只有那些号兵！

至于领队的团长大人呢，也很快活。时时从舱里钻出来，抹着胡子，看弁兵煮午饭。团长身边，有一位插花敷粉的太太，有两个娇嫩得同洋团团一样的小姐；大的七岁，小的三岁。他们一起睡在最末那个有玻璃窗子底官舱里。大致是手上莫有什么东西可抓弄了，便时时刻刻这边那边抹他的胡子。间或又爬过第三个舱去同军需长讲个笑话。军需长是有瘾的，当团长笑话讲到一个段落时，军需长便把上好了泡的竹枪，推过去放到团长嘴边。团长拒绝的时候似乎也少，但团长却不承认是有瘾的人。

——军需长，你听我讲。去年子向司令造册到镇座时，造册的书记，把职员也填上一枝枪了，哈哈！他们军队那来那么多枪械呢？原来他们是烟枪！以后我们造册子上去时，倒要嘱咐他们莫把军需长名忘掉……

团长没有说完，军需长的烟枪已推送过去了，于是只听到呼呼呼呼，很匀的吸烟声。

——哈哈！他们还说我军队徒手太多！军需长都有枪，难道……哈哈哈哈！

——哈哈哈哈！

军需长也带帮哈哈哈哈，然而声音来的轻得多，不及团长宏亮。

“团长这一去，准定是升一级改称司令官或支队长咧！”这是同乡绅士，昨天为团长饯行时，于筵席上一再道及的，而团长也早有了一点风闻，对此若深有把握，堪以自信。为了前途的乐观，团长近来的笑声，便略略比往常多一点了。不拘平常一个哈哈，并且与以前似乎也有不同处来。军需长曾常同一个军需中士私下议论，说是团长声音，忽然变异起来，俨然是个什么伟人声音一样，又雄壮，又大方。其实团长近来的笑声，惟有尾舱上那几个挂盒子炮亲信弁兵知道。团长曾为他们说过，镇座的笑声豪纵，不愧伟人，他这时因为升官在目前要实现了，所以极力摹仿镇座！至于别人，如像靠舵楼边坐的那小护兵，两手把舵口中不住吆喝的艄公，亦不过同军需长一样：只能觉到每个哈哈来得异常罢了，究竟不明出处。

对于升迁的事，关心最密切的，似乎还是太太。太太为这期待，临行时，还至天王庙许了个愿：若果是团长此去得了升迁，升迁之第二日，即饬人返乡酬三王爷之保佑，用的是双猪双羊。天王爷是有名能保佑人升官发财的，况太太当时所求的又是一仰一覆的顺筊，看来是一准可靠了！

上了船后，各人有各人的想望，她于是就想到升官以后的铺排。第一是买什么轿子为合式？她以为原有那顶绿呢轿，旧得太可怜了，不但出去拜客时不成个模样，就是别个太太见了，也会笑话。他时随同胡子（是太太对团长的亲昵处）驻到小县分上去清乡，也吓不倒乡巴老。他们会齐声说哪哪，这是太太的轿子哪！简直是丢胡子的丑！何况胡子又新升了旅长，旅长的太太也不应坐这么破的轿子。……一到辰州，就要胡子买两乘新的；胡子一乘，自己一乘，免得谁好谁丑；而且谁不坐谁的。这计划她先在心里盘算了许久，才去直诉团长。

“胡子，我们轿子也大不行了，到辰州会要买两顶吧？”

“好吧。你买一顶，我骑张营长前次送来那匹大黑马就有了。”团长意思是骑马出去拜客时，较之坐三人轿要威武一点。自己骑在马上，出来时，如像黔军卢旅长样，身前后十多个武装弁兵跟到跑路，又英雄又有趣！

但太太却以为团长应坐轿：

“胡子，还是坐轿子好点。你坐轿时，看来才像个读书人，斯文得多。”

“好好，那就买两顶。”这也不由团长不如此说了。团长固然愿意要人称赞他相貌的魁伟，但愿人说他斯文像读书人的希望，似乎还来得恳切点。团长实在只会写自己名字与一个阅毕的“阅”字的人，故觉得斯文尤所需要。

轿子的事情解决后，团长就又赶过军需长处讲笑话去了。第二件使太太萦心疑难的，是将来卫队连连长的事。照例这应予那跟得久，可靠，同胡子又立过战功的亲信弁兵为是。但从弁兵中去选择，那一个能为自己用，不至于将来同胡子狼狈胡行？这真是使太太为难了！

赵福做事是伶精，可惜许多地方又过于伶精了。若是一日升了连长，那东西第二天会就引胡子去胡搅，帮胡子做牵头……左连元人还好，孩子极忠心，能做事；做事且可靠，脸貌方方正正，还称个军官。不过他那疯子婆现到[1]不得了，若见了她儿子做了官，不知更如何狂浪！……那就用杨再诚，到底是自己弟兄，虽不亲，比别个总好一点。以前胡子好几次想接小蜡巴那媳妇进门，若非他预先暗地告我，不知这时受了那妖精多少气呕了！只恐怕胡子又将说他年纪太青，不像个上尉职官。其实十六岁的人也不小……现在管着这些弁兵的是黄副官，那就只好要他做连长。据说胡子前年子到鳌山一阵败仗打下来，弁兵一个也不见了，倒亏他背负胡子出了险。可恨那家伙只会死忠，老实一点用处莫有，胡子一讲一个是，设若老骚胡子又要胡闹，首先承认做媒的必是他同赵福——

“太太，怎不把窗子打开，这里叫七里潭，水平极了。许多弟兄都跳下水去洗澡，我才要黄副官命令他们起身，怕水大冲掉他们。”团长这时口上还有余烟，从军需长处爬过来。

“胡子我们卫队连连长送那一个？”她当说笑话似的征询胡子意见。

“卫队连长？”

“唵，卫队连你喜欢那一个？我想——”

“你想什么。事情早哩！先不先就预定，莫把锅盖揭早走了气，哈哈！”团长的哈哈原多是来的奇突，这在太太听惯了的人，一点也不奇怪了。

“你试说说喜欢那一个。”她娇媚的横了胡子一眼。

“试说——”

“唵，试说。”她再横了一眼。

“那么——赵福。”

“赵福，赵福，果不出我所料，胡子你单喜欢那混账东西!”

太太这时似乎已看到胡子委任送到赵福手中了，且赵福亦似乎已佩起指挥刀昂然立在司令部旧参将衙门二堂上操了，她头一掉就掉过去，不再理会胡子。

胡子是知道太太脾气的，便不再做声了，但把他刚拈胡子的那只手去抹睡在身旁的大小姐的细头发。

“啊哟！小孩子头发就那么软，大人胡子就那么硬，无怪乎太太常说嘴不舒服，一到□□就偏过去……”这在团长应说是一种新的发见。

所谓赵福者，于时正将两只脚板掉在水中，屁股贴在舷上，脚是这么那么搅动，对橹下所成的水波发痴，却想不到佩指挥刀的事。

九月二十一于静宜园

本篇曾以《移防》为篇名发表于1925年12月7日《晨报副刊》第1406号。署名沈从文。

①现到，已经，本来。

占 领

一九二十年——为自己方便起见，我将说民国九年。民国九年，过了中秋，月亮看过了，大家都说中秋以后是重阳，我们就登高吧。果然我们所猜着说笑的应验了，九月三日来得公事，要我们住渭城，命令非常清白：

1. 本部第七十四连，于九月十日以前移住渭城，作边防之镇摄。

2. 受第七旅司令官指挥。

3. 开抵渭城时，不得稍有扰动情事，违者以军法第四条处之。

4. 到后即将一切详情禀部。

5. 该地地势详略图，均应于到防五日以前测明报告，切切！此令，

…………

那个地方，原住有另一军的守备队。在先前，因为地方分配的关系，相持过互用炮子轰吓追迫的事，已有过许多次了。到双方的子弹消耗数，兵士的死亡数相等时，长官便自然而然又停下攻击令来。这不是故意拿人命来相赌吗？然而服从为军人天职，这类战事，就是一直延长下去，到最年青的兵士白发苍然（幸而每战均无子弹着身）后，恐怕还是要再延长下去！

在得到开拔令以前数日，我们就得到一个可喜的消息了，由第

七旅传出。“因为这消息用不着秘密。”那是七旅的副官见我们司务长去领伙食费时说的。他谈及这消息之先，说这消息用不着秘密，也许是想减轻他一点乱谈话的罪过吧。然而这消息是当真用不着秘密的。就是他不同我们连上的司务长谈及，这消息不到二日，我们第七十四连，以及同住在永绥的十三营，以及新由川边移来的炮兵营，也总会知道了。七旅司令部像那个副官那样爱说话的官佐还有许多，据连长说副官长就是一个。我还不说出那消息来，消息的确是可喜，因为果真守备队所占领的几处地方，若是由他们退给我们，一些带有太太不大愿打点小仗的下级官佐就快活了。我们呢，也可少耽点心，能脱衣解子弹带好好的睡几天。不过这中间有些倒无聊起来了，渭城归了我们所有之后，前方不会同别人前哨相触，爱放枪的从此找不出一个机会开枪了。下级军官也有些不乐怿的，就是那些没有家眷，也没有职务的见习员助教练，他们在后防不当冲的地方驻扎，则每日陪到兵士下操场，晒太阳，跑圈子，是不可免的事。

有人在军队中（我说是我南方那种东拼西凑合成的军队）过吗？只要到过，他就会知道开差时是怎样一种近乎狼狈的热闹！我无法同不曾见过这种情形的人来说开差时的纷乱，因为这纷乱比戏场散后，比炮仗铺走水[①]，比法场上犯人挣脱绳子，比什么什么都还要无头绪！大街上，跑着额上挂了汗点的传事兵。跑着抱了许多纸烟的副兵，（那不消说是他老爷要用的）跑着向绅士辞行的师爷。司务长出出进进于各杂货铺，司务长后面是一串扛物的伙夫。……河码头的被封了的乌篷船，难民似的挤满了一河。渡船上荡桨的，多是平日只会把脚挂在船边让水冲打悠然自得的兵士们了，为得是这时节已无放乎中流的暇裕！银钱铺挤满了换洋元的灰衣人。小副兵到街上嚼栗子花生的，见了他自己的长官也懒得举手致敬了。营门前候着向弟兄们讨女儿风流账的若干人；讨面账，酒账，点心账的又若干人。……城头上吹着各营各连集合寻人的喇叭。还有……马匹那时也自然而然嘶叫起来，参预这种热闹。

至于若说是移防是出于不得已，后面还有人跟着呢，那景象又不同了。那时各样铺子各样人家的大门，已不是那么随便的敞着，全城除了县衙门同几个与银钱不发生关系的庙门外，恐怕大门都关闭了！那时警察必不敢再在街上站岗。那时地方团防局那几尊劈山炮，必又很妥贴的安放在局门前。……街上所走的就是兵。兵的思想一致是乘到这时顺手捞一点值价的物什；同时忘不了后面追慑的敌人，脸上多露着又凶恶又可怜不知所措的颜色，行步匆忙，全身的机关像不能自主的痉挛着一样。

这次开差是胜利，是类于追别人的事，所以纷乱中还能保持着欢乐的空气，县知事也不躲避，还把全连自“见习”以上都请到衙门去喝了一席酒，弟兄们又另外送了两只猪两只羊四大坛酒来。据一个兵士说：他从团防局过身，那尊劈山炮也还不见出来，守卫的很安闲的在局门前倚着石狮子小睡。大家把那局丁小睡的情事笑谈了一阵，且引出许多关于守卫误事的笑话来增加趣味。

在开差的前一天，初七早上，我们各样东西都预备了，我正想为家中写一个信，用日记簿按在墙上画。

“老弟，我，这个。”一个人在我背后拍我的肩。

听他声音，不回头就知道是四表哥了。

“我写个信告家中，说明天开差，我们还是一路伴着。”

“很好！我也正想——弟，你看！”

我回过头来，见他手上提了四双草鞋。

“老弟这个用不着，太大了。我代你领来两双，但都照我的脚样选下来了，我知道你用不着，就把我穿吧。”

“你知道我不用吗？走远路非要草鞋不行，麻练的脚会痛！”

其实我见了那粗糙的草鞋也怕，不过因为四表哥太忠厚，故同他闹着罢了。

“那我为老弟去买两双好的。”

“外面买的不会有那样结实。”

“那就用这两双。”他从那四双草鞋中分出一半来。

“你为什么帮我领这样大的来？我怎么用得着——你看！”我把脚去比，“你看，套起这草鞋还长！”

其时我脚上所穿的是一双稻心的软薄草鞋，比的结果，是这样把四表哥为我领来那双草鞋套上，刚刚合式。

“本来没有同你脚相仿佛的。”他麻面上近颧骨那几点痘疤红起来了，心里很不好过的样子。

我的脾气是一遇到四表哥为难时，要看他脸上的一切变化，就再逼上去，不管别人难堪，只图自己受用。

“那你何必帮我去领呢？让我自己去选！”我还在前进。

我不该说那种话，说出我就有点悔了。但我既已出口，也不露出开玩笑的意思来，因为我知道接着他会有更好看的脸嘴给我乐。

“那我去退。”很用力的说了一句，他跑出去了。

“四哥！四哥！我同你玩的！莫发气吧。我草鞋还有着咧。”我忙解释，想拖着他的衣，来不及了。

望到他出去，略略回头转来，这回头像不是望我的神气，我不知所措的想追出去。

——看他一脸的麻子都红了，真太难为情！

——他会把草鞋当真退到司务长处去让自己去领呀！

——从此会不理我了！……从此会……

一刹那我想起许多事，越想越觉得自己的不好了，果真无了他，别的兵士不知道要欺侮到什么样子了。

我很快的冲出第四棚的寝室去。

一越门限，为一个人拖住了。这是一个先藏在门外旁边的人，见我出来时由后面把我抱住的。听到那重重的喘息，我还不回过头来，就知道是四表哥了。就是他屏息了他的气，从那种极熟谙的拥抱力量中，我也会察觉出是四表哥来的。

“弟弟怎么认起真来了！你怕我当真舍得去退吗”？四表哥接着就大笑。

“我看你脸红了，心里不好过，其实我草鞋还多，要是我自己去领，还不是照到你的脚码去领！”

他知道我这话是真的，从过去的许多事情上他得到可靠的证明了，极感动的把我举起来了四次。

“弟弟，我早看出你小孩子脾味儿来了。你以为逼我哄我生气是一件好玩的事。我才不生气呵。我看得你的脾气很清白，我才敢凡事作主。说是草鞋不该领我就真过去退，看你以后又怎么样。我知道你要失败的。费了许多神才选得这几双好草鞋，说退就退，我不会那么傻！你表哥是大人，二十岁了，什么事不知道，还来同你这种小孩一般见识么？……”

回到房中时表哥还说我今天被他哄了。我说既然知道我是开玩笑，为甚全部麻子变成红色？他无话可答。但我先却想不到他会装着跑出去，到大门外站藏在一旁哄我出去的计划！

我还忘记告人表哥是我们的什长呀，他手下十个兵中间，有他一个爱同他闹意气的小表弟，年纪十五岁。

初九那天，我们应长住下来，直到有命令离开才能离开的渭城已经到了。时间是下午两点钟左右，因为山顶上的砦子里有鸡在叫。

大家都说听到鸡叫人就感着疲倦，发生打一个哈欠的意思。表哥对着这话表了同情，我见到他的确打了许多哈欠了。我的包袱到伙夫伙食担上去了，肩膊上一枝马枪，换来换去，倒不很倦。

在路上，表哥说是应节，沿路随手折来的一束黄野菊，插在枪管口都萎去了。我学着其他弟兄们，把新鲜的来代替了萎去的，表哥枪上则始终是那一束。

“弟兄，冲锋进去！”表哥说出一句笑话。

“冲呀！”因为离排长太近，接应表哥笑话的声音极轻。

“喊一声杀，吹起前进号！”我也笑着说。

“不要怕！”说这个的碰了我一下。

我们是那样的闹着玩笑进了城。这样的平平安安的进一个城，队伍中是有许多感到不高兴的。虽然这也算是胜利，但一枪不响，前头又无可追赶，于愿意打枪的弟兄们，总感得太无趣了。

“老弟，这样叫做占领，未免太可笑了！”表哥也感到没有意思了。但他并不愿喊杀连天的冲进去。不过他以为占领一个地方，总应比这样用的力量多一点才光荣。要怎样（又不是肉血相搏，又不是如现在和平一样）才算为光荣？请表哥说是说不出；所谓光荣两个字的解释，要表哥说就很不容易！然而表哥对这次进城却实在又感到不光荣。

大队从南门进去，虽然只一连人，（我们这连是前锋，后面有一营两个独立连，第二天始能到。）也觉得有点浩浩荡荡的神气。前头一对号，老吗曲从第一段吹到第四段，至第四段后又开始再来，一面大军旗，一面国旗，一面三角走红边的连旗，带头领起这一队灰衣人进大街时，竟用差不多像正步走的庄严法走着！弟兄们重新打起精神成了双行。排长同教练把指挥刀搁到肩上，押管着自己队伍。连长骑马，独在队伍的后面。连长太太同司务长太太的轿子，在最后行李担子队中慢慢的跟着。……

进街以后，各家屋檐端飘扬着的大大小小欢迎旗，使足底起了泡的伕子们，把疲倦都忘掉了。

我见到一个手上端起两块水豆腐的小孩，睁起两只大眼望从他身边过去的一类灰土脸的面孔，队伍中，有一对圆眼，也在小孩发愣了的小脸上刷过一道。

正在包豆腐干的生意人，在听到号音以前就把手上的工作停搁下来在那里研究新来的军队了，豆腐作坊养的一只狗，吓得躲藏在主人胯下去窥觑。

弟兄们，在一些半掩上门了的住户人家腰门边，用眼睛去搜索得一个两个隐藏在腰门格子里的粉白脸孔后，同伴中就低低嗜起来，互相照应着，放肆的说笑话。

“哟！……”

“老弟，对呀！”

“哥，回过头去，这边又是！”

“辫子货！”

“招架不来，我要昏了！”

“以前好他娘的守备队！”

“看，看！”以前碰过我的那个人，又触我一下。一个小小的白皙脸庞缩到掩护着的铺板下去了。我们从那铺子下过身时，见到铺子上贴的红纸小铺号招牌是：“源茂钱庄”四个字。

心想着，如若是水浑，就可以大胆撞进去找那活的宝物！

感到水不浑不能乱有动作的失望的总还有许多人。我见到那个小小白脸孔后，同这群起野心的弟兄们也表同情了。

是夜各棚分住于民房，轮不到我们放哨。表哥在别个弟兄还在偷偷喝酒时就睡着了。……

十五年于北京

本篇曾以《占领渭城》为篇名发表于1926年3月11日《晨报副刊》第1361号。署名凤哥。

①走水，失火，为避讳，说成“走水”。

槐化镇

近来人常会把一切不相关的事联想起来，大概是心情太闲散了。白天正独自个，对到新买来的一个绿花瓶，想到插瓶中顶适宜的是洋槐。洋槐没有开，紫藤先到瓶中了。又似乎不能把洋槐白色成穗的花忘却。因槐花想到槐化镇，到夜里，且梦到在一个大铁炉子边折得一大束槐花，醒来了，嗅到紫藤的淡淡香气，还疑是那铁炉子边折来的成穗白色的洋槐花！

槐化镇，我住过一年半。还是七八年前的事，近来那地方不知怎样了。那地方给我的印象，有顶好的也有顶坏的，我都把它保存下来。然而这也是不得已，我是但愿能记得到那一部分好点的。关于炉子，还有去炉子不远一个泉水，是属于可爱一类的，所以梦中还是离不开。

槐化是个什么地方？我不说。这地方是有的，不过很远很远罢了。这地方，虽然在地图上，指示你们一个小点，但实际上，是在你们北方人思想以外的。也正因其为远到许多北方人（还不止北方人）思想以外，所以我才说远！若实在说，果真有那类傻人，想要到那里去看看那铁炉子，证实我的话，从南边湘西一个小商埠上去，花二十天的步行，就可以达到那个地方了。地方并不大，只是一条大正街。街说是大，乃比起镇上各小巷而言，能够容两顶轿子并排行走，虽不大，在南方小市镇算来也不为小了。

我最爱到离住处不很远的一个小土丘去玩。名字忘了。那里有个洞，我就叫它为风洞吧。风洞位置在小土丘腰上，这就很奇怪，土丘的确全像是土用人工堆成的，出笼的大馒头样，但风洞又似乎全是天生石块。风洞大致是与另一山洞相通，是以常常有风从洞中吹出，到热天时，则风极冷。镇上的人，信风是由洞神口中吹出，当之者则发烧头痛，且以致死，所以从不见一镇上小孩到洞边玩耍。虽常听说镇上许多少男少女夭死的都为此洞神所取，因了爱玩，我居然敢反抗迷信，本来风洞也太好了。我所到过的地方，使我过去了许多年还留恋的，风洞居其一。许多石头，在土丘四围，颓然欲堕，又并不崩落，很自然的为另一大石扶着，或压住一角，与土丘成宾主。土丘居中，顶上极其平顺，全是细细的黄土，到了八月，黄土上开遍了野蒿菊，像星子，又像绣花的毯子。若是会画，我早把它画下来了。

还有一个地方，就是田坪中那个方井泉。位置在田坪中，似乎把幽雅境致失去了。但泉的四围，十多株柳树，为前人种下来，把田坪四围的阔朗收缩了许多。且坐在泉边，看女人洗菜，白菜萝卜根叶，浮满了泉尾的溪面上，泉水又清到那样，许多女人都把来当镜子照到理发，也有趣。即或像近来的我，对赏玩自然的心情觉到厌倦，但每日会抽出一段时间，去到那里看看，也是意想中事！泉有三，第一拿来吃，第二洗菜，第三洗衣——第三的水流出井外时，则成了一条狭长小溪。泉水的来源，是由地底沙土中涌出的，在日光下，空气为水裹成小珍珠样，由水底上翻，有趣到使人不忍离开它。八年的时间，泉水变成怎样了呢？是无从问讯了。

铁厂的熔铁炉，是在镇的南边。去那里，得过一条约有十多丈宽的河沟。这河沟时常干到只剩一小半水，又时而涨到堤坎以上。到涨水时，则铁厂不能去了。涨水时，虽有桥，虽有渡船，但得包绕两里多路。谁能因为单是看看铁炉去多走三里路？是以一遇到涨水，纵是要看，我们也只好隔河远远的欣赏一番罢了。到水落时，从跳石上过去，四十来磴跳石，大的还不到一尺见方大，河中的水即或是浅，但流得极凶，有些人，是要为此头眩的。我则大摇大摆，估量到纵或失神堕下去，还欺得住这河水。

“那是很可恶的一条溪水啊！”有一次，同我伴着往铁厂去玩的一个军佐，见了活活流动的水，白的泡沫乱翻，竟返身了。当军人那样怕水，这是我如今想着他怯怯的神态时还要笑的一桩事。

出了南街口，那个五丈或竟到六丈七丈高大的炉顶，就现在眼前了，想来炉子还不止七丈高，我们望它的顶，似乎总得昂头用手扶住帽子。这是个石块，砖头，竹，木，泥，铁和拢来建筑成功的一种伟大怪物。在当时，曾费了许多思想，还找不出它着手处来。像是碉堡，比碉堡大到几倍。用碉堡来形容，像是像了，但有许多人连碉堡都不曾见过。我再说个比拟，它像一个旧式泥蜡台。它是四方，到顶上暂小暂锐的一种类乎大泥蜡烛台的怪物。伟大处，使到它身边的人，比小孩子站在象身边还要觉得渺小。第一面时给我一个傻想头，就是揣想它不是人所做成的东西。炉顶出烟，有时成了红色。另一端，有用铁条木板做成如在天空悬着似的长桥，桥的一端搭在炉顶，时时刻刻可以见到一个人推了一个东西从彼端坡上到炉顶去，起初却不知道这是推矿石同燃料。矿石是先用煤夹层砌好，到一个露天坑里炼好成了深灰色的，至于升火燃料是用煤或是用柴，那就不知道了。

有一次，因为同了一个副官去看，我们就上了坡过了那长桥，直到炉顶。在下面看来，尖的炉顶，至多是有四张方桌大吧。谁知到了上面，太出人意料了。这顶上至少比普通戏台大，且四围有极大的栏杆。出火的那个口子，也还比床为大。顶上满铺的是大方砖，干净平整，正同人家极好的天井一样；站到上面，看下头的一切人，比从下面看上头更小了。附在炉旁放风箱的屋子，非常之小，正同两张骨牌凳，又像一个方木鸡笼。槐化的全市也看得极其清楚，各家的瓦楞都能分明认得出来。副官说是能夜间来此看月亮，那好极了，可是我们始终都不曾能于夜间来此一次。

到了铁炉边，我还有一个愿望，就是有人许可我在炉顶看来比鸡笼一样那个风箱屋子住两天。我相信只要有人准，我当时是极其愿意的。许多同事也都说这屋子有趣。屋是方形，用大木柱如铁路上路轨枕木那么整齐好看的硬木砌成。顶上盖得是铁板子，四围又用铁条子箍着，屋子靠到炉旁，像是炉子的脚趾。屋子中，一个占了屋子一半的大木方形风箱立在屋角。风箱的身正同屋子一样，较小一点的木柱，在发光的铁箍下束得极紧，前面一个大圆木把手，包了铁皮。铁皮为扯风箱的手摩得闪光。六个拉风箱的人，赤了膊子，站在风箱前头，双手扶住风箱的把手，一个司令，“嘘……”的一声哨子，六个人就齐向前一扑；再“嘘……”的一声，又是一退：不到半点钟，六个人的汗榨出得已像个样子了，于是就另外来了六个人换班，依然是一嘘一嘘，把风送到炉里去。这哨子你远一点听着，是一只山麻雀在叫，稍近一点，又变成油蛐蛐了。风箱屋子后面，堆了数不清的毛铁，大约还得运到另一个地方去炼一道，运铁的是牛的背与人的背，牛也很多，人也很多。

一个人，用一根丈多长的铁签子，把炉脚一个小小铁门拨开，水银般东西流出来，流到就地挖成的浅浅小坑中，过了些时，铁就由紫色转成普通毛铁的颜色了。在泻铁处还可以看到比烟火还热闹的白火花，若是夜间，那是当更其有趣的。

槐化还有一个特色，就是落雨：雨之类，像爱哭的女人的眼泪样，长年永是那么落，不断的落，却不见完。尤其是秋天同春末，使脾气极好的人，也常常因这种不合理的雨水，落得发愁，生出骂一句娘的心情来了。终日靡靡微微，不成点也不成丝，在很小的风的追逐下，一个市镇，全给埋葬在这种雾霾中。大街上，就是说较宽点那一条街上，只见泥泥泞泞，黑色的污秽，满满的匀匀的布了一街。在街上，横流四溢的，是那些豆腐铺中从豆腐缸里倒出来的臭水——水中有夹了些白的泡沫的，则流到街上时还发酵似的沸沸响着。杂货铺柜台子下，可以见到些湿透了的毛羽，悲缩可怜，又像比平时小了许多，垂着尾巴的鸡公。鸭子在街中嘻嘻哈哈乐着，变了平日的颜色，拖泥带水，把一个扁嘴壳插到街石挠起的罅隙中，去脏水里寻找红虫曲蟮一类食物，……这是界于我喜憎之间的，所以不多说了。

四月末日西山

本篇发表于1926年5月5日《晨报副刊》第1387号。署名懋琳。

蜜柑

《蜜柑》1927年9月由上海新月书店初版。1928年5月再版。现采用再版本。

原目：《序》、《初八那日》、《晨》、《早餐》、《蜜柑》、《乾生的爱》、《看爱人去》、《草绳》、《猎野猪的故事》。

原书中序无标题。

此书作为献给为此书题字的那人。别人也许有能对于我的文字感到小小趣味的，但那人是能在我本身上头发现艺术的一个人。

——从文在北京序

初八那日

初八，按照历书上的推算，是个好日子，又值星期日，各处全放假，电影场换过新片子，公园各样花都开得正热闹，天气又很好，许多人都乘到这日来接亲。

沟沿的路警，两点钟一换班，每一个值班警察就都可以见到一队音乐队过身。就是坐在家里的老太们，也能时时听到远远的悠悠的喇叭鼓乐声。

“四老，今天是初八?”

在馍馍巷东口的坪坝内的锯木人，名叫七老的，他仰起头来同那像是站在他头上的锯木人说，又得意的微微笑。这时有一队音乐队，大约引导着一辆花花绿绿的礼车，就正才从巷口河沿上过去。

“不，是初七。”

“是初八。”七老原是有别的事情在心的。

“初七初八，争这一天干吗?回头看历书就知道了。”

“是初八，我算到!”其实历书早已翻过了。

两个人，你拖过来我拖过去的反复又反复，不计其次数，一株大的方的黄松木，便为一些小小铁齿啮了一道缝，木的粉，落在地上一大堆，七老头上肩上全都是，这时若有一个人，把这情形绘成一张画就好了。

今天的确是初八，七老没有错，四老是错了。但日子这东西，在一个工人面前，也许始终就不会能够像那学生对此有甚意思吧。学生是万万不能对于放假一类事轻轻放过的。尤其是那爱看真光一毛钱的电影的中学生。至于如同七老一类人，七也是锯木，八也是锯木，即或就九就十也仍然是拖锯子，大坪坝内成堆的木料，横顺都得斜斜的搁起，两个人来慢慢锯成薄板子，所不同的只是一个半日在上头俯着拖，一个半日在下头仰着拖，真的管日子去干吗？

不过倘若今天当真是初八，七老在下头，仰面拖锯子，要比平常日子更有劲一点，这是四老没有知道的。

七老暂时也不说。

七老笑，又来故意问四老日子，这是有用意。四老料不到这一着棋，故说七呀八呀全无干系的。其实干系太大了。七老见到四老强说是初七，还赌同翻历书看，便不再作声。七老心里是有把握的，历书不待四老来说早已看过了。今天阴历是四月初八，阳历是五月八，全是八，一点不会错。八，且是成双的，今天就是七老家中为七老约定同一个娘儿们成双的日子，想着怎么不令人发笑？

“四老，我说是初八，你不信么？”他又说，又笑。因为河沿那队办喜事的队伍进了巷口，从那大坪坝边过到巷子西头去。先是一个大个儿身子的指挥，接着就是四个一排的小孩，人数一共二十四，吹大小喇叭以及打鼓的，都全穿红衣，戴起像大官的白缨子帽儿，铜器在太阳下返着光，走的是很慢。后面一部四马拖拉的礼车，车的四围全是花同五色绸。礼车后面又是两部单马车，几个年青的娘们，穿同一衣服，脸儿红红的，坐到车中，端端正正像一个菩萨。

七老心想：“别人不就正是因为今天日子好，接嫁娘子进屋么？”

四老是真够得上说一个“蠢”字的。他就料想不到过身边一队办喜事的人，对于七老是有怎样的意思。他也明知今天是初八，却偏说初七。可是这时又听到七老在说是初八，也就不再费神同他脚下人分辨了，两人都规规矩矩停了工作，来看那队伍的尾巴。

七老意思是要四老当到这时知道同到他在锯木的伙计，也就有着这样一件喜事的！其实这不能全怪四老蠢，七老不先说，又不露点风，四老又不是神仙，那里想得到？

呆一会，木头的缝又深一点了。接亲的队伍，已经全过去，所剩下的只有一些喇叭和鼓的声音了。四老若有所感的重重放了一口气。

七老从这上头看得出四老心思。

“四老，你还莫有老婆吧？”

“嗐，老婆——”

“那你应当早找一个！”

“你看那娘儿们多有福！”四老把话头扭到刚才花车中人去，倒避开自己了。

七老年纪是整二十岁，四老则已有两个七老年纪大，要命好，可以做七老一样人的爸爸了。但拖了许多年锯子的四老，为乡下老子嫂嫂侄儿们拖得快老了，老婆却还不能拖得个，所以七老谈到这问题，四老就有点忸怩。

“老婆是应当有的，罗汉配观音，成一对，才是话。”

“那你怎么？”

这一下，可正抓到七老心中痒处了。不过他可不是一个没有把握的小子。他对这事愿意人知道，又忍着。一个猫，每次捉到老鼠时，它还故意把它俘虏开释去，慢会儿，又才来一扑，七老就像这样子，当到这关头，把话避开说到天气上头去。

“四老热得很，我们脱衣吧。”

天，的确是一天更比一天热了，于是两人都赤起膊子，四老的手干，原是有毛的，像大腿一样，真算是一个老手。七老则各样都很嫩，脸皮也在内，心也在内，所以当那喇叭声音消灭时，跟着来了一个磨刀人，举起小铜号，只在巷口呜的一下就给七老一个惊。在京东五十里的苦水村，七老家中这时定亲的“红叶”一到门，也许就正伴着一对唢呐吧。

想到家中他就不再用力拖锯子了。

“七老，我说，你今天神气特别个样儿，莫非也是约定今天要娶媳妇吧？”

这在说话的四老，只是一句开心的俏话，谁知一拳打在七老心窝子，七老要忍也再不能去忍了。索性不拉锯。两个人，一个俯着首，无意的在笑，一个便仰着有意红的脸。

四老还以为笑话说伤了七老，脚一移，扫下一些木粉子，七老退后半步木粉就全落到地面了。

“七老，你是定了老婆吗？”

“唔。”

“唔，取了不取？”

“不。”

“什么时候定的？”

“我问你今天是不是初八，你又说不是。”

“哈，我的天，是真吗？”

待到七老结结巴巴证明就是今天定亲时，四老咦一声，就跳下木头了。

他问他，怎么不去做喜事？他就说，这只是先定，家中告他不转去也行。他又问他见过老婆没有？说是见过的。

“要贺喜咧。”

于是，一个杏仁豆腐担子过身时，叫停着下来，两人各吃了两碗，账则四老争着汇，七老此时已为同伴贺喜了。

吃了杏仁豆腐后，四老重复爬上木头去，锯齿就又开始啮着那株黄松木。

“七老，我这才想起你今天那拖锯子有劲的源头啦。”

七老就只笑。

“乘早接了吧。”

这建议，含有一点儿鼓励，一点儿煽惑，七老仍然只有笑。

动风了，四老七老两人都把围到腰间的衣服穿好。

天气是真好。可是这几日，算是北京城一个顶调皮的好天气，要人耐。天越晴朗风就也越大。一到将近正午时，风就偷偷悄悄走来了。河沿上，成群排对的杨柳树，风一来时就像每株树下都有一个有力气的人，在那里抱到树身摇。电杆上铁线，为了风互相扭做一处又分开。屋角上，只听到风打哨子的声音。人家的狗全都躲到门后去避难。河沿的灰土，因为风的搬运早已无踪无影了。此时一阵贴地旋风过去时，卷起的就全是些打人脸庞发痛的小石子。

七老头上的木粉，同到地面的木粉，风一起，就全部飏去，新的木粉还不能落地，也全为风带跑了。

“喇……”在七老头上，有一阵声音。风大了，撼动七老头上的木头，这是无妨于事的。

“四老，你莫不给知会就连同木头踹到我身上，这不是玩的！”

“不怕的。”

以为七老，是怕木头打到他的头上么？不，七老原就只是在那说笑话。木头下坍不是风能做主的。并且即或有毛病，躲也来得及。七老心中太高兴，就说着玩话，不打算这话在后来就准得账的。

风太大了，四老要休息。四老于是坐到木头上，取出婴孩牌香烟来，用背当着风，擦洋火吸烟。七老一个人，用手膀子挡在锯把上，想将身体用力下垂把那锯拉下一点，风，又是一阵。

“四老，你下来坐吧。”

若是四老跳下来，七老就可以同他再谈一下关于老婆一类事，这于七老是有利益的。但失望。

四老不做声，背风来取火，当风来吸烟，眼睛吹得闭成一条线。接着打了一个饱喉。适间吃下的杏仁豆腐在打饱喉时，一些姜花气味重复就回到口中。四老想到一件事。

“七老，你那一天办喜事，请我吃一杯酒是要紧！”

“四老，你也——”

“我也请你吧。我刚请你吃了杏仁豆腐！呆会儿，再来粽子包儿吧。”

“我说你讨老婆哩。”

“婆娘婆娘，磨人大王，磨到三年，嘴尖毛长！”四老念这四字诀，四字诀的来源说不定就是孤老头儿制造的。

七老也曾听人念过这歌的，他不信，“没有那话儿。”

“有那话儿的，”四老说，“七老，我看你把老婆讨进屋，两年功夫你就不会这样标致了。”

“没有那话的。”

“包准有，你要变雷公！”

变雷公，也许不是坏事吧。七老心想你四老就是正想变雷公也不能够的。他知道在这事上四老是有点儿愤，才说变雷公的话，不由得暗自觉好笑。

“吱吱，喇……”

木头是当真像有一点不稳当，又在叫了一声了。

四老一跳就到地，两个人，齐钩着腰去检查木下的撑柱。

“你移一下撑柱吧。”

七老如命移那小撑柱，用个小锤子堂堂敲打着。锤子打木的声音超出一片风的合奏曲以上，如同刚才娶亲音乐队的大鼓超出别的大小喇叭声音一个样。

乡下接亲那是免不了要打鼓的，七老的锤子，此时也就敲得特别重。

“堂堂堂，哗喇……”

四老七老两人一块爬在地上了，大的四四方方的一段黄松木报仇似的按住了这两人。没有功夫走，没有功夫喊，两个人，就全为突如其来的呆气力打闷了。赖这风，把这木头下坍的声音吹到蹲在巷外的卖小玩意儿人耳边去。

打死人了。风，做了主谋，嗾使木头打死两个锯木工人了。警察在木柱旁已经站了一大堆看热闹的人时节，才挤进来约束几个闲汉子，帮同搬那笨柱头。七老大约正是仰着头，木一下坍便就正正当当搁在胸脯上。四老只有一只左大腿招殃。一些女人在那里估计两人的命运，一些小孩吮着手指看把戏。七老手中还捏一个锤，四老的烟则已跌在一旁熄灭了。

这一天将近天黑时，风还不止息，馍馍巷东口坪坝内，一个人不见，只有一匹大公狗，在那木柱旁边低着头，舔嗅那从七老口中挤出的血和豆腐汁，初八这日就算完了事。

一九二七年五月作于北京

本篇发表于 1927 年 6 月 18 日《现代评论》第 6 卷第 132 期。署名为琳。

晨

这是岚生先生同岚生太太另一个故事。

说到故事，就似乎其中情节是应当怎样奇怪，怎样动人，怎样凑巧，才算数似的。但这仍然是故事。要岚生先生做出一点不平常的事来给我们开心，那无望。太平常了。譬如剪发，我敢说你们中的太太当时就有不少是这样：先是老爷太太都对这返俗尼姑模样头，加以不男不女的讥笑，到后老爷每天出外去，为了这里那里无数的尼姑头勾动了心思，同时生出一点无伤大雅的虚荣，于是回家便去同太太开两头会议，待到太太同意把发来如法炮制时，你们俩便算站在文化水平线上的人了。虽然你不是财政部书记，身体也不一定胖；也许你还是一个每日到国立大学讲国文历史音韵学的大教授，遇到这潮流，你能抵挡这潮流不为所动么？除了让这潮流带去，你是无法的。你除了做一个岚生先生，让年青的半旧式的太太赶快把发剪去后，你来消受那俨然崭新的爱情外，你当真是无法的。一个太太与时髦宣战时，你将得到比没有太太以上的苦恼，可不是么？其实岚生先生也不止一个，你们都是。我所说的你们就是你们。你们不拘谁一个，日常生活自然要比岚生先生同岚生太太合在一块儿时来得更精彩，更热闹，但总不会与岚生先生是两样。我的意思就是把平常的岚生先生的生活来说一下，做一个参考，好让大家都从岚生先生身上找出一点自己的相貌，无别意。

我当说自从岚生先生要太太把发剪成一个返俗尼姑模样后，岚生先生是在怎样一种新的光辉诱惑中过的日子。这不是一件容易事。岚生先生是简直跌到一种又是惊异又是生疏的爱情恣肆中去了。单就表面说，我知道墨水胡同那条路，岚生先生已是有过好久日子不走了。财政部总务厅那本签名簿，岚生先生名字反而全是签在一些科长秘书屁股后。这是近日才发生的事。煮饭本来不是一桩容易事，尤其是天冷，水快结了冰，在平日，岚生先生为避这差事，出门特别早，回家特别晏，到如今，却慷慨引为自己的义务了。

在往日，遇假期，岚生先生起床必得晏一点，这是成了例的一件事；这晏起，不是恋太太，只是一个胖子应有的脾气。可是到近来，则已不俟假期也得沿例了。因了贪看太太新的蓬松不驯的短头发，岚生先生便抱了比要太太剪发还大的决心，来忍受别的方面的损失。太太不忘到时间，一到九点钟，就会催着老爷快起床。

“再呆一会儿，时间一过，又——”

岚生先生总说：“我不要靠到那一点特别奖，少用一点就有了。”

陪到太太并头睡，比得部里考勤特奖还可贵，这是岚生先生新发明的一件事。

太太呢？

太太方面可说不惬意事是全没有的。有新的体面藏青色爱国呢旗袍子可穿，有岚生先生为淘米煮饭，只除了从老爷方面送来的一些不可当的温柔，给了自己许多红脸机会外，真不应有些子懊恼了。

只是剪头发的事，不单是为自己和自己老爷，也可说是为他人。关于这一点，岚生先生同太太意见一个样；所不同的只是老爷觉得为己七分为人只三分，太太则恰恰正相反。在剪发以后，若尽只藏躲到家里，那是藏青色爱国呢旗袍子也不必缝了。太太对剪发以后的希望是两个中央——不是为到中央公园去玩，又不是为到中央戏院看电影，或者在岚生先生提出剪发意见后，即否决，也是意中事。

太太曾私自在心里划算过：

如果天气好，当到岚生先生放假日，太太在前老爷在后可坐车到中央公园去玩耍。一同吃那长美轩的肉包子。吃了包子又喝茶。喝了茶又绕社稷坛打圈子。玩厌了，回头就又是一个在前一个在后坐车转到中央戏院去看“陆客”。在中央，楼上男女是同座，这一来，老爷便同太太坐在一块儿，老爷穿礼服呢马褂，太太穿新旗袍子。两人都体面得同一个部长与部长太太，谁能知道一个是在财政部每月拿三十四块钱月薪的师爷，另一个，如同女子闺范大学女学生的便是师爷娘呢？在前后左右，总有不少女学生吧，包厢内，说不定部里厅长佥事参事科长秘书的太太小姐少奶奶就不少。这些身分尊贵的娘女们，头发不是也都剪得很短么？身上所穿的衣服，不是有许多正同自己旗袍一个颜色么？自己就让别人看见也不会笑话，而且岚生先生同事会……

委实说，这是一点算不得坏的希望。倘若是照到岚生太太的计划，到那两处中央去，一个是头有黄光的小胖子老爷，一个是小小白净瓜子脸上披着乌青的一头短发衣衫入时的太太，谁能禁止谁不去猜想这是一个局长厅长，带起他在女子闺范大学念书的太太来逛的？动人羡企也是自然事。设若是为岚生先生的熟同事遇见，那就更有许多使岚生先生受用的揶揄了。可是偏心的是天。当到岚生太太遵照渡迷津老神仙所看的日子把头发剪去那一日，是晴朗得同四月间一个样。第二天，无变化。第三天，仍然极其适于到外面去玩。第四天，天既好，又是星期日，但旗袍子还不起。谁知待到岚生先生到成衣处把衣取得时，一夜工夫天却翻脸了。应当落雪又不落，风则只是呜呜喇喇刮不止。路上沙子为风吹起大把大把的洒人。甚至岚生先生每天上部里办事也得吃下许多灰。四天，五天，风还没有休息的意思，这之间，遇到一次星期，一次特别假，都不能外出，两人都免不了有点怅惘。天晴落雨不是人做的，能怪谁？

七天，八天，风还不止，简直是像有意同人在作对！

天不成人之美，太太不免要遇事借题发挥一下，不是怨饭煮得不好，就是说岚生先生近来脾气越变越坏了，夜间总不让她好好的睡觉，日里又特别恋床，办公厅的事情也像可有可无的样子。其实当到假期不得两个人去玩，岚生先生同样也是消极的。不过岚生先生是个男子汉，且还胖。我们从不曾听见一个胖男子汉会对一桩小事情粘住到心上。凡固执到小事的人他绝不会胖。所以纵不能出门，并加上太太的悲愤，岚生先生仍然还是煮饭做事都高兴。

每一天早晨，岚生先生岚生太太醒了后，听到风在外面院子里打哨子，太太第一句话总是“早知天气要变就不必慌到剪这头发了”。老爷呢，照例拿“日子多哩”来熨平太太的不快。太太可不成。为了逗太太欢喜，岚生先生于是又把早上起来燃汽炉子烧洗脸水也归在自己的账上。在此时，我们才看得出岚生先生真算一个好丈夫。

因为风，反而给了岚生先生许多幸福了。假日因风不出门，岚生先生便镇日陪伴着太太，无餍足的将太太侧面正面新的姿态来欣赏。随时又做了些只有一个新郎或一个情人在女人面前所做的事情，让心为太太在微嗔的一度斜睇中来跳跃。每一天早晨，觉得已经把太太卧着的模样看饱后，就开释了太太，一同起床，好变更地位来到大玻璃窗下细细的观察太太梳头时肩上的全部。最使岚生先生神往的，是太太头上那蓬蓬松松，蓬蓬松松之所以蓬蓬松松，这差不多全赖岚生先生伴到太太在床上揉搓的结果。这是岚生先生的创作。岚生先生当对面蓬蓬松松情景下，每会超于岚生太太的意外发出大笑，因为他能联想到许多事上去。不必说，就只笑，便也能使岚生太太回忆到蓬蓬松松原因上面去，若太太因此脸一红，就更要使岚生先生大笑了。

“这有什么好笑?”太太每是这样说。

“我笑我自己，你脸红什么?”固定的答语也从不易一个字。

太太没有法，只不理。说是近来越来越“痞”了。

越来越“痞”是真的。岚生先生在这种情形下，是更其不讲规矩的。每到这时他就想起一些义务，在太太身上尽一些比煮饭还需要的义务。这义务是把肩膀擦过去，把嘴唇翘起，推到岚生太太的脸边后，于是在太太脸上任何一部分，用一个邮局办事人盖邮戳在信件上的速度，巧捷的又熟练的反复其来去，直到太太口上叠连咦咦作声用手来抵拒这爱情戳记时才停止。

然而，纵然每早晨岚生先生都可以看到太太这蓬蓬松松的样子，也许是梳过髻子太久了，岚生太太的头发又是特别柔，一起床，用梳子一整，又平了。这算是扫兴的事。岚生先生为了救济这不是持久动人的情形，采取了从理发馆打听来的一个好办法，乘到吉利公司还在继续减价的当儿，又花一块钱，为太太买了一套烫发的器具。可是太太意思要剪要烫也都是为得陪到岚生先生外出时的撑面子，风既不愿息，自己也就不愿烫。

太太意思是除非风息又值岚生先生不办公。风可偏不息，一拖下来就是半个月。

某一晨。说明白点，是十一月二十因总长老太太做寿特别放假一天的某一晨。这天无风，晴。

岚生先生恐怕本日又刮风，故在先一晚上不将放假的事告太太。醒来，窗子特别亮，映在窗子上部的一线光，又告明岚生先生外面明亮并不是落雪。听听风是没有。看太太，一张小小的嘴略张开，眼皮下垂，睡得是真好。

这怎么办？

就暂时是不把太太吵醒，一个人睡到床上筹画本日的用费吧。

——听到街上送牛奶的车子过去了。

——听到卖白馒头的人过去了。

——听到卖马蹄烧饼的人过去了。

——听到有洋车过去了。

——听到一个小孩子唱“牛头马面两边排”过去了。

又听到隔壁院子月毛毛的哭声，太太可是还是没有醒。

太太还是没有醒，身子翻过去，把脸对里面，岚生先生忽然又感动起来，头移拢去只一下——

“老晏了？”太太醒了。

“太太，不到九点，我怕你昨晚上——我不吵你哩。”

太太不做声，翻过身来，眼屎朦胧的望着窗子。

“晴了，皇天不负苦心人，今天可以出去玩一整天了！”头再挤拢去，乘太太不防备就盖了一个戳。太太只眉略蹙，避开岚生先生的呼吸。

岚生先生当时就把今天放假的事情告给了太太，太太似信非信的问：

“当真不办公吗？”

“当真的。”

当真的，太太是不能再忍耐，爬起来了。

“时候还早。”岚生先生扯着被角不放松。

“不早了。”太太也扯着被角。

“不早也要你再陪我睡一会。”说着，是一只短肥的膀子压到太太的肩上，太太就倒下。

太太脸盘仍然规规矩矩侧放在枕上后，岚生先生的脸就搁在对面。岚生先生是笑着。大的气息从鼻孔出来，吹到脸上是热的。短的黑的人中两边一些乌青硬胡子，鼻子左边那么一粒朱红痣（鼻孔的毛也分明），眉间一脔小小的肉丝，耳朵孔内那三根长毛，还有足够留下一粒花生米的头顶那微凹（仍然是微微返着光），很分明。岚生先生同时也就瞅着太太不旁瞬，好让太太的眼睛同自己眼光常相遇。

太太还是不很相信岚生先生刚才的话语，恐怕他是要借故不上部里去办公，又问岚生先生一次是不是真话。

大家都明白这是一个小春天气的早晨，正是使青年夫妇爱情怒发的早晨，凡是有一个合意太太——又是新剪了头发的——他必能猜详到岚生先生这时要对他太太所采用的方法的，我不说了。

太太因为想起烫发的事情，虽然依旧睡下了，却把眼睛闭上不理会。

两方坚持下来是不会得到好的结果的。大约岚生先生同时又在下意识里扇着一些要同事羡妒的虚荣翅膀了，于是就把太太从自己臂圈中解放了。

岚生太太先起床，岚生先生就在床上看着太太热脸水。

一会儿，汽炉子就沸沸作响了。太太把白搪磁壶搁到炉上后，就去找那开烫发用的新买的那一瓶火酒的螺丝。

岚生先生在床上，眼睛睁得许多大，离不了太太的头，头又是那么蓬蓬松松使人心上发痒的。

岚生太太到一些大小瓶罐间把启塞器找到后，老爷说话了。

“太太，就用我们燃汽炉子那剩下的酒精，一样的。”

太太心想那种同煤油相混的脏东西，那里用得？只是不理。瓶口软木塞子终于就在一种轻巧手法下取出了。

水热了，头在枕上的岚生先生还在顾自儿发迷。

看到太太在那里摩挲铁夹子，恐怕太太要误事，岚生先生举起半个身子了。

“太太，做不得，”岚生先生说，“你照我告诉你的办法，夹上包上一点新棉花，醮一些火酒，酒可不要多，把夹子烧好后，就乘热放到发里去，对着镜子，这么那么的卷；或者是不卷，只是轻轻的掿，待会儿，你的头发就成一个麻雀窠了。”说到掿，岚生先生在自己头上示着范，太太可总不大能明白。

“好人，你起来帮忙吧，报也早来了。你不愿帮忙，看我烫，你就读报给我听。”

“遵太太吩咐。”

两人同在一个面盆里，把脸各用粽榄香皂擦过后，半盆热水全成了白色。太太就坐到方桌边去，对到那面大方镜子试用冷夹子卷头发，老爷手上拿着一份报，没打开，只能看到一些极其熟习的广告。

“念吧！”

“遵太太吩咐。”

于是，把第一版翻过来。

“——赤党，即红衣盗……啫！这不通，这不通，这是共产党，怎么说是红衣盗？笑话，笑话！”

“哟，几几乎——”

岚生先生抬起头，见到太太惶遽的样子，莫明其妙。

“差点把手指也灼焦了，火酒这东西真厉害！”

随到太太眼光游过去，还炽着碧焰的烫发夹，斜签在桌子旁不动。

“不要紧，不要紧。”所谓忙者不会，会者不忙：岚生先生随手捞得自己那顶灰呢铜盆帽，隔着多远抛过去，便把火焰压息了。

“嗨，太太，你的胆子可是真不小呀！”这是故意说的是反话。

太太实际心是还在跳。“还说咧，险颗儿[①]不——”太太是照例说着半句话，就一面起身把岚生先生帽子拿起来，帽子边上的里层湿了拇指大儿一小片。

第二次是全得岚生先生为太太帮忙，夹子烧好后，总算像杀牛一样把夹子埋在发里了。太太就用两只手对到镜子压住那夹子。

“念你的报吧！”

又是遵太太吩咐，于是岚生先生把那一段记载红衣盗的新闻念下去，中间自己又加上一些按语，一些解释。

“……他们公妻哩，”岚生先生故意加这一句话。其实这个太太早就知道的，“实在要公那就大家公。”这话岚生太太已就听过岚生先生不知说了几多次数了。

“不要这个。”太太手还举起的，对着镜子望着岚生先生说。

岚生先生就让第一张从手中溜到地下去，念起第四版来。

“社会之惨闻：糟糕！糟糕——糟糕了。”

“什么糟糕？财政部部员又同教员打架了么？”

戏是演到热闹处来了。

“唉，我的天，你是险极了！”岚生先生不必再说话，站起来，将太太头上还是热着的烫发夹子握到手，顺手就从房门丢到外面院子里去了。

这着给太太一大惊。

“怎么啦？”

“怎么啦，”岚生先生钩了腰去拾报纸，“你看，你看，为烫发，闺范女子大学的学生烧死一对了！”

跟着是念本日用头号字标题的本地新闻：

> 昨日下午三时，本京西城闺范女子大学有女生二名，在寝室，因烫发，不小心，延及火酒瓶，致焚身，一即死，一亦晕迷不醒……

聪明的太太，不待岚生先生的同意，知道他目下所应做的事，伸手将桌上那一小瓶火酒拿着就从窗口掼出去，旋即听到玻璃与天井石地相触碎裂的声音。危险是再不会有，命案是不会在这房中发生了。

“太太，我们左右燃汽炉子也是要火酒哩。”

然而已经是迟了。

岚生先生要太太把脑前那已为夹子烙卷了的头发用热水去洗，共洗过三天，才能平顺（这已算故事以外的事情）。

十六年三月于北京

本篇发表于1927年5月7日《现代评论》第5卷，第126期。署名从文。

①险颗儿，险些儿。

早　餐

雨是昨天落，看窗间，天又放晴了。雨后的天空，我们所能想象得到的，是一些在高高空中飞来飞去的燕子（因为高，像是飞的是一群蚱蜢），燕子跳舞的背后，便是一块绒样蓝天做的幕。失去了的余春为这雨又唤回了。这天气，适宜于有情人的男女到公园去散步，适宜于芍药开花，适宜于一个病人的恢复他的健康。

听到隔屋一个座钟打了十下后，琪生同琪生太太还是并头睡在一个枕头上。人是早醒了。他们听到约有二十来个卖石榴花同棕子包的人走门前过去，又听到别的许多表示一个节日将临的应节小贩子喊声。按照通常习惯两人都得起来许久了。但此时起来却是办不到。他们的小说稿子还是一贴一贴纵横搁置到桌上，没有变成米，也没有变成煤油同菠菜，起来是无饭可煮。在经验上睡在床上挨饿的是比起床以后容易支持的许多，他俩并且又都记到一篇小说的故事，说是用亲嘴来当点心是办得到的事，采取这办法的一个是画师，一个是童话作者。琪生同琪生太太中间虽缺少画师，但一个是做文章的青年人，一个便是文艺作者的爱侣，所差是无几。他们俩因此就留在床上用早餐。

他们一旁吃点心，一旁讨论维持今天的方法，凡是房中所有全都想到了。琪生太太如同一个拍卖行的估价人一样，把她自己东西一件一件按照打估习惯估计后，又来代替琪生算。若果打估人能够遵从琪生太太老实的估价，总计全房所有足以付这个月屋租以外还够维持两个月粮食；这是还把琪生文章算在外，但是这已把这两人身上同到床上几条棉被通盘作的数，当真那么办，睡就只好在那两张破藤椅子上去了。其实眼前主意就不容易打。你不能用一篇在琪生自信值得廿块钱的文章打发小房东，用两首小诗折伙计的节赏也准不得账。今天已经初三，说不定洗衣人同送报人也会来讨钱。还有今天晚上的煤油，……

琪生这些可不想。自从两人提起那篇用亲嘴当早点的故事以后他就恣意享受了一顿琪生太太的嘴唇。

“太太，这样更不能吃饱！”

太太笑。太太看到琪生为了工作为了失望不得不憔悴下来，太太劝是又不听，近来只有极力在行动方面赠给琪生加倍的温柔，好使琪生精神方面保持到不太颓唐的状态。

当到太太正在筹划过节方法时，琪生用手来搂太太的脖子，搂定了，说是太太你就让我再吃一顿樱桃吧。

一颗又一颗，太太方面有点当不来，琪生更馋了，然而太太更是笑。

“这样吃那是无法的，”太太说，“琪，我主张起来，出去看一看，天气好，地面不大湿，到公园去吧。”

“说瞎话，公园不要门票么？此时园中的空气，只会引出我们需要比空气更来得坚硬一点固体东西的欲望，我不愿意去。”

他不愿意去。他还说，就在此吃点心是好的。到下午，会有一个不太穷的朋友来此拜节的。再不然，就是报馆人中会想起过节时这里的困难，预先把下月应得的钱派人送来用。

当到琪生不愿起床还说下午一定有救星到门时，太太望到琪生近于童騃的稚气，就微微的叹了一口气。

“天气太好了！”太太指窗角上那明处。琪生随到望。

琪生却说天气好也用不着。琪生意思以为好的天气是不止今天，平时好的天气就差不多全给那些有呆福的男女享受了，此时则只要有太太陪到睡，再牺牲一次不会算可惜。

太太见到自己提议不生效，就不再说话。其实此时若是走到公园去，门票是有的，就是上次到时得那两张国立图书馆的入门券，琪生记不起来了。并且太太提议上公园，这是另外有意思，这用意就没为琪生猜详到。太太原是记着拾狗的故事，她想早上出去走走对琪生是有益，那无疑。并且，一出门，不必到公园，也许当真就会在路上碰到什么好处是不能说的。

固然我们老年人有过一个好教训，好运来时你就躲到家里也是一样可以归到自己头上，但说不定每天每时就有许多好运在街头徘徊，所候的只是这主人。大路边旁一个不惹人注意的纸包，有时里面装得是幸福，那是时常听到别人说过的。菜市场中一个年青少奶奶，在换钱时节，皮包会从自己手上溜到一个穷妇手上去，也是可能的事情，太太算着若是到外面去万一这类似乎不甚正当的幸运落在眼前时，拒绝是不必，干脆拿回来，可以开销一些账。此外能够有余买点菜，回头就找住在后河沿的穷友来过节，使琪生也高兴点，不至于徒对这《文化周刊》退回的稿子发牢骚，就好了。这事于天理人情也像是全都很合式。一个有多钱的人，在无意中慷慨了一笔小款项，这钱恰恰落在另一要钱人手中，救了一个正派人，巧是巧到再好没有了。

琪生在一顿饱餐后，要再睡似的，把眼睛闭上。

太太望到琪生的瘦脸，同到那双只要眼睛一闭就现出忧愁的样子的长眉，心中就觉得有点惨。琪生近来是越像瘦毁了。不单是脸嘴，臂膊比起半年以前是已瘦小了许多，腰也是，胸也是，——太太自视则相反。

十一点了仍然得起床。

琪生脸都不洗就走到他那做事桌边去。

“莫吧，你难道是要写这生活给人看的么？有得是日子咧。你那文章不必做，现到头还昏，待会我们洗了脸，出去看看雨后天空吧。你听到空中燕子叫得多快活，琪，我想，命运会按到故事安排的，说不定，我们也可以拾得一只伯爵夫人的狗！”

太太又走拢来再给了琪生一颗樱桃才把琪生离开他的工作桌。

两人就在一个盆里共着洗了脸。按老例，琪生的脸由太太帮忙，琪生把脸让太太用帕子蘸了肥皂捂脸各处擦，琪生手有空暇就来捏太太的腿。

“琪，少闹点！”

琪生就不闹，规规矩矩让太太为洗脸，完了又看太太顾自洗。

“太太，我们是幸得不遇到像故事上那么一个恶房东，这应说中国地主比外国地主要好一点了。”

“不，别个房东以后还给他们买鱼买肉哩。”

“那我们的房东不也送得我们有礼物么?”

“喔，我们那粽子——”

太太记起了房东太太昨天送他俩过节的羊角粽，就放下手巾走到书架旁边去。

“琪，当真，还有粽子，我们吃了再出去。”粽子放在书幔子背后一个绿大钵子里，太太伸手取，拿出来，粽子是七个，腰身各捆有棕叶细丝，提起又放下。

太太又把钵子簸来簸去摇，钵大粽子小，这些小小尖角东西就在钵子里打滚。

“琪，你就吃五个我只吃两个，我不欢喜这东西。”

“我主张此时莫吃它。”这是琪生的主张。

这主张，一是为此时并不到饿时，二是吃了出门一走又消化于无形，但太太却只想到第二个，太太也就同意了，仍然把钵子放到书架背后去。

太太说：“那我们就出去呀!”

“出去玩玩也好的。”

“我们到南头去好一点，那边河沿小狗多得不奈何，只拣那好看一点的抱回来，——我一努嘴你就抱——我们又不是要一定有人来赎才做这事情——我们就喂一个狗来玩玩，琪，你说不好吗?”

琪生只是笑，太太说了太太也就笑。

当到太太主张抱狗回家来喂时，琪生他是完全同意的。真的他们中间应当有一个什么活的东西才是事，这东西必得比像朋友一样；又无朋友的讨厌，如小孩子一样；又无小孩的麻烦，一个狗，或者猫之类，总不拘。有一个活的东西到家里，会要更其热闹有趣点，遇到不爽快时节，两人还可把这东西来发气。这东西，最好的，自然就是狗，因为狗在这一家，意义上，赋予两人开心的地方，比别的要更多，这是一定了。

太太走到窗子边去随意用梳理头发说："我们这狗得把它唤做仇灵或者……才好。"

"你就只能想些小孩子的事。"

太太听到这话是不能数清回数的，一回不曾反对过。其实琪生想的许多事，就更近乎一个小孩子。琪生几多事不做，却来作文章，想从文章上得到精神物质双重的利益，结果若不亏他身边有一个年青太太做伴来用爱情鼓励到琪生，两面的失败，便早将琪生压坏了。太太一边看来琪生简直全是小孩子，一时不哄到他就不成。因此在琪生喊自己时总承认，实则这承认，就是使琪生愉快的一个好方法。我们是知道，常常有些孩子他便愿意做人长辈的，另外在一本什么书上，依稀像英国的蔼理斯说的有这样一句话：恋爱是搀杂得有父性与母性两种成分的。这话在琪生同琪生太太事上看，实在我们便找到真确证明了。

只待出发了，幸运就在街头等，但这时却是太太挨时间。"女人就有这毛病，当先着忙要快到后却是自己让人催。"琪生着急了。

"那便先走吧。"

琪生自然并不单身走。坐到床边看太太整理房内的东西。结果太太又来铺床折被单。

"太太这随便一点吧。"

"这不能，回头一个人来见到也太笑话了。你看我们的枕头真糟！"太太就把那个枕头藏到被单下面去。

有人会说这样描写是太琐碎了，这真没办法。我并非愿意。但在他俩出门以前我无从述说门外的事情，虽然我知道。大家莫忙吧，他们还有一次对话咧。

琪生说："太太的意思欢喜那一种狗？"

"我以为——"太太不即说，却把一个痰盂移到桌下去。

"我以为（这是琪生的以为）哈吧太尾琐，我是仅只对于那种高大狼种狗发生友谊的。"

"我可欢喜哈吧狗，（她把痰盂移出来一点）一个来到中国的伯爵夫人不是正正适宜有一只小得可怜的很驯善的哈吧狗么？"

出元宵胡同到了东沟沿，一些大的老的本国槐，夹路陈列着，槐树枝上的青虫，将自己口中的丝悬了身子在空中打秋千，燕子是有些贴到人行地面飞，快得像抛梭，沟沿经过昨夜的雨蒸出些湿气，路上已有小孩子穿新衣服过节了。

沟沿几家外国人住宅，似乎每家都有一群哈吧狗。不过，这“一群”，或“三群”同到“没有”又究有什么分别？这里的喂狗人，在狗的颈上全系有带子，另一个穿号衣的狗伙计，手上就抓到绦的另一端，原想它跟到别人行，除非有法术。

他们走了一条长路一直从北到南头。碰到的狗倒共有五起。这些狗中虽有不为人管束自由在路上散步的，但样子都是极老成，人走拢去它就大大方方的走开，若不屑为他们的朋友，走了还在远处看，又像明知道这一对年青男女是有不良心思的样子。

到南头，琪生还是往前走。

“我们不走这路吧。”琪生太太当到琪生正要过桥想向西大路时说。

“琪，你不记到那匹小狗是害病受别的风雪同狗虐待攻击过的吗，你看这里这些狗，一个二个养得矮胖同个银行职员一模样，眼睛骨碌碌狡猾相，你能带它回去？”

琪生他俩回头了。

想来这沟沿大路就不会有这样一只理想的狗吧。他们走进一个同元宵胡同相通的小胡同里去。把小胡同走完，显然时间迟了一点。好运已在先一会过去了。小胡同内就只碰到一只蹲在一家门前的老公狗。

只有回去一个办法可以行。

琪生太太到书架背后取钵子，谁知钵内有个客。钵子取出见到粽子中间多了一匹小小灰老鼠，太太手一软，差点把钵掉到地。

“来，来，琪，这里有个客！”

把钵放到桌子上面去，两人围到看这想逃却逃不去的小鼠子。鼠子还只细小同一个大的拇指那模样，全身是灰色，小小的红嘴唇边还有几根细胡子。大概它也明知走也走不去，就不用再用力爬上钵子了，只是在粽子堆中蹲着睁起小小灵敏眼睛望四方。

“你看那样子，多可怜，还不知道害怕咧。”

“它来同我们共早餐！”

琪生想用手试去提那小的鼠尾巴。

“莫，琪，你莫虐它，让它顾自玩！可怜的朋友，就尽它吃粽子，我们还是吃我们的中餐吧。”

琪生又把太太抱着了。

写于中一区治下

本篇发表于1927年6月17日，18日，20日，《晨报副刊》第1974号，第1975号，第1977号。署名璇若。

蜜　柑

一到星期，S 教授家是照例有个聚会的，钱由学校出，表面归S教授请，把一些对茶点感到趣味的学生首领请到客厅来，谈谈这一星期以来校中的事情。学生中在吃茶点以前心里有点不愉快的就随意发挥点意见，或者是批评之类，S 教授则很客气的接受这意见，立时用派克笔记录到皮面手册子上头，以便预备到校务会议席上去提案。其实这全是做戏。等到鸡肉馄饨一上席，S 教授要记也不能，学生们意见便为点心热气冲化了。纵或是吃完点心仍然可以继续来讨论，但是余兴应为 S 教授太太来出场，在一杯红茶以后，大家又都觉得极其自然的是应各个儿分开，散到园子内树下池边去谈话，也才像个会，所以 S 教授手册上结果每次记录都只是一半。不过这正可证明圣恩大学显然是全满了学生意，纵有一点不惬人意处，茶点政策亦已收了效，不怕了。

在这种聚会上，有一个人所叨的光要比每次馄饨酥饺所费还要多，这是少数学生也极明白的。但这关于个人的私德。有些地方本来德行这字原只放在口上讲讲就行的，如像牧师的庄严单单放在脸上就够了一个样，所以我们还是不说好。并且，又据说有一类人正因为常常有人做了文章形容过，不依做文章的人，说是轻视了上帝，这一来，天国无从进，危险的，莫让诅咒落在自己的头上吧，我真不说了。

时间是三月快完了，桃李杏花是已在花瓣落后缀有许多黄豆大的青子了。丁香花开得那样的繁密，像是除了专为助长年青人爱情，成全年青情人在它枝下偷偷悄悄谈情话外无什么意思。草，短短的，在丁香下生长的，那是褥子，也只单为一对情人坐在上面做一些神秘事情才能长得那么齐。

在这样天气下，一个年青人没有遐想那是他有病。再不然是已经有个爱人陪到在身边，他只在找出一打的机会使女人红脸，没有空再去想那空洞爱情了。

本星期仍然有例会，男女同学仍然都像往天一个样来到S教授住处，聚在一块儿，用小银匙子舀碗内的鸡肉馄饨吃，第二次又吃火腿饼，一人各三个，放到银的盘子里，女人平素胃口本来是弱的，这时可是平均分到吃。吃完后，美国磁器绘有圣母画的杯子装着红茶出来了。

坐在主位的教授太太开了口：

"这样天气好，大家正可以到那园子里玩一个整天！"

"我们还有一大篓蜜柑，是吴师母昨天送我的太太的，大概太太今天要请客，所以留大家！"

S教授说了就微笑。这是一个基督教徒一个大学教授在学生面前不失尊严的微笑。

学生于是抚掌。

有蜜柑吃抚掌原是值得的。

"柑子正要吃，不然放着天热会坏了。"教授太太站起身来说，一面用手指点在餐桌上的客数目。

这一来，几个刚才离开众人到沙发上去躺的男生，立时又走过来恢复原位了。

"我要数，"太太说，"我有一个好意见，我数你们那一个有女朋友，这柑子就可多得两三个，因为天气这样热，别人去到树下说情话，口干那是自然的。你们没有女朋友，陪到S先生到这客厅中谈话，还有茶，所以各人有了两个柑子也够了。"

"那不成，大家是一样，S师母不应特别爱他们的。我们没有朋友在此是师母的过，为什么不先日早告给我们，我们纵不有也好要师母帮到找？"

男人方面涎脸原是自然的。女人方面原来只是一个人的便早红了脸。

“师母说的话是有心袒护几个少数帝国主义者!”这是一个曾经在学生会做过主席的抗议，话说得漂亮透了。

另一个，正要同S教授商量一点私事的，就说：“我们陪到S先生也是要说话，难道就只有谈情话能够使人口干么?”

“那你们有菜，有奶汁，有可可，在客厅里多方便!”

“可是凭天理良心说，我们莫有情人的，应当在柑子上多得一点便宜，也才是话!”

“……”

这是一个利权得失的大问题。又因为在S教授夫妇面前撒一点娇不妨事，于是这边以理由的矛来攻，那边的理由盾牌也就即刻竖起来。宁可大家慢吃点，分配方法不妥贴，大家也就不能即刻散开的。

“好，算我的，你们这些陪到我同师母谈话的人我要师母回头再送你们一样好点心，总算公平吧。”S教授说。

幸得S教授来解决，于是叫了听差即把蜜柑篓子取出来。分散了。

二十三个人中十二个人是得了双份，其余则等候别的东西再看了。

这之间，有一个人忍受了损失不说话，蜜柑分到她的面前时，却只取两个。

“怎么，交际股长难道是一个人么?”师母笑了。

不。当真不。这中有三个人原是都可以算得够同她在一块儿来谈情话的，但人是三个，就不好办了。她很聪明的只取一单份，使他们三人都无从争持。大家本来都知道，只暗笑。

三人见到是这样，也只取单份。这三人中共有两个是学政治的，一个人是在学校中叫做诗人的小周，那么一来，政治显然是失败，诗人也算失了恋，明日周刊上大致又可以见到一首动人的爱情散文诗了。

领双份的大大方方用手巾兜起蜜柑两个两个走去了，剩下的便是一些两方面都算失败了的人。不过不到一会儿，客厅中人就又减少了一半，这因为还有两对是那已有交情不愿众人明白的男女，所以牺牲了蜜柑，保存了秘密，此时仍然走到别外谈私话去的。

天气这样好，正是诗人负手花下做诗的好时节，况且又失意，小周先就顾自跑到后园池子边去了。

交际股长密司F，乘到大家不注意，也一个人离开了客厅。大凡学政治的人头脑都是一个公式所衍化，是以两人看到自己的蜜柑，为诗吸引去，也不敢再追上前去看看命运的。密司F不消说是即刻就把小周找到手。

直到密司F走到身边来小周才知道。

“你为什么一个人却来此地玩?”

“那你?”

一个坐着一个站着，两人相对笑，于是站着那个就酥酥软软挨到身边坐下来，这一坐，下期周刊诗的题目变了一个了。

我再说一遍：时间是三月快完了，桃李杏花是已在花瓣落后缀有许多黄豆大的青子了。丁香花开得那样的繁密，像是除专为助长年青人爱情，成全年青情人在它枝下偷偷悄悄谈情话外无什么意思。草，短短的，在丁香下生长的，那是褥子，也只单为一对情人坐在那上面做一些神秘的事情才能长得那么齐。

池子边是算得S教授住处顶僻静树多的一个好地方。虽然这些人都向这地方走来，一些小土坡，这里那里堆起来，却隔断了各人的视线。花是那么像林像蔓的茂盛，还有大的高的柳树罩得池边阴凉不见天。明知是各人离得都不会很远，喊人也能听得到，但是此刻各人正是咬到耳朵说些使那听的人心跳脸红话语的时节，谁也不会前来妨碍谁。

因此大家都能随意点，恣肆点。

回头来，密司F转身到客厅，见到一个茶几上放了个柑子，口正干，不客气的就撇开吃了。大家全都不注意。只是当密司F同到一个政治学生眼光相碰时，脸红了。柑子就是这位政治学生故意放下的。她心明白了，只冷笑。她揣想：

“下一次必定又会有人提议在周刊上不得常登一些无聊诗歌的。……”

于北京东城

本篇发表于1927年5月28日《现代评论》第5卷，第129期。署名从文。

乾生的爱

人是全靠要有些空想才能活下来，这不是瞎话。你不拘想什么，那都行。你总应当想一些你所做不到，看不见，无从摸捏的事事物物，你活下来也才有趣味。一个法学生，想做县知事，推事，司法官，这不是顶坏的事情，有一个希望，你才能努力，不然，凡事过得去，你完了。你不相信么？到你尝到味道你就知道了。

又譬如，目下就有不少的男男女女想做文学家，或艺术家，终日做诗，做文，且申明不是为钱，说是为艺术，要入什么宫上什么坛，才如此发狠，“有志者事竟成”，现放到有不少副刊杂志可以助和一般天才的成功，不到三月五月那么久，大家不就居然是个文学家艺术家了么？你不想做和你不去做，将来“文化运动”你就没有名字的，因为你是像假充——或者说“滥竽充数”吧。

在此我们知道一个中学生所想的是什么事。毕业，升到大学去；男子入四维大学，女子入闺范大学；男子学政治经济好做官，女子学跳舞好美，这是自然的，正当的。但是还有一个正当的想头是什么？是恋爱。

照普通学制的算法，一个中学三年级的男学生，身体是已经发育得到可以同一个女人拼命纠缠的时节了；女人呢？则中学二年级也够数。并且近来一些科学家，美学家，又正为青年人出了不少的好书，如像《爱的法宝》一类指示年青人所走的方向又像极正确的书，这类书就可以帮助他早熟。不过一个中学生，在别的一方面，施展他或她的天才的机会，毕竟是很少，这就只有一个办法来补救，想：本来恋爱的意义一半是做些身体上的事，一半是两个人分开来咀嚼这味儿，这样仍然可以算是得到一半了。

乾生是四维附中的中学生，也是像我所说只有想的资格，正在那里咀嚼恋爱意味的一个人。怎么样就可以做一点更伟大的事情？没有办法。虽然是同学就有不少身体上有缺陷的某性人，也是没有办法。熟是很熟的，同到开会，同到上课，又同到——散学时同到出校门。初一步总太难了。

其实几多样子是好的，要爱都可以去爱。第玖级，其中几个同学的，八个人中就全都可爱。看到她们样子也不会是不要人爱她的人。他参考着《爱的法宝》一书第四章上的指示，“一个女子同一个男子，在同等年龄上，她的爱的欲望比他还要来得强一点，固执一点——不，也深沉一点，隐晦一点。”他相信，只要是那最困难的一个门限越过后，以后就按到书上所指示的去做事，总不怕失败了。

但是第一个门限就非常困难，乾生可说在恋爱以前便尝到失恋的一个人。

机会其实是很多，譬如——

机会是太多，致使乾生不知道要选择那一个为可靠，反而误事了。今天一个同学来问他代数，明天又是另一个来问历史，因为功课好，使他同学一个一个全都挨拢来。一件恋爱从学问磋切上入手，难道还不算是顶正当的恋爱么？这个那个都不去问别人，单单向自己走来，难道不是有一点儿意思么？乾生原是明白这个的，明白只使他更苦。他知道，一个在爱情上勇敢的青年，机会还是他去自己找，不一定要现成也能成功的。他自己就只会在一些好机会上来红脸。

女人这东西，身上收拾得甜净，心里的灵巧比小白老鼠还有余，但生成只是让人来爱的。她即或受过好教育，教育这东西，在她身上就同一个珠子颈串样。可以装饰得更体面一点，更逗人爱恋一点，她仍然不会脱了一切诱惑自己来选一个她要爱的人。她心里即或明白她的周围谁个要更可爱点，但结果她还是让那大胆的，勇敢上前的，坏一点的男子去爱她，为那她不怎样真的满意的男人所取得。

乾生，就是我们所常常说到那类神经粘液二质混合的怯汉子，当然最适宜于他的是那唯一的单恋了。

他尝想：难道自己就不能为一件痛快的恋爱牺牲一点比别人更大的牺牲么？

牺牲是能的。一个怯汉子，爱人比那表现派的恋爱家还真实，也是可能的。不过他却不知爱一个女人，原是心灵的拥抱以外还得将自己嘴唇涂点蜜，言语甜滋才能印进女人的心中去。

怯汉子所能的只是顾自在他心中描摩这举动，一见人，气力就消失，全完了。

春季游艺会，各处大学中学都在次第举行了，学校借此作一次吸收学生的好广告，学生借此可以放两天特假，因此大家对这会的进行都热心。

乾生所属的四维附中定于四月二十办这会。校中各处打扫收拾得一新，学生在十天以前，临时来练习体育竞技同演剧。女生忙着学跳舞，预备穿起绣花衣裳上到台上去让人鼓掌。各部各科教员都在整理学生的成绩，尤其是图画教员忙得凶，这会期，只差三天了。

乾生被推为第九级委员，第九级在本校除了第十级一班外，算顶大的一班了，因此游艺股事务的分配于他格外多。演剧的，玩魔术的，说笑话的，凡事接洽都来同到乾生打商量。

女人挨到乾生身边的机会更多了。

有人会说，乾生君，能够在学生委员会中办事情，对女人，这样不中用，不会有的吧。你以为不会有，我怎么能说一定是这样？但事实是如此，我不能顾全到各处，所以乾生君，在此仍然是办事，忙得凶。学校中，办事人，活动的，我们是可以见到许多聪明伶精如同一个能干演剧人一样，这是很多很自然的事。你们的大学，你们的中学，自治会，一类干事，一类职员，一个二个，不是全都正是那么又漂亮又能干的一些小白脸在做的么？女的方面也总不会是那与美与善交际相反的密司去担当。但真在那里做这样，做那样，认真把同一件事情干的，都是几个大傻子。我们举一个班长，我们为了种种的利益，我们不会一定要选一个在学问品行相貌上都高超的同学去做的。每每因为趣味一方面，或者切于实际一方面着想，我们用得着一个身体发育得特别，或忠厚老实得同猫一样的同学，以后我们才有利。凡是中学生，大学生，都因趣味免不了要这样做。我的一个老同学，名叫艾少爷的，他就因为憨的原故成了在校各项组织当然的委员，这人憨到有时拿了粽子包，顾自躲到厕屋去填肚子，为得是别人要他做事菜饭全为代劳了。但这乃是另外一人事，我不再说下去了。

我全为解释乾生君以后的行为，才引出我的老同学做证人，其实是在八年九年过去的事情，近来的老友，则并不再憨，据说已在做两个儿子的爸爸了。

我再说关于四维附中春季游艺会的戏剧。为表示爱国，所以选上《一片爱国心》；又演《一只马蜂》，意思就不很明白，或者，是告年青学生们一个向人生进一步的一个方法吧。

十八，时还只九点钟，在游艺股办公室，乾生正是顾自老早赶到这里来写一个剧目通知单，预备用蜡纸复印。天晓得，这是什么缘，九级一个女同学，来到这里像是专为给乾生机会，本意找一个导演先生问话的，导演不见来，就坐下来等，这一来，我们有戏看！

老实人，心里不老实，女人进门时，乾生君，是装成大量顺意刮了一眼的。这女人，平时就知道他有点儿兴，很幽默的点个头。

为得是虚荣，或别的，女人独自坐在那里笑。

“——机会，一个机会！——”

像是谁在乾生耳边告着这样的话。这一来，一个人心又在跳了。

“密司忒张，日来事情真忙吧。”女人先说话。说了，大致又想到刚才在另一个地方所见到的事情是好笑，又笑了。

问，又笑，把这意义一连贯，在一起，乾生受伤了。慢慢的就把头抬起来，他就用那从看电影上一个男人在抑郁着望他女人的章法，望那女同学。女人也望他。可是他从女人态度安详自然中，无从发现那女人为男子望后照例的反应，他更苦恼了。

这是极其熟悉的一人，也是全班最活泼的一个人，也许这是知道自己在望她，是有别一种意思，这聪明女人，就故意作为不懂躲闪吧。

他又去望她，而她却同时又望他。他心跳得厉害到极点，头也像已快发昏。这眼光，就是一把刀，一直从他眼睛刺进去，在心上，真带了伤了。

“密司忒张，王先生今天或者不会来了吧，我们要问他——”

这显然又是一个给他谈话开口的机会。

乾生只能伏在桌上说一个“唔”字，既不是答别人的话语，又不像是问别人。他想到许多在第一道门限以后的话语。精粹而且动人的句子，足有一大堆。他相信这一堆诚实的自白，都会为对方了解，在自己说完后，女人或者会流泪，会像电影中一个女人样子即刻走拢来搂他，自己便也为这动人情景所感动，再不能说话，于是，两人以后就深深的爱恋，如胶似漆分拆不开了。但此刻他还没有做那第一步所应做的事。他就把前前后后一些热情一些诗样行为诗样言语融化为一个“唔”字。

女人却是一点不知道。坐在对面一个人，这时就已拿了自己做对象，演着伤心的悲剧，真是女人没有料得到的事。

一点不知道么？乾生是不相信的。他以为女人即或蠢，也会从一些男人眼光中猜出那爱情分量的。按照书上说：女人是逃躲，是有意的逃躲的。

乾生为那女人想：这时实在就应当老老实实大胆一点走拢来。他又同时在怨人：其实别人已就走拢来，只要稍稍用力拉一下，就成了。

他是连拉的力气也就全没有，这是自己承认的。

“我应当说一句什么话？”乾生想，“说一句不现痕迹的话语，是好的。使她知道我是怎样的能爱人，又怎样要人爱——”

这仍然是第一步。第一步？不，他简直不去想那第一步！

“密司马——”

“怎么？”

"没有的。"

他是当真没有话可说，要说的话为她这一问，又跑到不能临时拉出的远地方去了。

他们的眼睛又碰在一块儿。

这时她从他眼中，看出他所要说的话了。他的羞怯也全看出了。他的不规矩的进取心思也全看出了。他也看出她了解自己的神气了。

她也脸红了。

她红着脸一句话不再说离开游艺股办公室，他就红着脸伏在桌上看到她的影子消失在一个连翘花台背后去。

他像得了什么，又失了什么。心里苦楚不能受。在此时，是应当哭还是应当笑？他也分不清。用手抓他的短头发，这是小说上人物的动作，维特似乎就这样，他就采用了。

天气很好，游艺会玩得大家更高兴。来宾挤满了一校，招待员各人在身边配了绫子的徽识，跑来跑去照料得极周到。艺术展览室，绘画刺绣全是些足为本校生色的精致作品。团体游戏竞技，玩得许多好花样。结果使来宾在批评簿上恭维一堆本校精神的话语，一个白天算是过去了。

到夜里，各处红绿电灯点缀得本校像大的戏院子，分地进行旧戏，新戏，电影，烟火，名人演讲，等等玩意儿。职员分班各处来照料，更热闹，更有趣。

新戏放在大学部的礼堂上排演，因为戏前有跳舞，来宾多半是些以艺术为生命的人，这里人，更多了。

到开幕以前，窗子上也塞满人头了。乾生在场做招待，眼看到时间快到时，几个招待员，也全跑到前排在先就为演员办事人休息留下的位置上坐下了，乾生坐到前排靠右边，有用意。

密司马，跳舞是一个要诀，《一只马蜂》的余小姐，又得她去装，在右边，一开幕就是……

跳舞的人裙子扬起时，唔——

世界上，原是有那许多人，为一个虚荣的冲动，骄傲的冲动，才感到要爱一个人，是当真的。这人美，在社会上能够摇撼许多少年人的心，归结这人为我有，在这自己的占有中，别人的企羡中，才能见到胜利光荣和富有，在这种情形中才算完成他爱情，这不只是某一类人有这种心情，全都是。也许你的爱人并不怎样美，你们一块儿顾自同在家里时，会亲切得像块饧。但是一出到北海一类大庭广众中，你若陪你黄脸小脚太太玩，你必不大能高兴。你无形中也会故意离你太太走得远一点。反之，你若同到一个美的妇人走，这人就不是你的什么，至多是你朋友的太太，你也愿意别人疑到你们是一对，让人把妒嫉暂时落在你头上，你不以为不应当，也是自然吧。

因此我们可以想起乾生此时的心情。

一个恋人，又是那样的美，那样的出众，此时大致就已在那紫绒幔子后面装成一个皇后模样了，行见哨子一发幔一甩……

当他想到自己的将来情人就要在台上消受别人的掌声时，他面在发烧，心在跳，又即刻陷到十八那早晨无可奈何的情境中去了。

第一次跳舞完了后，几个女同学，换了衣服到台下座位上来休息，看别的跳舞。

几个男同学起身让开了座位，又到场内各处打招呼去了。乾生还没有立起，密司马就在并排一个位子上坐下来。他不知道是起来还是坐下好。惶遽得同一个贼在主人面前一个样。

在乾生身背后一排一个女人同到密司马说话，密司马就从右边旋过头去答。

“密司马，你的王后舞真好！”

乾生回头看那说话女人时，才见到后几排的眼睛全对着自己隔座这个人。

“机会，——又是一个机会！”

又有什么在乾生耳朵边告警了。

一个又长又白的脖子，脖子上的粉，粉的香，刚才还披散着这时随意来束成的一个粑粑髻，耳朵上所覆被的白色绒毛，沿着肩下去，一切在煤气灯略带绿色的灯光下，显得出这天打就的身体的一切线的匀称处。

“密司马——”

这女人头略扭，眼光就碰到乾生的眼光。乾生立时把头低下去，努力腼腆说完一句话，“你的王后舞真好！”

女人不做声。

乾生不敢再抬头看侧面，但所能感觉得到的，是女人在心上也起了某一类感觉，接着是女人身子略偏近自己一点，正踏着的女人的脚是在听到话后骤然停止了。乾生把握着这一段憧憬稀薄的印象，就极其痛苦起身走出会场去。

谁也不知道今晚密司马演了一出《一只马蜂》以外的什么戏。

游艺会过了。一些掌声，一些喝彩，女主角们也渐渐忘怀了。一些体育家，一些魔术家，仍然恢复斯斯文文了。一些烟火，一些欢悦，都随了空气为风吹得无踪无影了。大家仍然每日挟了课本来念书，是正事，要看热闹只好呆到秋季再来了。

乾生一天更忧郁一天的下来，已渐近于世人所说的呆子气。假使是他全没有空想，也许好点的。

十六年五月于北京

本篇发表于1927年6月23～25日《晨报副刊》第1980～1982号。署名璇若。

看爱人去

没事坐在公寓中，类乎是养气，耳畔听到悠悠扬扬的打鼓人手敲的小鼓，就想到把朋友 F 君所存的几本破书换点钱，好吃早上的烤薯。

打鼓人似乎总不进巷口，听到声音又像远去了。

“看女人去，你坐左右无聊哩。”同乡春甫君，当春服初成的当儿，游兴发了，一进我房就是那么说。

“我恕不奉陪。”

没有事可做。也不是心里不爽想要睡。我只是不愿到几个地方去。公园真不是我应去的地方，北海我怕打圈子，腿没大兴趣，市场则不是买东西，也不必。

“你扯谎！”

大概春甫君，是见我往日的爱到各处整天的放荡，凡是玩全不辞往，这时总以为我又是在故意开玩笑了吧。

“不。”我告他不，当真不去的。

“什么原故？”

我是没有原故可说的。但要反转来说问他什么原故必得找我出去玩？我可以答：是“春服初成”，不出游，未免有点委屈了夹衫。然而我不说，我是不愿意使人为难的。

从桌上匣子里为他找剩烟，说是不抽了，其实我的匣子里，烟也不一定就会是有的，不抽就正好。

看他在我那破烂藤椅上，人是那么重，椅子的病又近于不可治，只听到吱吱哄哄我就很耽心，一不小心这样漂亮藏青衫子会要挨地下的灰，是可能的吧。春甫君，似乎也对于我那椅子坐得有经验，是老主顾了，好像也只把身体一半的重量寄托到椅子，另一半，则靠到一双脚，宽宽的两边分开蹾。

“懋哥，你去吧，今天是个好地方！”

“显然是要运动我陪你做别种事情，所以懋哥懋哥呀。”

“你不应当这样冤屈人，真是一个好地方，你一定不去，我就一人去——”

什么好地方？我就想。想是不会想到的。不过春甫君，所发明的好地方，我曾领教过一打以上，像并不怎样好。这次或者又是诓我也就说不定。我问他，说说什么好地方？

“朱那里。”

春甫君，同时就在笑，大约看出我有愿意同他一走的意思了，还加解释的话语：

“他要我们看他的女人，新的同学的，大约是在恋。或者成了功，昨天来信欢迎我去看，你不正可也去看看吗？”

说来真是够可怜，女人这东西，在我这一点不中用的一个中年人面前，除了走到一些大庭广众中，叨光看一眼两眼外，别的就全无用处了。我难道样子就比一切人还生长得更不逗人爱恋？但是朋友中，也还有比我像是更要不高明一点的人在。难道我是因为人太无学问？也未必如此。我很清清白白的，我是知道我太穷，我太笨：一个女人那里会用得着我这样一个人爱情？我又不会按到一个女人的嗜好，去做一些聪明事。只据说，这世界上有一些才女，痛哭流泪要人爱，但这就得那类恋爱家，去小心伏侍，或者是每天来做一首诗，最好则是装一点儿痴，要死要活的去赖，一见就说心已烧成灰，其实倒不必真有那回事，于是才子佳人就在一块了。其他女人呢？放到有几多，就是专在那里等候人爱的，一个二个便捷一点的，就都成功了。我呢？本能的缺乏，就只耽心用感情撞伤了别人，其实这也只是空耽心。你就大胆去做谁也不会对你稍注意。并且我是一个快要三十岁的人，恋爱这类事，原只是那二十来岁青年的权利，也不必去再生什么心，郁达夫式的悲哀，个人躲在屋内悲哀就有了，何必再来唉声叹气惊吵别的情侣？这世界女人原是于我没有分，能看看，也许已经算是幸福吧。

听到春甫说是小朱也有情人了，吃惊原是不必的。因为这人就年青，别的像资格问题，是不必追究也会合乎情理的。但是那会这样快？一个月吧，至多两个月吧。说是有，而且已就俨然要成一对了，这是仍然免不了一惊的。春甫说的是去看一看，我是完全同了意。我心想：我每一次看到一个朋友的爱人，我就同时感到女人这东西又是怎样的平常浅薄，小朱会有个爱人，我是在没有去看以前就能为他估定总不出于我所见一般女人者流，配小朱，倒是八两半斤搭得来，可不会怎样足使我有自瞧可怜的光景吧。

我答应去了。

春甫君，忘了形，两脚抬起来，椅子立时又在发狠警告了一次。

“打门吧。”下了车，我就嗾使春甫君打门。

“打是无用的，门同住处离得太远了。”春甫君，是到过这里几次的，我却是新客。

门是不消说正开着，没有门房来质问，冲进去得了。

就一同冲进去。

这是一个中学生私立的寄宿舍，老的大的院子中，一些白丁香，花开一大半，一些黄色的连翘，快谢了，院中还有一些草，一些大榆树。

从院子横过去，到了主人的窗下，春甫大声喝：

“有人在家么？”

“在。”

只答应一个字，在就一齐进去了。

女人是两个全很美。一个年稚一点的，身子高得柔得像根葱，傍小朱的床头坐，情人或是爱人吧，看样子，无可疑。另外一个矮一点的，大致又是别的一个青年的爱人或准爱人了。我是照例的寒碜，没有办法的。是别人的爱人，我寒碜一点，那算什么事情？也许这样办法更能见出一个朋友的能干，使女人可从这应酬中，发见自己情人的美点，我算不得为损失，在朋友方面，还感到利益，是可能的吧。

“是同学么？”春甫君问，原来春甫君还都不认识。

“不，一个是培满的。”小朱就代答。

培满的，使我想起我的另一个朋友培满的情人。培满这类学校原就专为造就让人爱的年青女子！

也不必经人问贵校，就坐下喝那主人才冲好的茶，茶叶还浮到白水上面也不管。茶杯是有盘子的，喝了一口就又摆到盘子去，这在自己住处就会觉得是麻烦，但如今，我要利用这些动作把精神离得别人远一点，我就不厌其烦来采用这办法，喝一口，放下；取来，又喝一口。

四个人不知说到一件什么事，就都笑，笑本就只属于年青有福的男女，听到他们笑，我略略觉得脸上有点发烧了。

这有什么办法？我又不便于说走。我很明白我今天是来看别人的爱人的。我是来热闹的。纵不堪，不说话，像一个傻子，也应一直看到收场吧。

“密司忒朱你这房子布置得真好！”

那个像是小朱情人的，就和她女伴：“真是好！”

我因为听到别人的称美，脸是应得抬起掿向墙的一边去看看的。的确，这房里是真好！当床前头一副白纸的对联，用浆糊像裱画店一样贴到墙板上。另外一方墙，则拦腰用小铜钉钉上一圈三分钱张的复制西洋美人邮信片。书架上，一些杂志同讲义，又有些三角几何厚本书。写字条桌前，窗下钉了一张从《小说月报》上扯下的画片；（或者是一个诗人。）桌上有四本《东方杂志》同一本《幻洲》。不知怎样我就同时联想到一个理发馆。我把小朱想成一个理发馆徒弟。似乎是沙滩，一个理发馆，就有一个小胖子徒弟，当到洗头时他就去放水。春甫是不是也想到这样？我可无从能知道。但我忍不着一笑时，他也莫名其妙赔到我笑了。

接着听到小朱同春甫说话，说是“我接到你信”，到此小朱笑，春甫笑，两个女人也笑了。这是第二次。小朱立时又走过去咬到春甫耳朵说了一句话，女人更其笑。我全知道了。另一个女人，原来就是小朱帮忙为春甫找的。四个人演戏我一个人看。我看春甫同那身材矮一点的女人真又是一对。女人是美的。但一个美的女人，就极其适宜陪到一个与美相反的男子去睡，这是一个自然的法则。这时虽说是才相熟，大概再过三四个礼拜，我就可以来专看春甫的爱人了！论一切，春甫原是比小朱还强，成功也许更快吧，我心想。

唉，年青的女人们！从一些书本上，从一些电影上，你们就成熟得格外早，又学到许多媚人的章法，成全了这世界无数便捷的或有呆福的男子，你们这些男女们，真是值得拿这爱情在一个中年孤身男子面前来骄傲！你们随意亲嘴吧。你们随意搂抱吧。你们用你们青年的权利，得嘲弄一个中年孤身人。你们原不必客气，当到我，来做你们相识不到一个月就敢背人做的一切怪事情，也是不要紧，我是愿意看看这种人生喜剧的。曾有一些朋友们，都在我面前肆无忌惮演过一些热闹的喜剧。放心吧，我老了，衰了，我除了当到你们笑，背到你们再来哭，我是万不会有意扫你们兴的了！

我用我故意做成的寒碜，想减少这房内别个人拘束，依然没有所动作，只是无言的相对笑，倒使我似乎失望了。

偷到觑看那个高一点的女人的脸庞，白中微带有点薄薄红，在左边，在右边，会就印过小朱无数爱情的戳记。另一个，脸部略削点，我猜至少已是在那左边右边用得着一个年青男子的嘴唇去点缀生活了。

“春甫，我是还得有点儿小事的。”

春甫记到我们来时所约定的话，爱人已看过，就应得走了，见我说有事，就说一个走。

把帽子抓起，再来平视爱人一次后，顺便点个头，出了门。

回到家来仍然各人坐各人的原位子。

“春甫，你怎么不先告我你也有个意中人?”

“那里，你乱说!”

“我才不乱说，我早知道这样，我纵去，又当另抱一种态度去，坐一会也得先自抽身走，免得妨碍你们的谈话!”

春甫不作声。显然我是一点不猜错。呆会儿，他忽问：“懋哥，你看那人如何?”

“自然是全好。自然是值得拼命同她去纠缠。你们全都是年青，女的好，值得男人爱，男的何尝不是为女人爱的?”

春甫说这又是我的牢骚话。的确，我是不应该在一个不拘什么人的面前有所愤慨或是悲哀的。我又勉强的笑了。

我为了表示对别人的爱人有看的兴趣，我又答应了春甫，下一次，再去看他们爱人的。

五月在北京

本篇发表于1927年5月21日《现代评论》第5卷第128期。署名为琳。

草　绳

今年镇上雨水特别好。如今雨又落了整三天。

河里水，由豆绿色变到泥黄后，水位也由滩上移到堤坝上来了。天放了晴水才不再涨。沿河两岸多添了一些搬罾人，可惜地方上徐黑生已死，不然又说镇上八景应改成九景，因为“沱江春涨”当年志书不曾有，或者有意遗落了。

至于沙湾人，对于志书上的缺点，倒不甚注意。“沱江春涨”不上志书也不要紧的，大家只愿水再涨一点。河里水再涨，到把临河那块沙坝全体淹没时，河里水，能够流到大杨柳桥下，则沙湾人如像周大哥他们，会高兴得饭也忘记吃，是一定的吧。

水再大一点，进了溪里桥洞时，只要是会水，就可以得到些例外的利益。到桥洞里去捉那些为水所冲想在洄水处休息的大鱼，是一种。胆大一类的人呢，搬罾捉鱼以外还有来得更动人的欲望在。水来得越凶，他们越欢喜，乘到这种波浪滔滔的当儿，顾自奋勇把身体掷到河心去；就是从那横跨大河的石桥栏上掷到河心去。他们各人身上很聪明的系了一根绳，绳的另一端在大杨树上系定，待到捞住一匹从上游冲来的猪或小牛之后，才设法慢慢游拢岸。若是俘虏是一根长大的木柱，或者空渔船，就把绳系住，顾自却脱身泅到下游岸边再登岸。

然而水却并不能如大家的意思，涨到河码头木桩标示处，便打趣众人似的就止了。人人都失望。

桥头的老兵做了梦，梦到是水还要涨。别的也许还有人做这样的梦，但不说。老兵却用他的年龄与地位的尊贵为资格，在一个早上，走到各处熟人家中把那再要涨水的梦当成一件预言的说了。当然人人都愿意这梦是灵验。

照习惯，涨水是本来无须乎定要本地落雨才成的。本地天大晴，河里涨水也是常有事。因此到晚天上还有霞，沙湾人心里可不冷。

“得贵伯，是有的。”说话的是个沙湾人，叫二力，十六岁的小个儿猴子，同到得贵打草鞋为生。这时得贵正在一个木制粗糙轮上搓一根草绳。这草绳，大得同小儿臂膊，预备用来捉鱼。搓成的草绳，还不到两丈，已经盘成一大卷。

房子中，墙上挂了一盏桐油灯，三根灯芯并排的在吸收盏中的油，发着黄色的光圈。左角墙上悬了一大堆新打的草鞋，另一处是一个酒葫芦同旧蓑衣。门背后，一些镰刀，一些木槌子，一些长个儿铁钉，一些细绳子，此时门关着，便全为灯光照着了。

二力蹲坐在房中的一角，用一个硬木长棒槌击打刚才编好的草鞋，脱脱脱的响。那木槌，上年纪了，在上面还返着光，如同得贵的秃顶那模样。

得贵是几乎像埋在一大堆整齐的草把中间的。一只强壮的手抓住那转轮木把，用力摇，另一只手则把草捏紧送过去。绳子是在这样便越来越长了。木轮的轧轧转动声，同草为轮子所挤压时吱吱声，与二力有节奏的硬木棒槌敲打草鞋声，合奏成一部低闷中又显着愉快的音乐。

“得贵伯，我猜这是一定会有的。”

二力说得是明日河中的大水。若是得贵对老兵的话生了疑惑时，这时绳子绝不搓得这么上劲的。但得贵听到二力说话可不答，只应一个唔，而且这唔字为房中其他声音埋葬了，二力就只见到得贵的口动。

“我想我们床后那面网应当早补好，”二力大声说，且停了敲打，“若是明天你老人家捕得一匹牛；——就是猪也好——可以添点钱，买只船；——不，我想我们最好是跳下水去得了一只牛，以外还得一只船，把牛卖去添补船上的家伙，伯伯你掌艄；我拦头，就是那么划起来；——以后镇天不是有鱼吃？”

得贵把工作也稍稍慢住下来：“我跌到斤丝潭里去谁来救援？”

这是一句玩笑话。这老人，有名的水鬼，一个汆子能打过河去，怕水吗？

二力知道是逗他。却说道：“伯伯你装痴！你说我！我是不怕的，明天可泅给你看。”

“伯伯这几年老了，万一吃多了酒一不小心？你能救你伯伯吗？”得贵说了就哈哈大笑，如同一个总爷模样的伟大。其实得贵有些地方当真比一个衙门把总是要来得更像高贵一点的；如那在灯光下尚能返光的浅褐色秃顶，以及那个微向下溜的阔嘴唇，大的肩膀，长长的腰，……然而得贵如今却是一个打草鞋度日的得贵。也许是运气吧。那老兵，在另一时曾用他的《麻衣相法》——他简直是一个“万宝全”，看相以外还会治病剃头以及种种技艺的——说是得贵晚运是在水面上，这时节，运，或者就在恭候主人的，是以得贵想起“晚运”不服老的兴奋着搓绳，高兴的神气，二力也已看出了。

“我想——”二力说，又不说。

这是二力成了癖的带头的，说话之先有“我想”二字，有时遇到不是想的事也免不了如此。这是年纪小一点的常有的事情。

“我想我们还应当有一面生丝网，不然到滩上去打夜鱼可不成。”

“我想，”这小猴又说，“我们还应有些大六齿鱼叉才好。”

“还有许多哩。”得贵故意提出，好让二力一件一件数。

“我们要有四匹桨，四根篙，两个长杆小捞兜。一个罩鱼笼……得贵伯，你说船头上是不是安一个夜里打鱼烧柴火的铁兜子？”

“自然是要的。”

“我想这真少不了，不然，那怎么烧柴火。我想我们船上还要一个新的篷。万一得来的船是无篷的？我想我们船上还要——但愿得来的船是家具完全，一样不必操心，只让我们搬家去到上面住。”

“为伯伯去打点酒来吧。一斤就有了。不要钱。你去说是赊账，到明天一起清。”

二力就站起来伸了一个大懒腰，用拳自己打自己的腿。走到得贵那边去，把盘在地下的粗草绳玩笑似的盘自己的身。

“这么粗，吊一只大五舱船也够了。我想水牯也会吊得住。小的房子也会吊得住。”

“好侄子，就去吧，不然夜深别人铺子关门了。你可以到那里去自己赊点别的东西吃。就去吧。”

二力伸手去取那葫芦，又捧葫芦摇，继递与得贵：“请喝干了吧，剩得有，回头到他那去灌酒又要少一点，那老苗婆——我想她只会要这些小便宜。”

得贵举葫芦朝天，嘴巴逗在葫芦嘴，像亲嘴一个样。咽弄咽弄两大口，才咽下，末了用舌子卷口角的残沥，葫芦便为二力攫过来，二力开门就走了。

“有星子咧，伯伯！”二力在门外留话。

以后就听到巷口的狗叫，得贵猜得出是二力故意去用葫芦撩那狗，不然狗同到二力相熟，吠是不会的。

绳子更长了，盘在地下像条菜花蛇。得贵仍然不休息，喝了两口“水老官”，力气又强了。

得贵期望若是船，要得就得一只较大一点的，这里能住三个人就更好——这正派人还想为二力找一老婆呢。

打了八年草鞋的得贵，安安分分做着人，自从由乡下搬进城整整是八年，这八年中得了沙湾人正派的尊敬，侄儿看看也大了，自己看看是老了，天若是当真能为正派人安排了幸福，直到老来才走运，这时已是应当接受这晚运的时节了。

不久又听到巷口狗乱吠，二力转家了，摇得葫芦嗞嗞响。未进门以前，还唱着，哼军歌。又用口学拉大胡，訇的把门揎开却不做声了，房子里黄色灯光耀得他眼睛发花。

“伯，听人说沿河水消一点了。”

得贵听到只稍稍停转手中木轮子。

“我想这不怕，这里天空有星子，西边天是黑得同块漆，总兵营一带总是在落吧。”

在得贵捧着葫芦喝酒时，二力也从身上取出油豆腐干来咀嚼。

“怎不给我一点儿下酒？”

“我想，你闭着眼吧。”

得贵把眼闭时张开口，就有一坨东西塞进嘴里去。

二力把绳子试量，到三丈长了，得贵还不即住手。

绳子至少要五丈，才够分布的。这时得贵想，渔船大，水又大，且还有船以外的母牛，非十二丈不成功（至少是十丈），此时的成绩，三分之一而已。

二力把一只草鞋槌来槌去也厌了，又来替得贵取草。仍然倦，就埋身子在另一草堆里做那驾渔船做当拦头工的梦去了。

听到碉堡上更鼓打四下，何处有鸡在叫了，得贵的手还在转轮木把子上用劲转。轮子此时声音已不如先前，像是在呻吟，在叹气，说是罢罢罢，算了吧，算了吧，……

为了老兵的梦，沙湾的穷人全睁眼做了一个欢乐的好梦，但是天知道，这河水在一夜中的消退！老兵为梦所诳——他却又诳了沙湾许多人。河里的水偏是那么退得快，致使几多人第二天在原地方搬罾也都办不到，这真只有天知道！老兵简直是同沙湾人开了一个大玩笑，得贵为这玩笑几乎累坏了。

从此那个正派人还是做着保留下来的打草鞋事业，待着另一回晚运来变更他的生活——二力自然没有去做拦头工，也不再想做。

至于关心的人想要知道那根九丈十丈长的粗草绳以后的去处，可以到河边杨柳桥去看，那挂在第四株老树上做秋千，沙湾人小孩子争着爬上去荡的，可不就是那个么？

三月二十八写成

本篇发表于1927年6月21～22日，《晨报副刊》第1978～1979号。署名璇若。

猎野猪的故事

“我都从不曾见过一次狼呢。”小四说。

我同样是从不曾见过的。但小四，这孩子，有一个乖脾气，譬如赖到你身上时，他说不吃过酸月饼，你就得学[①]一个月饼发酸或到什么地方吃酸月饼的故事，他才会满意。他说不见过什么，你也说不见，那可不成。不见，总听过的，就说听的吧，也可以。一句话，小四赖到身上时，是要听故事，但这故事又得他点题，不依他办，那下一次再来做客时就不理。

今天是四月五号，小四家丁香先公园的开放了，这来是看丁香兼吃小四的妈煨鸭粥的。粥吃了三碗。口还为小四特别用筷子捡出的鸭子肉弄得油糊糊的，不说故事，大致是不大容易出大门的吧。

但狼这东西，究竟是什么样子？像狗，那一定。野狗我是见过的：尾子大，拖到地上，一对眼睛骨碌骨碌圆的发亮的，叫起来用鼻子贴到地面，像哭，地皮在那种呜呜的延续中也若在微微的摇动。不过我知道小四所要知道的，不是狼的形状，狼的凶残（他说他没有见过狼，其实万牲园的野狗，是见过三次的）。他是不见过会变女人的狼。这故事就得说一个猎人怎样打猎，先是用枪打那为狗赶逐出窝的狼，打不着，子弹火药也完了，于是，自己下马就去追，追来追去狼就捉住了。于是，用皮革条子缚了狼的脚，回家来，把狼丢到笼里去。于是，就磨刀，预备把刀磨快好剥狼皮做褥子。但是，一会儿，狼就变成美貌女子了。于是，结果猎人就得了一个妻。故事的内容要这样，其中各样又都不得苟且一点儿，譬如嗾狗，猎人得先打哨子，那你得嘘几声；放枪以前应安置弹药，你也得把小四爹爹的手杖拿来举个例。这差事真要选人当。

娘是顺到小四的，也像欢喜听。

近来的我，遇到说一件真真实实的故事，也形容不来，这一来，可真受苦了。

但不说又不成。

“小四，我因你劝我的鸭子肉劝得太多，肚子胀，故事也给胀忘了，明天说吧。”我就想得一个特殊的恩典。

“那不成。”

“那成的。我明天说两个都容易，今天半个也不有。”

“你有，”他还加分量说，“你是扯谎没有的。”

“我不有。四叔是不扯谎的。”

“娘，要吴妈关到门，不准四叔出去。”

关门，是做得到的，我到这来本来已就不知被关过几多回数了。小四的方法，简直是绑票。

“小四，你四叔要有事，莫又绑四叔的票吧。”小四的妈看不过意为我解围说话了。

仍然要说一个。妈有许多事，是除了屈服于孩子的坚决主张外没有办法的。看小四脸色不高兴，娘就接着说：

“好，那四叔就随便说一个故事吧。”

“随便可不成，不好是要第二个的。”

这故事只好开始了。

“小四，我听到过狼的叫声咧。像大人掩着鼻子时的哭声样。形象呢，比南方的狗大，比北方的狗小。两只耳朵竖起。镶在一副又瘦又多毛的脸嘴上的，是两粒吓人的又亮又大的眼睛。那东西，聪明得像车夫杜福，顽皮得像——”

“四叔是在骂我，我不依你！”

我脸上，就被一个小手掌轻轻的批了一下。

故事算是结束了。

故事还得另外起个头，要走是不能。

二嫂看到我的为难处，对我笑。

“娘，你应当促四叔赶快讲!”

“小四，让你四叔一次吧。”

这孩子，真是值得七祖公公来夸奖，说是“将来还有出息”的，凡事固执自己的主张，要求件事情总非做不可。

“小四，明天我来说两个又加送你一个小拿破仑像成不成?”

“我不要你的东西。”

“那故事也就不要了!”

“故事要一个。”

为恐我逃去，这孩子，就更其聪明的卧在我怀里，用手揽着我的颈子不放松。

宋妈站在房门口，是遵小四的命令。吴妈在那槅子边挽起袖子笑，得意到少爷又窘着了一个人。张妈从外面进来，也为小四喊着不准走，斜斜的蹲在一个猫儿身边逗猫儿。

“你们谁帮我个忙，说一个狼的故事给四少爷听听吧。”

吴妈还是笑。张妈说四少爷最恨她说故事，总离不了状元。

“状元不好么，小四?”我说。

“不，我不要她说。”

“宋妈乡下人，试说一个吧。”

“我只有一个杀野猪的故事。”宋妈说。

这使小四出于意外的一惊。野猪不是比狼更其动人么?小四知道野猪力量更其大，且猪八戒不就正是一个野猪么?

“如此说来顶好。”正用得着这样一句话。

于是宋妈说这故事给大家听。(下面的话是她的，我记下，因这一记把宋妈神气却失了。)

打野猪的分出好几种。只有用矛子的那类人打猎时顶动人。

野猪本事是怎么，你们知道得清楚么?这是应当知道的。

野猪身上全是一些筋和肉，没有油。肉适宜于腌、熏。腌好的肉，熏好的肉，拿来和辣子炒了吃，不论是切片切丝都下饭。这不是打野猪故事的正文，但我要说明白，我们才知道为什么大家都爱打野猪。

有一年，这有多久了?我不太记得清白了。我只能记到我是住在贵州花桥小寨上，辫子还是蜻蜓儿，我打过野猪。我同到夭叔叔两人，随到大队猎人去土坟子赶野猪。土坟子，这地方大概是野猪的窝，横顺不到三里宽，一些小坡坡，一些小潴塘，一些矮树木，这个地方我就不知究竟藏得野猪有多少。每次去打你总得，不落空。

大家吃了晚饭去，又带了一些烧好的大红薯。一帮人马总有二十多个人。又带了四匹狗。土坟子离我们寨里是五里，其实不过只三里。到后就分开，各人走各人的路。我是同到我夭叔随到大个子身体的四伯走到冈上去。上到土冈上，于是就在先前打好的棚子住下来。时间是八月，天气还很热，三个人还只一床被，用麦杆子做垫褥。我，同我夭叔叔，因为吃饭多了点，一到不久就睡去，四伯同他的狗抽身就到外面去合围去了。

不知道是睡了好多久。

我醒了，摇夭叔叔，他也醒了。把高粱杆的门打开，看天上全是星子。一个月亮还才从远山坡后升起来。虫声像落雨一样，这里那里全是。棚子附近就不知道有多少草蚱蜢，咋咋咋咋不得了。油蛐蛐是居然不客气进到我们垫褥上来了。月亮光照到我们的脸，我想起四伯。老远又听到一些人打哨子的声音。

“夭叔叔，我们出去看看吧。”

我们于是站在月光下头了。影子拖在地上是好长。一些亮火虫绕着我们的身子打转身。

“妹，有人在打哨子咧。”

我们听那哨子，忽远忽近。冈下头，有两个地方都烧有一堆火，这大约是我们伴当吧。四伯是必定到那一堆火前找酒喝去了，夭叔叔就轻轻打哨子，招我们的狗。

不听到狗声，只有小小的风，吹冈下树叶子作响。

默了好一会。

夭叔叔进到棚里去，找烧薯，到处都不见，才知道忘记放在别人箩筐里去了。有一点饿，是真的。四伯又不来。还不知这时候是什么时候，离天亮有多久，尽呆着也不是事。这一来原就是为看看他们打野猪，万一他们这时正在打，我们在此呆着干吗？

夭叔叔就主张我们跑到那冈下去看看，若四伯不在，也可以到那里一会儿，讨几个红薯又返身。

冈下到烧火处不过一里路远近。我是主张喊，夭叔叔又恐怕这时他们正在合围了，惊走了他们的猪，挨四伯的骂。

“我们下去就即刻转来，不要紧的。”

野猪听说凶，我知道。但夭叔叔同我的意思都以为下冈不到一里路，是无妨。且这时大概还不到合围，四伯原是答应我们在打时可以看看的。这时既还不曾打，野猪不带伤，又不必怕它。因此下冈便即决定了。

棚子内还剩得有标枪，这标枪刃子比我手掌还要宽，极其锋快的，夭叔叔学到一个打猎人样子，自己拣了一根短点的，为我拣了一根小刃的，各人都把来扛到肩膊上，离开了棚子，取小路下冈。

鬼，我们是不知道人应怕它的。虎豹这地方不曾有。豺狼则间或有人见到过，据说也不敢咬小孩子。我们又听说野猪在带创以前从不会伤人。就一无所惧的向烧火处走去。

我在夭叔叔身后走，为的是他可以为我逐去那讨人嫌的无毒蛇。

小风凉凉的吹到人身上很受用。月亮已升起照到头上了，星子少了点。

到了火堆边不见一个人。那里也有个棚子。棚子里只有一大筐子梭子薯，生的熟的混在一块儿，还有三个葫芦水。夭叔叔又吹哨子不见别处有接应。我们知道必是他们禁止野猪从这路过身，所以在此烧着一堆火，人却走到别处去。

围大概是已经在合了。

“不转去又恐怕四伯回头找我们，转去又恐怕撞到带伤的野猪。”我是主张提高嗓子喊四伯几声看看的。

“做不得，四哥以你被豹子咬才会喊的。万一你一喊吓走了野猪，别人又会说四哥不该带我们来了。”

夭叔叔想出一法子，是我留在此地，让他一个人转棚子。这难道算得好计策？要我一个人在此我可不能够，我愿意冒一点险耽着心跑转去。有两个人都扛着根矛子，我倒胆子壮一点！

回去是我打先，我把当路的花蛇同骤然从身后窜来的野猪娘打跑，对付前面倒容易多多了。

在棚子内一面喝水吃红薯，把我们从冈下取来的吃得两人肚子到发胀方才止。吃薯剥皮本来只是城里人的事，不过因为贪多取来的薯三个我还吃不完，两人便只拣那好的中心吃，薯的皮和到薯的边，夭叔叔为把丢到棚外去。

若是我们初醒还只二更天，等到我们把薯吃了时，大约也是快到三更尽了。四伯不来真有点怄人。特意带我们来又骗了我们自顾去打围，我们真不如就到家睡一觉，明天早上左右跑到保董院子里去就可以见到那死猪！或者，这时四伯他们正在那茶树林子岔路旁站着，等候那野猪一来，就飞起那有手掌宽的刃的短矛子刺进野猪肋巴间，野猪不扬不睬的飞样跑过去，第二个岔口上别一个人就又是一矛子……说不定野猪已是睡倒在那茶林里，四伯等正放狗四处找寻吧。

远远的是听到有狗在叫，不过又像是在本寨上的狗。

夭叔叔是显然吃多了红薯，眼睛闭起，又在睡了。

我也只有闭起眼，听棚外的草蚱蜢振翅膀。

像在模糊要醒不要醒的当儿，我听到一样响声，这响声反反复复在耳朵里作怪，我就醒了。我身子竖起来。

为这奇怪声气闹醒后，我就细细的去听。又不像长腿蚱蜢，又不像蛐蛐。是四伯转来了么？不是的。倒有点像我们那只狗。可是狗出气不会这样浊。是——？

我一想起，我心就跳了。这是一匹小野猪！我绝不会错，这真是一匹小野猪！它还在喧喧嗡嗡的叫！不止一，大约是三位，或者四位，就在我的棚子外边嚼那红薯皮。又忽然发小颠互相哄闹。

我不知我这时应当怎么办。一喊，准定就逃走。看看夭叔叔是还不曾醒，想摇他，又怕他才醒，嚷一声，就糟糕了。我出气也弄得很小很小的。我还是下蛮忍到我出声。不过这样坚持下去也不会有好花样出来，可是想不出好方法，我就大胆小心将我们的门略推。

声音是真小。但这些小东小西特别的灵巧，就已得了信，拖起尾巴飞跑下冈子去了。

我真悔得要死。我想把我自己嘴唇重重打几下，为的是我恨我自己放气沉了点。其实有罪只是手的罪，不去推棚门，纵想不出妙法子，总可再听一会儿咀嚼。

哈，我的天！不要抱怨，也不要说手坏，这家伙，舍不得薯皮，又来了。

先是一匹，轻脚轻手的走到棚边嗅了一会儿，像是知道这里是有生人气，又跑去，但马上一群就来了。不久就恢复了刚才那热闹。

我从各处的小蹄子脚步声，断定这小东西是四位。虽然明明白白棚里是有好几把矛子，因为记得四伯说小野猪走路快得很，几多狗还追不上，待我扯开门去用矛子刺它，不是早跑掉了么？我又不敢追。那些小东小西大概总还料不到棚内是有人正在打它们的主意的，还是走来走去绕到棚子打圈子。

我就耽心这些胆子很大的小猪会有一位不知足的要钻进棚来同我算账的。替它们想，是把棚外薯皮吃完转到它妈处是合算的事，多留一刻就多有危险。

哈，我的天！一个淡红的小嘴唇居然大大方方的从隙处进来了，总是鼻子太能干，嗅到棚内的红薯，那生客出我意料以外的用力一下还冲进一个小小脑袋来。没有思索的空处，我就做了一件事。我不知道是我的聪明还是傻，两手一下就箍到它颈项。同时我大声一喊。这小东西猛的用力向后一缩退，我手就连同退出了棚外。几几乎是快要逃脱了。天呀，真急人！夭叔叔醒了，那一群小猪窜下冈去了，我跪着在棚内，两只手用死力往内拉，一只手略松，不过是命里这猪应在我手里，我因它一缩我倒把到一只小腿膊，即时这只腿膊且为我拉进棚内了。

“哎哟，夭叔叔，快出外去用矛子刺它，我捉着了！”

他像还在做梦的样子，一出去就捉到那小猪两后腿，提起来用大力把猪腿两边分。

“这样子是要逃掉的，让我来刺它！”

猪的叫声同我的喊声一样尖锐的应山[②]，各处都会听见的。

不消说，我们是打了胜仗，这猪再不能够叫喊了。一矛两矛的刺夺，血在夭叔叔手上沿着流，他把它丢到地上去，像一个打破了的球动都不动。

大家听到这故事，中间一个人都不敢插嘴。直到野猪打死丢到地上后，小四才大大的放了一口气。

宋妈的嘴角全是白沫子。手也捏得紧紧的。像还扯到那野猪腿子一个样。这老太是从这故事上又年青三四十岁了。

“以后，你猜他们怎么？”宋妈还反问一句。

大家全不作声。

“以后四伯转身时，他说是听到有小猪同人的喊叫，待看到我们的小猪，笑得口都合不拢。事情更有趣的是单单那一天他们一匹野猪打不得，真值得夭叔叔以后到处去夸张！”

小四是听得满意到十分，只是抱着我的颈子摇。

二嫂见宋妈那搂手忘形的样子，笑着说：

“宋妈，看不出你那双手还捉过野猪，我还以为你只有洗衣是拿手。”

“嗐，太太，到北方来，我这手洗衣也不成，倒只有捏饺子了。”

大家都笑个不止。

小四家的樱花开时，我已不敢去，只怕宋妈再无好故事，轮到我头上，就难了。

四月在北京窄而霉斋

本篇曾以《猎野猪的人》为篇名发表于1927年6月25日《现代评论》第6卷第133期。署名从文。

①学故事，说故事。

②应山，声音在山间回响。

入伍后

《入伍后》1928年2月由北新书局初版。

原目：《入伍后》、《我的小学教育》、《岚生同岚生太太》、《松子君》、《屠桌边》、《炉边》、《记陆弢》、《传事兵》、《过年》（戏剧）、《蒙恩的孩子》（戏剧）。

本篇只收录小说。

入伍后

一　学吹箫的二哥

像是他第二，其他的犯人都喊他做二哥，我也常常二哥二哥的随了众人喊起他来了。

二哥是白脸长身全无乡村气的一个人。并没有进过城入过学堂，但当时，我比他认的字要少得多。他又会玩各种乐器。我之所以同二哥熟，便是我从小时就有着那种爱听人吹唢呐拉四胡的癖好。因为二哥的指导，到如今，不拘一管箫，我都能呜呜的吹出声音来，虽然是不会怎样好，但二哥对我，可算送了一件好的要忘也无从忘的悲哀礼物了。在近来，人的身体不甚好，听到什么地方吹箫，就像很伤心伤心，固然身体不好把心情弄得过于脆薄，是容易感动的原因之一种，但，同时也是有了二哥过去的念头，经不着撩拨，才那么自由的让不快的情绪在心中滋长！我有时，还这样想：在这世界中，缺少了力，让事实自由来支配我们一切软弱得如同一块粑的人，死或不死，岂不是同类异样的一个大惨剧么？忽然会生出足以自吓的慈悲心，也许便是深深的触着了这惨剧的幕角原因吧。

想着二哥，我便心有悲戚，如同抓起过去的委屈从新来受的样子。二哥的脸相，竟像是模糊得同孩时每早上闭眼所见葵花黄光一样，执了意要它清楚一点就不能，但当不注意时，忽而明朗起来，也是常有的事。不必要碰时候我也容易估定的，便是二哥样子是颇美，各部分，尤其是鼻子，和到眉眼耳朵。或者，正因其是美，这印象便在我心上打下结实的桩来，使我无从忘怀吧。我对于这样的自疑，也缺少自护的气力，有一时，我是的确只有他的性情与模样的美好温良据在我心中，我始觉到人生颇为刻酷的。

这我得回头说一些我们相识的因缘。

民国七年，我出了故乡，随到一群约有一千五百的同乡伯伯叔叔哥子弟兄们，扛了刀刀枪枪，向外就食，大地方没有占到，于是我们把黔游击队放弃了的芷江的东乡几个大一点的村镇分头占领了。正因为是还有着所谓军民两长的清乡剿匪的委令，我们的同乡伯伯叔叔们，一到了砦里，在未来以前已有了命令，所传的保甲团总，把给养就接接连连送上来了。初到的四五天，我们便是在牛肉羊肉里过的生活，大吃大喝，甚至于有过颇多的忘了节制的弟兄们，为了不顾命的喝吃，得了颇久的病。不是为了大吃大喝，谁想离了有趣的家乡？吃以外我们一到像是还得了很多的钱。这钱立时就由团长伯伯为分配下来，按营按连，都很公平，照了职务等次，多少不等。营长叔叔是不是也拿？我可不知道了。团长伯伯的三百元，我是见到告示，说是全赏给普通弟兄们让大家瓜分的。我那时也只能怪我身个儿同年龄太小，用补充兵的名义，所以我第一次得来的钱，是三块七毛四。这只是比伙夫多七毛四分的一个数目而已。但也是我可喜的事。人家年长得多，身体又高又大，又曾打过仗，还比我这才入伍的孥孥[①]多得块多钱哩。

三块多钱处分的情形，除了我请过一次棚内哥弟吃过一对鸭子外，我记不清楚了。

我们就是那么活下来，非常调谐，非常自然。

住处是杨家祠堂。这祠堂大得怕人。差不多有五百人住下，却还有许多空处。住了有一年，我是甚至于有好些地方还不敢一人去，不单是鬼，就是那种空洞寥阔，也是异样怕人的。不知是怎么意思，当真把队伍扯出去打匪虽是不必做的事，但是，却连我最怕的每日三操也像是团长伯伯可怜我们而免了。把一根索子，缠了布片，将索子从枪眼里穿过，用手轻轻的拖过去，这种擦枪的工作，自然是应得像消遣自己来做做，不过又不打靶，是这样镇日的擦，各人的枪筒的来复线，也会就是那么擦融吧。当真是把枪口擦大，又怎么办？不久，我们的擦枪工作于是也就停下来了。

不知是那一个副官做得好事，却要我们补充兵来学打拳。这真是比在大田坪叉了手去学走慢步还要坏的一件事情！在吹起床号之后就得爬起，十分钟以内又得到戏台下去集合，接着是站桩子，练八进八退，拳师傅且口口声声说最好是大家学“金鸡独立”（到如今我还不知道这金鸡独立，把一只脚高高举起，是有什么用处）。把金鸡独立学会时，于是与我一样大小的人每天无事就比起久来了。小聪明我还有一点，是以我总能把许多大的小的比败。师傅真是给了我们一种娱乐。因为起得早，到空旷处吸了颇多的干净空气，身体像是日益强壮了，手膊子成了方形，吃饭也不让人，在我过去的全部生活中，要算那时为最康健与快乐了吧。

我们第四棚，是经副官分配下来，住在戏台下左边的。楼上是秘书处，又是军法处，他们的人数总有我们两倍多，但也像并没有许多事可以送那些师爷们去做，从书记处那边栏杆空处，就时常见到飞下那类用公文纸画上如同戏台边的木刻画的东西来，这可以见出大家正是同样的无聊。我还记得我曾拾了两张白纸颇为细致的画像，一为大战杨再兴，一为张翼德把守芦花荡，最动人的是张飞，胡子朝两边分开，凶神恶煞，但又不失其为天真。据一个弟兄说这是军法长画的，我于是小心又小心，用饭把来妥妥贴贴粘在我睡处的墙上了。住处虽无床，用新锯的还有香气的柏木板子铺成，上头再用干稻草垫上，一个人一床棉被，也不见得冷。大家睡时是脚并脚头靠头，睡下来还可以轻轻的谈笑话的，这笑话不使楼上人听到，而大家又可乐。到排长来察时，各人把被蒙了头，立时假装的鼾声这里那里就起了。排长其实是在外面已听了许久。可是虽然知道我们假装，也从不曾发过气。他果真是要骂人，到明天大家上后山去玩，不和他亲热，他就会找到不能受的寂寞了。说到排长也真好笑。因为年纪并不比我们大几多，还是三月间二师讲武堂毕的业，有两个兵士是他的叔叔辈，点名到我们这一排时，常受窘到脸红，真难为他！“四叔，我们钓鱼去呀！”这是一个笑话。因为排长对他的兵士曾这样又恭敬又可怜的邀约过，以后见到排长，一说到“四叔，我们……”排长就笑着走开了。

在放肆得像一匹小马一样的生活中，经过半年，我学会了泅水，学会了唱山歌，学会了嗾狗上山去撵野鸡，又学会了打野物的几样法术（这法术，因为没有机会来试，近来也就全忘了）。

有一天，像是九月十四样子，副官忽然督工人在我们住处近边建起一座棚栏来了。当那些大木枋子搬来时，大家还说是为我们做床，到后才知道是特为囚犯人的屋子的。不是为恐怕我们寂寞才来把临时监牢建筑到这里，真是没有什么理由。“把监牢来放在我们附近，这不是伯伯叔叔有意做得可笑的事么？”于是用话激了丁桂生，丁桂生，是营长的二少爷，也是我们的同班补充兵，还说：

“去呀，到七叔那里去说！”

那小子，当真便走到军法长那里去抗议。不过，结果是因为犯人越来越多，而且所来的又多半是“肥猪”，于是在戏台旁筑监牢的理由就很充分的无从摇动了。

第二天，午时以前，监牢做成后，下午就有三个新来的客，不消说看管的责任就归了我们。逃脱是用不着担心的。这些人你让他逃也不敢。这原故是这类人并不是山上的大王或喽啰。他们的罪过只是因为家中有了钱而且太多。你不好好的为他们安置到一个四围是木柱子的屋子里，要钱真不是一件容易事情呵！果真是到了这屋子还想生什么野心逃走，那就请便吧，回头府上的房子同田地再得我们来收拾。把所有的钱捐一点儿出来，大家仍然是客客气气的吃酒拉炕。关于用力量逼迫到这类平时坏透了的士绅拿出钱来，是不是这例规还适用于另一个世界，我可不知，但在当时，我是觉得从良心上的批准，像这样来筹措我们的饷项，是顶合式而又聪明的办法了。

桂生回头时诉说他是这样的办的交涉：

“七叔，怎么要牢？”

“我七叔就说：牢是押犯人的！”

“我又说：并没见一个犯人；犯人该杀的杀，该放的放，牢也是无用!”

“七叔又说：那些不该杀又不能放的，我们把他押起来，他钱就屙马屎样的出来了。不然大家怎么有饷关呢?”

“我就说：那么，牢可以放到别处去，我们并不是来看管犯人的。”

“这些都是肥猪，平常同叔叔喝酒打牌，要你们少爷去看管也不是委屈你们——七叔又是这么说。”

“我也无话可说，只好行个礼下来了。”

“好，我们就做看犯人的牢头，也有趣。”这是听了桂生报告后大家说的。

有趣是有趣，但正当值日那时节，外面的热闹，可不能去看了。

第二天副官便为我们分配下来，每两人值日一天，五天后轮到各人一次。值日的人，夜间也只能同那派在一天的弟兄分到来瞌睡。不知道的，会以为是这样就会把我们苦了吧，其实是相反的。你不高兴值夜班，不拘是谁都愿意来相替。第一个高兴为人替到守夜的便是桂生，以前日子，他就每夜非说笑话到十二点不能合眼。值夜班后，他七叔又为我们立了一个新规例，凡是值夜的人得由副官处领取点心钱两毛：牺牲一个通宵，算一回什么事?有两个两毛钱合拢来是四毛，两毛钱去办烧鸡卤肉之类，一毛钱去打酒，剩一毛钱拿去大厨房向包伙食的陈大叔匀饭同猪油，后园里有的是不要钱买的萝卜和芫荽，打三更后，便你一杯我一杯的喝将起来，酒喝完了，架三块砖头来炒油炒饭，不是一件顶好玩的事情么?并且，到酒饭完了，想要去睡时，天也快要亮了。

我之所以学会喝酒，便是从此为始。

下面我说一段我们同我们的犯人的谈话：

“胡子，你怎么还不出去?这里老人家住起来是太不合宜了!”

“谷子卖不出钱，家中又没有现的——你给我个火吧。”

我给了他一根燃着的香，那犯人便吸起旱烟来了。

桂生又问："你家钱多着咧，听军法长说每年是有万多担谷子上仓，怎么就莫有钱?"

"卖不出钱!"

"你家中地下必定埋得有窖，把银子窖了!"一个姓齐的说。

"莫有，可以挖，试试看。"

"那我们明天就要派人去挖看!"桂生和我同声的吓他。

"可以，可以，……"

其实我们一些小孩子说要明天去挖，无论如何是不会成为事实的，但胡子土财主，说到可以可以时，全身就已打战了。这胡子在同我们谈话的三天以后，像是真怕军队会去挖他窖藏的样子，找到了保人，承认了应缴的五千块钱捐款，就大摇大摆拿了旱烟袋出去了。这胡子像是个坐牢的老手，极其懂得衙门中规矩似的，出去之后，又特送了我们弟兄一百块洋钱。我们没有敢要，到后他又送到军法长处去，说是感谢我们的照料，军法长仍然把钱发下来，各人八块，排长十六，伙夫四块，一百元是那么支配的，补充兵第二次的收入，便是当小禁子得来的八元！对于那胡子，所给我们的钱，这时想来，却对胡子还感到一点愤恨，在当时，因为他有着许多钱，我们全队正要饷，把他押起来，至少在我们十个年青小孩天真的眼光看起来，是一种又自然又合理的事，但胡子，却把我们待成了真的以靠犯人赏赐的禁子样子，且多少有一点儿见了我们对他不虐待眼见得就是为要钱的原故，这老东西真侮辱了我们了。守犯人是一件可以发财的差使，真不是我们那时所想到的事。并且我们在那时，发财两个字也不是能占据到心中，我们需要玩比需要钱还厉害。或者，正因其为我们缺少那种人生的发财的欲望与技术，所以司令官才把我们派去办理那样事情吧。

牢中一批批大富户渐渐变成小富户了，这于我们却无关。所拘的除了疯子吵吵闹闹会不让我们能睡觉以外，以后的是一个乞丐，我们也会仍能在同一情形下当着禁子吧。

不久，小富户由三个变成两个，两个而一个，过一日，那仅有的一个也认了罚款出去了。于是我们立时便忽然觉到寂寞起来。习惯了的值夜在牢已空了之后当然无从来继续，大的损失便是大家把吃油炒饭的权利失去了根据了。“来一个哟，来一个哟。”大家各自的在暗中来祈祷，盼望不拘是大富小富，只要来一个在木棚栏里住，油炒饭的利益就可以恢复。

可是犯人终不来，一直无聊无赖过了那阴雨的十月。

天气是看看冷下来了；大家每天去山上玩，随意便捡柴割草，多多少少每一人一天总带了一捆柴草回营盘。这一点我是全不内行的一个人。正因了不内行，就也落得了快活。别人所带回的是冬天可以烤火的松香或别的枯枝，我则总是扛了一大束山果，回营来分给凡是我相熟的人。有时折回的是花，则连司令那里，桂生家爹，同他七叔处，差遣棚杨伯伯，传达处，大厨房陈叔，一处一大把，得回许多使我高兴的奖语谢语，一个人夜里在被盖中温习享受。不过在我们刚能用别的事情把我们充禁子无从得的怅惘拭去时，新的犯人却来了。

我记到我是同一个姓胡的在一株大的楠木树上玩，桂生同另一个远远的走来，“呀!”他大声嚷着，“来了，来了，我才看到押了五个往司令部去!”从楠木上溜下来就一同跑回去看。桂生家七叔正在审讯。

“预备呀!”我是一见到那墙角三块为柴火熏黑的砖，就想起今晚上的油炒饭。

因为看审案是一件顶无趣味的事，于是，我们几个先回了营的人，便各坐在自己铺上等候犯人的下来。

“今天是应轮到我!”大家都对于这有趣的勤务愿意来担负。

夜里是居然有了五个犯人。新的热闹，是给了我们如何的欢喜啊！我记得这夜是十个人全没有睡觉，玩了一个通宵，像庆祝既失的地盘重复夺还的样子，大家一杯又一杯的喝着，楼上桂生的七叔喊了又喊“大家是要睡”，在每一次楼上有了慈爱的温和的教训后，大家又即刻把声音抑下来。但谁都不能去睡！我们又相互轮到谈笑话，又挑对子两个人来练习打架。兴儿还不曾尽，天是就发白了，接着，祠堂门前卫兵棚的号兵，也在吹起床喇叭了。

五个犯人之中就有二哥在。到两天以后我们十个人便全同二哥要起好来了。知道是二哥之所以坐牢不是为捐款，是为了仇家的陷害，不久便可以昭雪，以后，便觉得二哥真是一个好人，而且这样的好人，是比桂生家七叔辈还要好。大致或者二哥之善于说话，也是其所以使我们同情的一种吧。他告我们是离此不到二十里的石门寨上人，有妈没有父亲。这仇家是从远祖上为了一个女人结起的，这女人就是二哥的祖母，因为是祖母在先原许了仇家，到后毁约时打了一趟堡子，两边死了许多子侄，仇就是那么结下，以后，那一边受了他们祖宗的遗训，总是不能忘记当年毁约的耻辱，二哥家父亲就有过两次被贼攀赃污盗，虽到后终得昭雪，昭雪后不久也就病死了。二哥这次入监，也已经是第二次，他说是第一次在黔军军法处只差一分一秒险见就被绑了哩。

问他："那你怎不求军队或衙门伸冤反坐？"

他说："仇家势力大，并且军队是这个去了那个来，也是枉然。"

又问他："那就何不迁到县里去住？"

说是："想也是那么想，可是所有田坡全是在乡里，又非自己照料不可。"

"那你就只可听命于天了！"

他却轻轻的对我说："除非是将来到军队里做事也像你们的样子。"

二哥是想到做一个兵来免除他那不可抵抗的随时可生的危险的。但二哥此时却还正是一个犯人。怎么有法子就可以来当兵？他说的话桂生也曾听到，桂生答应待他无事出狱后，就为他到其爹处去说情。

因为是同二哥相好，我们每夜的消夜总也为他留下一分。他只能喝一杯酒。他从木窟窿里伸出头来我们就喂他菜喂他酒，其实他手是可以自己拿的，但是这样办来，两边便都觉得有趣。像是不好意思多吃我们的样子，吃了几筷子，头便团鱼样缩进去了，"二哥，还多咧，不必客气吧。"于是又不客气的把头伸出来。在消夜过后，二哥就为我们说在乡下打野猪以及用药箭射老虎的一些事。有时不同他说话他仍然也是睡不下去，或者，想到家中的妈吧。在我们还没有同二哥很熟时，二哥的妈就来过一次，一个五十多岁的高大乡下人，穿蓝色衣服，在窟窿边同二哥谈了一些话，抹着眼泪就去了。以后就没有再来，问二哥才知道那就是他妈，知道这边并无大危险，所以回家去照料山坡去了。他妈第二次来时，我们围拢去同她说话，才看出这妇人竟与二哥一个模样，都是鼻梁骨高得极其合式，眉毛微向上略飞，大脚大手，虽然是乡下人样子，却不粗卤。这次来时为二哥背了一背笼红薯，一大口袋板栗，二哥告她在此是全得几个副爷相看护，这一来却把老太太感动了。一个一个来作揖，又用母亲样的眼光来觑我们，且说自己把事做错了，早知道，应当要庄上人担一挑红薯来给大家夜里无事烧起吃。最后这老太太便强把特为她儿子带来的一袋栗子全给了我们，背起空背笼走了。其实是纵不把我们，二哥的东西，我们是仍然要大家不分彼此的让着来吃的。

不知道是怎么样的原故，每次要桂生去他七叔处打听二哥的案件，总说是还有所候，危险虽不有，也得察明才开释。既然是全无危险，二哥也像没有什么不愿意久住的道理了。我们可没有替别人想当到大家都去山上打雀儿时，一个人住在这棚栏子里是怎样寂寞。照我们几个人的意思，二哥就是那么住下来，也没有什么不好的，若果真是二哥一日开释，回了家乡，我们的寂寞，真是一件不可受的寂寞呀！

有一天，不知姓齐的那猴子到什么地方抢来一个竹管子，这管子我们是在故乡时就见到过的。管子一共是七个眼，同箫样，不过大小只能同一枝夺金标羊毫笔相比。在故乡吃了晚饭后，大街上就常有那类四十来岁的中年男子汉，腰带上插了许多大大小小的东西，一面走一面把手中的管子来吹起，声音呜呜喇喇，比唢呐还要脆，价值大概是两个铜子一枚，可是学会吹的总得花上一些儿工夫。桂生见到那管子了，抢过来吹，却作怪不叫。我拿过来也一样的不服我管理。

“我来，我来！”二哥听到外面吵着笑着，伸出头来见了说。

“送二哥试来吹吹！”桂生又从我手里抢过去。

呵，棚栏里，忽然呜呜喇喇起来了。大家都没有能说话。各人把口张得许多大，静静的来听。不一会，楼上也知道了，一个胡子书记官从栏干上用竹篾编好黄连纸糊就的窗口上露出个头来，大声问是谁吹这样动人的东西！大家争着告他是犯人。二哥听到有人问，却悄悄的把管子递出来了。桂生接过拿上楼去给那胡子看，下来时高兴的说七叔告二哥再吹几个曲子吧。二哥是仍然吹起来。变了许多花样。竟像比大街上那卖管子的苗老庚还吹得动人。楼上的师爷同楼下的副爷，就呆子样听二哥吹了一个下午。

到明天，又借得一枝箫来要二哥试吹，还是一样的好听。待到大家听饱了以后，就勒着要二哥为指点，大家争到来学习，不过，学到两三天，又觉到厌烦放下了。可是我因此就知道了吹箫的诀窍，不拘一枝什么箫，到我手上时，我总有法子使它出声了。这全是得二哥传的法。二哥还告我们他家中是各样乐器都有的；琵琶，筝，箫，笛子，只缺少一个笙，在乡中，笙是见也无从见到的，但他预备将来托下常德卖油的人去带，说是慢慢的自己来照到书去学。

音乐的天禀，在二哥，真是异样的。各样的乐器，他说都是从人家办红白喜事学来的。一个屈折颇多的新曲，听一遍至两遍也总可熟习，再自己练习一会，吹出来便翻了许多更动人的声音了。单凭了耳朵，长的复杂的曲子也学会了许多。自己且会用管子吹高腔，摹仿人的哼着的调子。又可以摹仿喇叭。关于军歌也是异常熟习。本来一个管子最多总不会吹出二十个高低音符的，但二哥却像能把这些三个或四个音揉碎捏成一个比原来的更壮大，又像把一个音分成两个也颇自然的。

像是有了规则的样子，虽然上头也同我们一样的明知二哥的案子全是被了别的贼匪所诬赖，仇家买合的匪是把头砍下了，但平安无事的二哥，仍然还得花上一百元名为乐捐的罚款，才能出门。真是无聊呵，像才嫁了女的家中，当二哥出去以后！

二哥是在吃了早饭时候出去，到夜里，又特意换了一件干净衣服，剃了一回发，来到我们棚里看我们的。不过这时我却出了门。二哥便同桂生谈笑了一阵，桂生为他打了半斤酒，买来一些卤牛肉，说是“还刚被一个人扯到喝了一顿呢”，但也勉强同桂生喝了一小茶盅酒。他又要桂生为他去试问问营里，若是不为什么资格所限的话，是愿意自己出钱买一枝枪来同我们做补充兵的。桂生同其他几个是同声说果若是二哥能来到营里，班长的位置是非二哥来做不可的。我们正少一个班长哩。到我回营时，二哥却已返到一个亲戚家去了。

因为是记到二哥说的明日便当返石门寨去看看妈，过几天稍稍把家事清理一下就又返身来候信，所以虽然是一对着栅栏便念着像嫁去的二哥，但总料想第二次见到二哥时，我们便要更其放肆的来一同喝酒说笑了。我是因了二哥允许我的一枝箫，便更觉念念，恐怕是二哥来了后一时不能入营，就时时刻刻催到桂生到他爹处去撒赖，桂生七叔是也知道二哥的为人的，经他帮到一说，事情便是这样妥贴了。只等二哥从石门寨回来，枪不必自己买，桂生家七叔就做了保人补上一个名字。

至少是当时的我，异样的在一种又欢欣又不安的期待中待着二哥的！我知道时间是快要下雪了。一到雪后，我们就可以去试行二哥所告我们的那种法术，用鸟枪灌了细豆子去打班鸠，桂生的爹处那两匹狗，也将同我们一样高兴，由二哥领队，大家去追赶那雪里的黄山羊！若是追赶的是野猪，我们爬到大树上去，看二哥用耳巴子宽的矛子去刺野猪，那又是如何动人的一幕戏同一张画！

一天，两天，……二哥终于不见来，到第四天桂生从他七叔处得来一个坏消息，二哥的妈在二哥出牢第三天，就有一个禀，说是儿子正预备着一切要来当个兵，夜里几个脸上抹了烟子的人，把儿子从家中拖出去跑了……第二个禀贴便是说已在坳上为人发现了儿子的死掉了的尸，头和手脚却已被人用刀解了下来束成在一处，挂在一株桐子树上，显然是仇杀，只要求为儿子伸冤。桂生说完，大家全哭了。若是二哥还是坐在监牢里，总不至于这样吧。这不消说是仇家见到二哥这次又没有为军队认做匪，自己的陷害不成功，眼看到二哥是仍然平平安安回到家里来；并且二哥行将来营里当兵的消息，总又是那位爽直的老太太透露了出去，所以仇家就出了这样一个毒计策，买人把二哥割了。

……箫是不必学了！我们那一棚的班长也只好让他那样缺着下去了！桂生呵，要你爹把那两匹狗打了吃掉吧！没有二哥，山羊是赶不成了！

桂生听着我的伤心的话语，一面抹着眼泪，一面爬到凳子上头去，把墙头上悬着那一大捆带壳的细绿豆，取下来掷到地上后，用脚蹂的满地是豆子。

“要这东西是有什么用处？将来谁再打班鸠就是狗养的！……”

这夜对着空的监牢，我们才感到以前未曾经过的大的空虚。同样的心情，就是二姊死了让尸身塞到棺木以后，眼见得为几个肮脏伕子抬去后，那样的欲哭不能的到堂屋里去烧夜香时候！

在快要过年了的那几天，我们是正用着生的棕布包了脚，在那没膝的厚雪里走动开差到麻阳县去的。在路上，见着那白的雪上山狸子的一串脚踪迹，经我悄悄的指点给桂生，不久是大家也都见到了。大家都会意。因为这样小小的印子，引起了我们对二哥的怀念，又无一个人敢提出关于二哥的话语，觉得都很惨戚。山狸子的脚迹是在雪消后就会失去的，二哥却在我们十个人心上，留下一个不容易为时间拭去的深的影子了。

到近来，使我想起死的朋友们而辄觉惘然的，是已有了差不多近十个。二哥算是我最初一个好朋友。还是能吃能喝活着的当年那九个副爷们，虽然是活的方法同趣味也许比往日要长进了许多，像桂生同小齐是在前年见着时就已经穿了上尉制服的，不过，我们的当年那种天真的稚气，却如同二哥一样早已死去成灰了。想大家再一同来酒呀肉呀你一杯我一筷的不客气的兄弟样吃喝，是一件比做皇帝还要难的事。就是真实的过去，也成了梦幻似的传奇似的事情，在此时要去当兵的年青人，谅亦无从去找到那同样浪漫的不羁的生活教训了。

死不甘心生又不能的吉弟，在无可奈何中往东北陆军第二旅当兵去了。送他去时，见到他眼泪婆娑的一个人进那二旅司令部，回头在车子上，我想到我在比他还幼小的年龄出门入伍的情形，又想到不期望在我如今居然却来改了业，而改业后仍然还不能忘情于过去，心里忽然酸楚起来，泪便堕在大褂前幅上面了。吉弟呵，勇敢一点吧。这里的军中不比家庭，官佐上司不是父母，同队弟兄也与我们朋友是异样，这一次我希望是我最后见到你的小孩子的眼泪，以后你就能把眼泪收拾起来，学做一个大人！我是像你这样十七岁的年纪时，便已管理十个比我还大的人，充班长每日训练别人了。你当随时小心又小心，莫让人拿你来做整理军纪的证明。凡事都得耐烦去做，忍了痛对你生活去努力。你应当用力量固执着你的希望向前去奋斗，到力尽气竭为止。你当认清你生活周围的敌人：时时想打仗的军阀？不是的！穿红绿衣裳用颜料修饰眼眉的女人么？不是的！在不合理的社会制度下养成的一切权威，就是你的敌人！在两样的命运下，我是希望你没有为枪呀炮呀打死，儌倖能活下找得出对于这世界施以一种酷刻的报复的。在生活的侮辱下糟踏，与其每天每天去尽了全力与柴米油盐来打仗，结果胜负还是未可知，不如走这士大夫所不齿的一条路，还是于你我都适宜。一切的站到幸运上的人，周围的事实是已把他们思想铸定成为了那样懦怯与自私，他们那能知道一个年青的人在正好接受智慧的时候为生活压下而继续死去是普遍的事实？他们那能知道他以外的还有生活的苦战？那类口诵着陈旧的格言说是“好男不当兵”的圆脸凸肚绅士们，我是常常的梦到我正穿起灰衣在大街上见一个就是一个耳刮的。这可笑的梦我竟常常要做。呵，小的弟弟，那类绅士的教训，若是在你心中居然生了足以使你自惭的坏影响，真是不应该！目下的，在此几个穷苦朋友们，还梦着呓语着，要在艺术上建设什么，找寻什么，在追求中却为了饥饿而僵仆，让冬的寒风在头上代表人类做冷峭的狞笑，这样的结果一无所得，包着苦恼死去的朋友们，这里那里全是，从这种悲剧的继续中，已给了我们颇大的真而善的教训了，当兵，便是我们这类人从梦中找不到满足复仇的一条大路！虽然这并不是一条平坦的路，但比之于类乎“秀才造反”的途径，已是异样的清楚了。吉弟，好好的对着新的生活努力吧。你好好的学一个大人，不要时时眼泪婆娑，不要如我六弟那样莽，我同你村哥也就可以放心了。我们是在同一命运下竭着力量来同生活抗拒的人，看了为可怕的时间所捏碎我们的天真与青春，真是只有抚着脸儿来痛哭，但是，向渺茫的那一点儿光明去看吧。过去的是已经成为过去了。好好的运用着未来也不为迟！得你来信，说是除了带皮帽子大家骤然相对时要不禁微笑外一切都还好过，你会不知道我在接到你这信以后是怎样在喜悦与惆怅中眷念着我过去的自己！恐怕你仍然免不了初离开我们的寂寞，我才来写这一篇我的入伍生活，愿你有好的朋友，也能如我当时，只是不要到了我这样年纪时，却来改了业，写当年的一切给你小的朋友看！

本篇发表于1927年1月1日《现代评论》（第二周年纪念增刊）。署名沈从文。

①拏拏，凤凰土语，指弟弟，老弟。

我的小学教育

一　木傀儡戏

二八月，土地菩萨生日，街头街尾，有得是戏！土地堂前头，只要剩下来是两丈宽窄的空地，闹台就可以打起来了。这类木傀儡戏，与其说是为娱那土地一对老夫妇，不如说是为逗全街的孩子欢心为合式。别的功果，譬如说，单是用胡椒面也得三十斤的打大醮，捐钱时，大多都是论家中贫富为多少的，惟有土地戏，却由募捐首士清查你家小孩子多少，像我们家有五个姊妹的，虽然明知道并不会比对门张家多谷多米，但是钱，总捐得格外多。不捐，那是不行的。小孩子看戏不看戏是不问。但若是你家中孩子比别人两倍多，出捐太少，在自己，良心上说来，也会不好意思吧。

戏虽在普通一般人家吃过早饭后才开场，很早很早，那个地方就会已为不知谁个打扫得干干净净了。惟有“土地堂前猪屎多”，在平时，猪之类，爱在土地堂前卸脱它的粪便，几乎是成了通例的，唱戏日，大家临时就懂了公德心，知道妨碍了看戏是大家所抱怨的，于是，这一天，就把猪关禁起来了。你若高兴，早早的站在自己门前，总可以见到戏箱子过去，押箱子的我们不要问就可以知道是“管班”。每一口箱子由两个挑水的人抬着，箱子上有各样好看的金红漆花，有钉子，有金纸剪就“黄金万两”连连牵牵的吉利字样的字，一把大牛尾锁把一些木头人物关闭着。呵，想象到那些花脸，旦脚，尤其是爱做笑样子的小丑，鼻子上一片白粉，豆腐干似的贴着，短短的胡子，……而它们，这时是一起睡在那一只大木箱子里，将要做些什么？真可念！我们又可以看到一批年老的伯娘婆婆，搬了凳子，预先去占坐位的。做生意的，如像本街光和的米豆腐担子，包娘的酸萝卜篮子，也颇早的就去把地盘找就了。

饭吃了，一十六个大字，照例的每日功课，在一种毫不用心随随便便的举动下，用淡淡的墨水描到一张老连纸上后，所候的就是“过午”那三十枚制钱了。关于钱的用处，那是预先就得支配的。所有花费账单大致如左：

面（或饺子）一碗，十二文。

甘蔗一节，三文。

酸萝卜（或蒜苗），五文。

四喜的凉糕，四文。

老强母亲的膏粱甜酒，三文。

余三文作临时费。

凉糕，同膏粱甜酒，母亲于出门时，总有三次以上嘱咐不得买吃的，但倘若是并无其他相当代替东西时，这两样，仍然是不忍弃置呀。有时可以把甘蔗钱移来买三颗大李子，吃了西瓜则不吃凉糕。倘若是剩钱，那又怎么办？钱一多，那就只好拿来放到那类投机事业上去碰了！向抽签的去抽糖罗汉，有时运气好，也得颇大的糖土地。又可以直接钱换钱，去同人赌骰子，掷“三子侯”。钱用完时，人倦了，纵然戏正有趣，回家也是时候了。遇到看戏日，是日家中为敬土地的原故，菜是格外丰富。“土地怎不每月有一个生日呢？”用一种奇怪的眼睛嗾着桌上陈列的白煮母鸡，问妈，妈却不应，待到白煮鸡只剩下些脚掌肋巴骨时，戏台边又见到嘴边还抹油的我们了。

在镇筸，一个石头镶嵌就的圆城圈子里住下来的人，是苗人占三分之一，外来迁入汉人占三分之二，混合居住的。虽然是多数苗子还住在城外，但风俗，性质，是几乎可以说已彼此同锡与铅样，融合成一锅后，彼此都同化了。时间是一世纪以上，因此，近来有一类人，就是那类说来俨然像骂人似的，所谓“杂种”，就很多很多。其初由总兵营一带，或更近贵州一带苗乡进到城中的，我们当然可以从他走路的步法上也看得出这是“老庚”，纵然就把衣服全换。但要一个人，说出近来如吴家杨家这两族人究竟是属于那一边？这是不容易也是不可能的！若果“苗女儿都特别美”，这一个例可以通过，我们就只好说凡是吴家杨家女儿美的就是苗人了。但这不消说是一个笑话。或者他们两家人，自己就无从认识他的祖宗。苗人们勇敢，好斗，朴质的行为，到近来乃形成了本地少年人一种普遍的德性。关于打架，少年人秉承了这种德性，每一天每一个晚间，除开落雨，每一条街上，都可以见到若干不上十二岁的小孩，徒手或执械，在街中心相殴相扑。这是实地练习，这是一种预备，一种为本街孩子光荣的预备！全街小孩子，恐怕是除非生了病，不在场的，怕是无一个吧。他们把队伍分成两组，各由一较大的，较挨得起打的，头上有了成绩在孩子队中出过风头的，一个人在别处打了架回来为本街挣了面子的，领率统辖。统辖的称为官，在前清，这人是道台，是游击，到革命以后，城中有了团长旅长，于是他们衔头也随到转变了。我曾做过七回都督，六弟则做过民政长，都督的义务是为兄弟伙出钱备打架的南竹片；利益，则行动不怕别人欺侮，到处看戏有人护卫而已。

晚上，大家无事，正好集合到衙门口坪坝上一类较宽敞地方，练习打斤斗，拿顶，倒转来手走路，或者，把由自己刮削得光生生的南竹片子拿在手上，选对子出来，学苗子打堡子时那样拼命。命固不必拼，但，互相攻击，除开头脸，心窝，“麻雀”，只在一些死肉上打下，可以炼磨成一个挨得起打的英雄好汉，那是事实吧。不愿用家伙的，所谓“文劲”，仍可以由都督，选出两队相等的小傻子来，把手拉斜抱了别个的身，垂下屁股，互相纽缠，同一条蛇样，到某一个先跌到地上时为止，又再换人。此类比赛，范围有限，所以大家就把手牵成一个大圈儿，让两人在圈中来玩。都督一声吆喝，两个牛劲就使出了，倒下而不愿再起的，算是败了，败者为胜利的作一个揖，表示投降，另一场便又可以起头。亦有那类英雄，用腰带绑其一手，以一手同人来斗的，亦有两人与一人斗的。总之，此种练习，以起疱为止，流血，也不过凶，不然，胜利者也觉没趣，因为没一个同街的啼哭回家，则胜利者的光荣，早已全失去了。

这一街与另一街必得成仇，不然，孩子们便找不出实际显示功夫的一天！遇到某街某衕，土地戏开场，他们就有得是乐了。先日相约下来，做个预备。行使通知的归都督，由都督檄团长去各家报告。各人自预备下应用的军器，这真是少不得的一件东西！固然，正式冲锋上，有由各方首领，各选人才，出面单独角力，用不着军器的时候，但，终少不了！少了军器，到说是“各亮器械宽阔处去”时，恐怕气概就老不老早先馁下了。或是短短木棒，或是家中晒棉纱用的小竹筒，都可以。最好最正式的军器是“南竹块”，这东西，由一个小孩子方面打到另一小孩子身上时，任怎样有力，也不会大伤。且拿南竹片可以藏到袖中，孩子们学藤牌时，又可以充砍刀用，是以家中也不会禁止。缺少军器的可以到都督处去领取两枚小钱，到钱纸铺去，自己任意挑选。竹片在钱纸铺中，除了夹纸已成了废物，也幸有了这样一种销路，不然，会只有当柴烧了。

其团长通知话语，大约如下：

> 据探子报；△月△日，△△街，唱土地戏△天，兄弟们应各备器械，前往台边，占据地盘。奋勇当先，各自为战，莫为本街出丑，是所望于大家！

此出于侵略一方面，能具侵略胆量者，至少总有几位脚色，且有联络或征服其他团体三个以上的力量才敢正式宣布，不然，戏纵要看，也只好悄悄的，老实实的，站在远远的地方观望罢了。戏属本街呢，传语当为“△月△日，本街△段唱木人头戏，热闹非凡，凡我弟兄，俱应于闹台锣鼓打过以前，执械戎装到场，扎守台边。莫为别地痞子欺侮，致令权利失去！其军械不齐又不先来都督处领取款子的。罚如律。”

关于赏罚律，抄数则例示：

> 见敌远走者，罚钱一文。
>
> 被打起疱不哭哼者，赏钱一文。

在别处被二人以上围打不伤者，赏钱二文。

被人骂娘三句，挑战不敢动手者，罚钱二文。

不是说到这一群小宝贝预约下来的事情么？在戏场开锣以前，空头唢呐还呜呜的吹时，本街的孩子们，三个五个，满面光辉，如生日是属于自己一样，吃得肚子饱饱的，迎上前去，就把戏台包围了。所谓台，可不是玩意儿，冠冕堂皇，真了不得呀。十多根如同臂膊大小的木杆竹杆，横七竖八的在一些麻绳子的束缚下绑好后，（远看正如一个立方体的灯笼架子）接着是用破破烂烂灰布青布帐篷一类套上去，照此一来，太阳可以不会再晒到鼓起嘴巴吹唢呐的老秃顶了，一些木头傀儡也就很安静于一方阴影下老老实实休息着了。布篷套上后，已不再像灯笼架子，到后又得那类庙中用的幔子把打锣鼓一般人分隔到内房去，于是远远的看来，俨然也成了一个戏台模样。

打闹台过后，不久就是为某乡约，某保正，或是某老太太，打加官的一套把戏。这真讨厌！在大戏台上，见到一个戴了面具，穿了红衣，随到“铛铛庆铛铛”的一起一落的步法走着，好久好久又才拿起那“加官赐福”或“一品当朝”的红布片子洒开一抖，已够腻人了，如今却由一个木头人再套上一个面具，也亏下面那个舞的人好意思！另一个人口中喊着为某老太太的加官呀，我们回过头去，只要选那人众中脸儿像猫的，必定就是她。她是快活极了，却不知我们都为她羞。不过，这加官打到自己家中的外祖母头上时，那便又当别论了，因为是这么一来，过午的钱，将因外祖母的高兴，把我们吃早饭时所预约下来的用费扩张了。

有一类声音，是未经锣鼓敲打以前，始能听到的，就像：孥孥，你妈又怎不来！婆婆，又怎不把你的外孙也带来！代狗，这里要买盐葵花子！嫂嫂，这里有张空凳！……

又有一类声音，是锣鼓敲打以后，平息下来，歇了中台，始能听到的，就像：老肥，米豆腐三碗，热的，多辣子！面客，饺子多作醋！卖糕的，我不要这样的！……

到歇晚台时，一切声音就都为拖曳板凳的吱吱咯咯声音吞噬了。也有不少小孩子尖锐的呼声，突出此一片嘈杂的音海，但终于抑下了，深深的陷到这类烂泥样的吵嚷中了，全场板凳移动声像一批顶小的顶坏的边响炮仗往你耳边炸。

到末了，剩下三五个顽皮的不知足的小孩子，用一种研究态度，把手指头塞到口里去，权当钉钉糖吮着，很殷勤的看到戏子们把一个一个木傀儡安置到大箱中去，又看到戏台的皮剥去后，依然恢复那灯笼架子的神气，又看到小叫化子，徘徊于灰色葵花子壳中找寻他不意中的幸运，好像一枚当十铜元，一条手巾，一个仅咬去一半的甜梨。

唱戏人，在布围子里地下走动着，把木傀儡从暗中伸举起来，至齐傀儡膝部；自己手掌为度，若在台边看戏，利益就太多了。在台边，则一面可以看戏，一面还可见到那个唱戏的人，手中耍着木头人，口上哼哼唧唧，且极其可笑的做出俨乎其然的神气，走着戏上人物的步法。一个场面上是旦脚，如像夺阿斗的糜夫人，则要木头人的那一位，脚步也扭扭捏捏，走动时也正同一个小脚女人样，真可笑极了。揎开布篷，便又可以见到那打锣的，在空闲时把塞到耳朵边正燃着纸煤子吸烟，吹唢呐的，嘴巴胀鼓鼓的，同含了什么两枚核桃之类，又正如杀猪志成吹猪脚那一种派头。台边前，不怕太阳晒，也是一件舒服处，还有一件顶讨便宜的事，就是随意去扳动那些脑后一颗钉挂在绳子上休息的傀儡时，戏子见到也从不呵叱！因为这中还有一个规矩，这规矩是戏在那一街演唱时，则那一街的孩子，在大人们许可的法律中，成了戏台周围唯一的霸有者了。在霸有者所享有的权利有如此其多，当然给了其小孩若干强烈的诱惑。帝国主义者之侵略，既无从去禁止另一街为这诱惑已弄得心痒痒的之强项君子，因此一来，保护主权与野心家的战争，便随时都可以发生了。

败了，大家无声无息的退下，把救兵搬来时，又用力夺回。或保留此仇，待他日报复。胜了，所谓野心家，怀了失败的羞耻，也不再看别人街上唱的戏，都督带领弟兄，垂头丧气回家去，这耻辱也保留下来，等另一机会去了。为竞争存活起见，这之间用得着临时联邦政策。毗邻一街，若无深仇，则可合力排除强权，成功后，把帝国主义者打倒后，则让出戏台前地位三分之一来作携手御外侮的报酬。也有本街孩子极少，犹能抵抗外来之人侵略主权的，此则全赖本街中之大孩子。此类大孩子，当年亦必曾作统领，有名于全城，一切孩子们所敬服，又能持中不偏，才足以济。大孩子初不必帮同作战，或用别的力来相助，所要的是公理的执行。遇他方的孩子，行使侵略，来占戏台，本街小孩子诉苦于大孩子时，大孩子即作主人，再找一二好事喜斗之徒，为执行评证，使两街孩子，到离戏场较远，不致扰乱唱戏的空地方去，排队成列，各择一人，出面来殴扑，不准哭，不准喊，不准用铁器伤人，不准从旁帮忙：跌下的，若有力再战，仍可起身作第二次比赛。第一对胜败分明后，又选第二对，第三第四，继其后，以尽本街小孩子为止。到后，总评其胜负。若本街实不敌，则让戏台之一面或两面，作媾和割地议；若胜，则对方虽人多，亦不必退缩。因较大之公证人在旁，败者亦只好携手跑去，再不好意思看戏了。要报仇么？下次有得是机会，横顺土地戏是这里那里直要唱二个月以上的，并且土地戏以外也不是无时间。

在打架时，是会要影响到戏的演奏么？我才说到，那请放心，决不会到那样！他们约下来，在解决以前，是不能靠近目的地的。人人都是那样文明，混战独战总得到大田坪里，或有沙土地方去。大坪坝是空阔，平顺，免得误打别的老实小孩们，敌不过而又不甘认败的，且可以在田坪中小跑，如鸡溜头时一样；至于沙子地方，则纵跌猛的摔倒时，不至把身子跌伤，且衣服脏了也容易干净。也不知是有意还是自然哩，在城中，一块大坪，沙子软软的，同棉絮样的地方，就很多！不论他是如何，孩子们，会选地方打架，那是用不着夸张也用不着隐饰的了。

不拘是看戏。正月，到小教场去看迎春；三月间，去到城头放风筝；五月，看划船；六月，上山捉蛐蛐；下河洗澡；七月，烧包[①]；八月，看月；九月，登高；十月，打陀螺；十二月，扛三牲盘子上庙敬神；平常日子，上学，买菜，请客，送丧：你若是一个人，又不同你妈，又不同你爸，你又是结下了许多仇的一个人，那真危险！你一出街头，就得准备。起疱是最小的礼物，你至少应准备接受比起疱分量还重一点的东西。闪不知，一个人会从你身边擦过去，那个手拐子，凶凶的，一下就会撞你倒地做个饿狗抢屎的姿势！来撞你的总不止一人。他们无非也是上学，买菜，一类家中职务。他若是一人，明知不是你对手，远远的他见你来，早拔脚跑了。但可以欺的，他总不会轻轻放过。他们都是为人欺苦够了的人。时时想到报复，想到把自己仇人踹到泥里头去，对仇人，没有可报复的方法时，则到处找更其怯弱的人来出气。他们，见了你时，有意无意的，走过你的身边，装装自己爸爸夜里吃多了酒的醉模样，口中哼哼唧唧，把手撑到腰间，故意将拐子作了力来触撞你软地方，撞了你后，且胡胡的用鼻子说着，“怎么，撞人呀！”不理是为一个不愿眼前吃亏的上策。忍不住时，抬起头去两人目光一相接，那他便更其调皮起来！他将对你不客气的笑，这笑中，你可以省得他所有的轻蔑来。或者，他更近一步，拢到你身边来，扬起捏着的拳，恐吓似的很快轻轻落到你背上。你不作声，还是低了头在走，那第二步的撩逗又出来了。他将把脚步拖缓下来，待你刚要走近他身边时，笑笑的脸相，充满难堪的恶意，故意若才见到你的神气：“喔，我道是谁呀！若高兴打架，就请把篮子放下吧。”这只能心里说打架是不高兴的事。虽然在另一个地方，你明知这人是不敢多事的，但如今是到了他的大门左右，一声喊，帮忙的来打狗扑羊的不知就有许多，所以“狗仗屋前”的他，便分外威风起来了。挑战的话大要不外后五种：录下以见一斑。

1. 肏他妈，谁爱打架就来呀！
2. 卖屁股的，慢走一点，大家上笔架城去！
3. 那个是大脚色，我卵也不信，今天试试！
4. 大家来看！这里来一个小鬼！
5. 小旦脚，小旦脚，听不真么，我是说你呀！

骂，让他点吧，眼前亏好汉是不吃的。你一回嘴，情形准糟。

欺凌过路人，这是多数方面一种固有权利，这权利也正如官家拦路抽税样：同是不合理，同是被刻薄，而又应当忍受之事，不然，也许损失还大。并且，此事在你自己，或者先时于你街上，就已把这税收得，这时不过是退一笔不要利息的借款罢了。

关于两街中也有这么一条，“不欺单身上学孩子”，但这义务，这国际公德，也看都督的脚色而定，若都督不行，那是无从勒弟兄遵守的。

木傀儡戏中常有两个小丑，用头相碰，揉做一团的戏，因此，孩子们争斗中，也有了一派，专用头同人相打，但这一派属于硬劲一流，胜利的仍然有同样的吃亏，所以总不多，到后来，简直就把这门战略勾除了。

本篇发表于1926年8月18日《晨报副刊》第1432号。署名懋琳。

①烧包，鬼节（阴历七月十五日）时，为死去的亲人烧成包封好的纸钱。

岚生同岚生太太

岚生先生在财政部是一个二等书记，比他小一点的还有三等书记，大一点的则有……太多了。许是因为职位的原故，常常对上司行礼吧，又不是生病，腰也常是弯的。但这些属于做官的事，不值得来用多少话语形容。横顺这时节，大家对于某种人的描写，正感到厌烦，或者会疑心是故意在纸上刻薄了他，小书记从职务上得来的残疾不说也是好。我们要知道他，明白他是一个写得一笔好字，能干勤快的书记，很受过前任总务厅长的褒奖，此外，他是一个每月到会计处领三十四块钱薪水的书记，就得了。

官印原是一个“岳”字，所以台甫用岚生二字，即“岳可生岚”之意，这是从名号上面，即可以见出他人是受过教育的。但在财政部去找姓牛名岳的，那是白费事。财政部职员录中，并无牛岚生其人。从书记到科长，科长到厅长，厅长回头又数下来，一直到传达处的听差，把牛岳或牛岚生问谁，谁也不知道。你到各处去问岚生先生时，我想这只能使你增加些新见识，可以看出部里人名字的奇怪，至于岚生先生，在部里却改了一个俏皮的又吉利的名字，是牛其飞。至于这名字是否是从“飞黄腾达”或《聊斋》上《牛飞》一章取来，可就无从考究了。岚生先生在部里职员录中，既写的是牛其飞，又像有意把台甫也隐瞒了去，同事中喊“其飞”“其飞”总觉似乎拗着口，于是，刻薄一点的，就慷慨地为他取了一个浑名。这浑名我是不很清楚的，大致总与他姓和到身体上的异样粘了点儿关系吧。这能怪谁？谁叫他那么胖又姓上这样一个不好听的姓？不过我知道，当到他面前喊叫他浑名的仍然是很少。这是得力于自己的体魄。从自己巍峨上生出威严，在岚生先生，原是于太太一方面，已就得到一些例外权利了。

冬月来，天气格外好，镇天是晴，有暖暖和和的太阳，且无风，马路上沙子也很少，岚生先生每天十二点欠三十分的时候从财政部办公室，回到西二牌楼馒头胡同住处，陪太太吃饭。走路的回数总比坐车的回数为多。并不是图省俭。人家是并无怎样别的值得匆忙的事情，原就乐于把这三十分钟，花到这一段不到两里的马路上去的。弃了车子来走路，这一来，便宜是异样明白的：一则太阳晒到背膛心，舒服得比烤火还好过，一则是自己不愿意在十二点以前到家。若果是十二点以前就到家，由太太派下来的差事，必多到一倍，这差事，慢一点到家，我们的岚生先生就可免掉了。果真坐车子比自己走路还要慢，岚生先生是极其愿意坐车回去的。“又不是赶兵搬将，要这样到大热闹路上跑什么?”因为自己想逃避差事，凡是见到车子在路上跑得快的，岚生先生就觉得这真无聊。奇怪的是财政部门前搁下来的车辆，纵你明明白白看到他是一个瓣子，一遇到拉起部中办事人员，总也是比别人还要快，因此，岚生先生，就更其不高兴坐车了。

从部里到馒头胡同的一段路，是由粑粑胡同过里脊房，向东，再折而南，出里脊房南口，又向东，进萝卜胡同，又出，一转弯，就到岚生家公馆了。

岚生先生，就是照到我所开的路线那么走到公馆的。有时换由墨水胡同，那就较远一点。较远一点则可以多耽搁时间，也是岚生先生所愿意的事。且墨水胡同有一个“闺范女子中学”，除了星期不算，每一天岚生下办公室时，若从墨水胡同过身，则总可以看到许多从闺范中学返家吃中饭的女孩子。这中学虽标名是“闺范”，但如今时行的剪发的事情，像并不和学校名称相抵触，所以看普通女子外，还可以看头像返俗尼姑样的女人，因这样，岚生先生从远道走的日子，次数又像比捷径还要多了。看女人本是一类坏事情，只要看得斯文，看得老实，不逗人厌，那是正如同欣赏一件艺术样子，至少比那类不会爱人的爱情，还要正派得多的。岚生先生的看法，也就归入这一流。他觉得女人都好看，尤其是把头发剪去后从后面去瞄睇。因为是每日要温习这许多头，日子一久，闺范女子中学，一些学生的头，差不多完全记熟放在心里了。向侧面，三七分的，平鬋的，卷鬓的，起螺旋形的，即或是在冥想时也能记出。且可以从某一种头发式样，记起这人的脸相来。但岚生先生，对这类人，却并不是像世间上许多傻子样，就俨然油了脸说是在爱着。岚生先生不拘在何种情形中，爱自己太太总比之爱别人还过分的。且像对于自己太太过于满意，竟匀不出剩余爱情再给别人了。他想着，如果自己太太也肯把发剪了去，凡是一切同太太接近的时候，会更要觉得太太为美好，那是无疑的吧。但曾用别的方法试探过太太意见，太太却不反对也不赞成：不赞成，是使岚生先生不敢一时将希望提出来，不反对，却给了岚生先生一点非去温习闺范中学的女子头发不可的工作了。

岚生，岚生太太，就是这么两个人，成为一个家庭的。照岚生先生的主张，凡是家庭，总要有两个小孩子，一个老妈子，才是道理。本来是预备只要太太得了一个小孩子时，同时就到佣工介绍所去找一个女用人。不过太太竟像是因为怕请人多花钱一样，两年来还是不能生养一个小岚生，所以直到如今，人还是请不成。因了一家只两个人，每日关于吃饭的事，岚生先生就不得不把权利义务揉合放在一起了。买菜，煮饭，太太是不烦岚生先生帮忙的。但碗总要洗，炉子里添煤，到煤铺里去赊账，以及其他太太不能做不愿做的，仍然是不可免。遇到太太不高兴时，煮饭炒菜，纯义务也要尽。那一天，若是两者之中都不能相下，结果就只好照顾胡同口儿那一家四川小馆子去了。

岚生太太人是好，各样当主妇的事都晓得都能做。年纪小岚生六岁。样子也是长得白净好看的。也许就是为了年纪还不大，孩子们的脾气同天真却一样好好的保存在心里吧，固然知道当太太的对于料理家事是差事，但她总不愿岚生先生空起两手来看她做事的。且觉得岚生先生在家中袖手吃闲饭是不合理，久而久之，岚生先生就把洗碗同抹桌子等工作也归在自己义务项下了。到近来，在十二点以前，太太纵是把饭菜已经全体做好了，无论如何，碗是必得留下一个两个等待岚生先生处置的。你若因为想实行不做工而吃饭的主义，故意把回家的时间拖下来，碗还是好好的放到大的白铅桶里面。太太要吃却顾自洗一个。是这样坚决的经过不知多少小小鼓气后，明知躲避是无望，近来，岚生先生偷闲野心才不敢常起了。不过早回家则差事堆到头上总是格外多，在外挨一刻就少一件事，岚生先生之所以养成走路的脾气，就为得是这样一个道理。

要说是岚生先生怕他的太太？也不尽然。太太应不应当怕，那是看太太来。至于岚生太太，有许多地方，原是敌不过岚生先生的。岚生先生是胖子，虽不大，但究竟是小胖子。岚生太太身个儿却很小。若是当真闹翻脸，认真打起架来，太太是无论如何却打不过岚生先生的。正又像太太很明白打不过岚生先生一样，凡遇到要逼到使一个丈夫摔家伙发气打人的事情，太太是仍然知道极力去趋避。太太且懂到用一切温柔的方法，譬如说：亲嘴，抱，以及别的足以增加岚生先生的爱怜的各种各样方法来软和岚生先生的脾气，排件施行，使岚生先生虽然是胖也到了那“英雄无用武之地”。其实，岚生太太，又并没有读过什么书，关于近来聪明投机家翻译的什么《爱的法宝》一类驾御老爷的模范指南书，也当真不曾见过的。

今天是岚生先生从部里得了九月份薪水回来的。洗碗的差事当然是豁免了。因为得了钱，太太主张到小馆子去喊了一碗汆丸子，于是午饭桌上，比平常就多了一个碗。平常的品字形的排法变成田字形，太太的脸，也变得比昨天更可爱一点了。

在吃饭当儿，岚生先生正用筷子擒住了一个丸子，往口里送。

太太说：“你头似乎也可以剃得了。”

没有把丸子咽下的岚生先生，点头来答应。待到岚生先生能够说话时，太太的筷子，又正在那里擒住了一个丸子。

“太太，我有一句话同你商量。”

这是一句照例的话。并不是商量，也得这样来说。这脾气太太是很习惯了的。在平时，岚生先生不拘那一次要同太太说一点超乎吃饭中讨论“菜好饭烂”以外的事情时，都是那么来起头的。太太这方面，可以不必用口来答复，把头略点，或竟不点，只用正在桌子上碗碟中间搜寻菜心的一双又大又黑的眼睛，掉过来瞅着了岚生先生，岚生先生就可以继续把议案提出了。

太太把筷子停在碗里不动，听了岚生先生的话，就瞅定了岚生先生。

“太太，你说近来年青女人有辫子好看一点——还是有髻子好看一点？”

太太是莫名其妙的，故没有做声。

“其实，我，看你是梳髻子还要比拖辫子更要可爱一点底。”

这真是一句废话！正因为加了后面一句话，太太却反而生了疑心了。这不明明是在街上看上了谁家拖辫子的女人，回来不能忘情的话么？于是太太心中就觉得有点儿酸。要开口骂一句却又不知从那一句话上骂起。看岚生先生，是脸儿团团的笑笑的仿佛异常得意的。

筷子缩回来在另一碗来夹了一筷红烧芥菜，太太的不快是已到了脸上了。

本来就是惟恐太太误会的岚生先生，在发现太太脸上颜色后，觉得有点惶遽不好意思起来。知道是太太在一种误会中已苦恼着了。但不知应用什么样话语来解释。

“太太，吃呀！”一举筷子就擒了一个大丸子掷到太太碗里。

“我是已吃饱了。”太太把丸子从自己碗里又掷回。

“难道我又因了什么不检使你生了气么？”

“人老了，不能学十六七姑娘拖辫子，所以不可爱……”太太眼睛的微红已补足了要说的话。

岚生先生找到了解释同认错的机会，就琅琅的把自己积久不敢说出的意见全说了。

岚生先生且说：“因为想要探询太太对于长头发和短头发的意见，我才先说辫子同髻子，其实，别人并无什么坏意思，只是一个引子，做文章都得引子，难道说话就不必么？太太谁知就生了疑心，这只怪我不会说话了。……”

仍然又把丸子掷到太太碗里去，太太就不再拒绝了。

接着，岚生先生在女子头发上把“省事”那一点，就格外发挥了不少议论。结末是：“太太你若是也剪成了尼姑头，他日陪我出去到北海去玩，同事中见着，将会说你是什么高等女子闺范的学生哩。”

太太因为想起“高等女子闺范”的样子，对岚生先生的话是完全同意了。只是把头发剪后衣服又怎么办？现时所穿的当然是不相宜。最合式的是旗袍子。岚生太太是见过许多高等闺范女生就都穿的是旗袍子的。用藏青爱国呢做面子，紫色花绒做里，要滚边就滚灰边，这样一件旗袍，在太太心中，本来已计划了有许多日子了。只是明知道财政部不发薪，就不方便同岚生先生说。这时，岚生先生既有那么胆量，太太也就大大方方把希望说给岚生先生听了。

对太太意见表示了同意的岚生先生，答应了即以薪水之一半来作剪发的开支，太太也说这月在别的事上可以俭一点。吃完饭后，太太在对了镜子抚弄她行将剪去的发髻时，岚生先生看着镜子里的太太好笑。

“剪子恐怕不行吧？”太太也对了镜子中的岚生先生说。

“那回头我们上市场买一把新的。还有，太太你的袍子料左右也要看！”

“不要选一个吉利日子么？”

“自然是要！市场上东头不是有一家命馆叫作什么渡迷津，唉，前次，我们问那个……不是到过那里一次么？”

想起前次事，是要使太太红脸的。前次到那里花了四毛钱，去问请用人的日子，给那相士推小岚生的出世日，说是不久不久，如今，听到岚生先生又讲去那地方，恐怕岚生先生顺便又去问那相命人，所以借故说是太贵。

“这不是理由，”岚生先生说，“他灵验。四毛钱一块钱都不算贵，只要避了克我们俩的日子，是幸福的事哩。”

“那我们就去！”

“去就去，让耽误下半天公事，左右不值日。”

于是太太就换衣，抿头，扑粉，岚生先生一面欣赏着太太化妆，一面也穿上了青毛细呢马褂，戴上灰呢铜盆帽，预备出发。

一点钟以后。

一点钟以后，在市场东头，就可以见到岚生先生同到太太正从“渡迷津”相馆出来，日子是看定了。从一家新开张写着大减价的吉利公司走过，两人就走进去。在吉利公司花了四毛八分买了一把原价六毛的德国式剪刀，因为招牌上写的是八扣，所以本来预备走到美丽布店去买的旗袍料子，也就在吉利公司一下办妥了。此外又新买了一瓶雪花膏，连棉花一共算下来是十四元六毛。岚生先生半月的作工所得，的确是耗费到举办这一次典礼上了。出市场时，太太在先开路，岚生先生却抱了一大包东西在后面荡着的。因为太太走的并不快，所以岚生先生得了许多方便，有左顾右盼的余裕，把在自己面前走过的剪了发的女人，一个都不放松，细细的参考着温习着，以后太太的头发的式样，便是岚生先生把在市场所见到的一个年青漂亮的女人短发，参以墨水胡同一个女人头发式样仿着剪来的。

近来是岚生先生回家坐车子的回数又比走路的时候为多了。

本篇发表于1926年12月11日《现代评论》第5卷第105期。署名从文。

松子君

是这样不客气的六月炎天，正同把人闭在甑子里干蒸一样难过。大院子里，蝉之类，被晒得唧唧的叫喊，狗之类，舌子都挂到嘴咽边逃到槐树底下去喘气，杨柳树，榆树，槐树，胡桃树，以及花台子上的凤仙花，铺地锦，莺草，胭脂，都像是在一种莫可奈何的威风压迫下，抬不起头，昏昏的要睡了。

在这种光景下，我是不敢进城去与街上人到东单西单马路上去分担那吸取灰尘的义务的。做事又无事可做，我就一个人掇了一张有靠背的藤椅子，或者是我那张写生用的帆布小凳，到大槐树下去，翻我从图书馆取来的《法苑珠林》看。大槐树下，那铺行军床，照例是嘱咐了又嘱咐，纵是雨已来，听差先生也只笑笑的让它在那里淋雨的。但因此也就免得每日为我取出的麻烦。把书若不在意的翻了又翻，瞌睡来了，就睡倒在行军床上，让自己高兴到什么时候醒来便在什么时候醒，我们的听差，照例是为我把茶壶里冰开水上满了以后，也顾自选那树阴太阳晒不到的好地方做梦去了。若是醒来是正当三点之间，树顶上，杈杈椏椏间，可以听到一批小村牛样吵吵嚷嚷闹着的蝉，正如同在太阳的督促下背它的温书。远远的，可以听到母牛在叫，小牛在叫，又有鸡在咯咯咯咯，花台上大钵子下和到那傍墙的树根边，很多高高兴兴弹琴的蛐蛐：这知道，母牛是在喊它的儿子，或是儿子在找妈，鸡生了卵，是被人赶着，如其是公鸡的唬声，则是告人以睡中觉烧夜饭的时候了。还有弹琴的蛐蛐，这说来真是会要令人生气的事！你以为它是在做些什么？那小东西，新娶了太太，正是在那里调戏它的新夫人！

在三点以前自己会醒转来，那是很少有的，除非午饭时把饭吃得太少，到了那时饿醒。

饿醒的事是少而又少，那只能怪厨房包饭的大师傅菜不合口的日子太少了。

·

朋友松子君，每日是比车站上的钟还要准确的在四点三刻左右的当儿走来的。值我没有醒转时，便不声不息，自己搬一张椅子，到离我较远一株树下去坐，也不来摇我，候我自醒。有时待我醒来睁开眼睛时，却见他在那椅子上歪了个头盹着了。但通常，我张大了眼睛去那些树根株边搜寻朋友时，总是见到他正在那里对我笑笑的望着。“呀，好睡！”“那怎不摇醒咧？”略像埋怨样的客气着说是怎不摇我醒来呢，为自解起见，他总说“若是一来就摇，万一倘若是在梦中做的正是同女人亲嘴那一类好梦，经我来一搅，岂不是不可赎的一件罪过么？”然而赖他摇了又摇才会清清楚楚醒转来的，次数仍然比自醒为更多。

今天，饭吃得并不比平日为不多，不知怎样，却没有疲倦。几回把看着的一本书，故意垂下盖到脸上，又试去合上眼睑，要迷迷的睡去，仍然是办不到。是近日来身体太好了吧，比较上的好，因此把午睡减去了，也许是。今天吃的是粥，用昨天剩下来的那半只鸡连那锅汤煮好，味道好，竟像吃得实比往天为更多。

大致有点秋天消息来到了，日头的方位已是一日不同一日。在先时，不必移动椅子同床的，胡桃树下，近来已有为树叶筛碎的日光侵入了。在闪动的薄光下，是要睡眠更不容易的。因此我又将小床移到另一株银杏树下去。

既不能睡，玩点什么？一个人，且是在这种天气里，又像确实无可玩的事。捉蛐蛐很少同我来相斗的，钓鱼则鱼不会吃钓。正经事，实是有许多，譬如说为大姐同妹各写一封信，报告一下近来在此的情形，也是应当的。但这类事似乎都只适宜于到房中电灯下头去做，才合式。日里我就是从不能写好一封信过的。不幸今天所选的书又是一本《情书二卷》，粗恶的简陋的信函，一篇又是一篇，像是复杂实则极其简单的描写，在作者，极力想把情感夸张扩大到各方面去，结果成了可笑的东西。“心理的正确的忠实的写述，在这上面我们可以见到”，依稀像有人或是作者自己在序跋里那样说到，其实，这真是可笑的东西。我们只看到一个轮廓，一个淡淡的类乎烟子的轮廓，这书并没有算成功，正同另一个少年人所写的一篇《回乡》一样，书中的人，并不是人，只描了一个类似那类人的影子。有一些日记，或者是作者从自己《奶奶的日记》上加上些足以帮助少年读者们作性欲上遐想的话语成的吧。这是上松子君的当。据他说，这是这里那里都可以见到的一部书，大约是颇好的一部书吧，于是，进城之便，他便为捎来了。待到把书一看时，始知原是那么一本书。一般年纪青青的少男少女们，于性的官能上的冒险，正感到饥饿人对于食物样的跃跃欲试，这种略近神秘的奇迹没有证实的方便，便时时想从遐想中找到类似的满足，但徒然的遐想是会到疲倦的时候，因此，一本书若其中有了关于此类奇迹游历者较详的写述，这书便成了少年男女的朋友了。另外一本《性史》其所以为大家爱读者也就因此。其实人家对于《性史》，也许那类有了太太的，可以藉此多得到一种或两种行乐的方法，至于一般孤男子，则不过想从小江平的行为上，找寻那足以把自己引到一种俨乎其然的幻想中去，且用自足的方法，来取证于朦胧中罢了。“近来的出版物说是长进许多了，其情形，正有着喜剧的滑稽，不拘阿猫阿狗，一本书印成，只要陈列到市场的小书摊上去，照例是有着若干人来花钱到这书上，让书店老板同作书人同小书贩各以相当的权利取赚一些钱去用。倘若是作书人会做那类投机事业，懂得到风尚，按时做着恋爱，评传，哲学，教育，国家主义，……各样的书，书店掌柜，又会把那类足以打动莫名其妙的读者们的话语放到广告上去，于是大家便叨了光，这书成了名著，而作书的人，也就一变而成名人了。想着这类把戏，在中国究不知还要变到多久，真觉可怕。若永远就是那么下去，遇到有集股营书店的事业时，倒不可不入一个股了。”松子君，昨天还才说到上面的话语，我要等到他来时，问他自己待印那个小说是不是已取定了名，若还不曾，就劝他也取一个类乎《情书二卷》的字样，书名既先就抓着许多跃跃欲试的少男少女的心，松子君所希望的版费，当然是可以于很快的时间便可得到了。

看看手上的表，时间还才是二点又十五分。今天又像是格外热。

昨天是曾托了松子君，返身时为我假一本《兰生弟日记》看的，再过一阵，松子君若来，新的书，大致不会忘却带来吧。

又听到一个朋友，述说过《兰生弟日记》是怎么样的好，而销行的去处竟在一百本或稍多一点之间，因此使我更想起目下中国买了书去看的人主旨的所在与其程度之可怜。忽然一匹小麻蝇子，有意无意的来到我脸前打搅，逐了去又复来，我的因《兰生弟日记》引出的小小愤慨，便移到这小东西身上来了。大概它也是口渴了，想叨光舐一点汗水吧，不久，就停到我置着在膝边的手上。我看它悠然同一个小京官模样，用前脚向虚空作揖，又洗脸，又理胡子，且搓手搓脚，有穿了新外套上衙门的喀阿吉喀阿吉也维赤先生那种神气。若不是因为它样子似乎可笑，是毫不用得上客气，另一只垂着的手，巧妙的而且便捷的移上去一拍，这东西，就结果了。我让它在我手背上玩，在手指节上散步，像是失望了的它，终于起一个势，就飞去了。

抬头望天，白的云，新棉花样，为风扯碎，在类乎一件有些地方深有些地方浅的旧蓝竹布大衫似的天空笼罩下，这里那里贴上，且逐了微风，在缓缓移动。

不知怎样，在蝇子从手背上飞去后，看了一会跑着的天空的白云，我就仍然倒在帆布床上睡去了。……

醒来时，松子君正想躲到那胡桃树干后面去。

“我见到你咧。”

没有躲过便为我发见的松子君，便倚靠到那树身立定了。“不是那么头上一戳还不会醒吧。”听他说，我才见到他手上还拿了一条白色棍子。

“那是你摇我醒的了，我以为——”

松子君就笑。“摇吧，还头上结结实实打了两下哩。”说着，就坐在胡桃树下那大的石条子上了。

松子君，今天是似乎“戎装”了，衣服已全换了，白色的翻领西服，是类乎新才上身。

“怎么不把衣脱去——？”

“我想走了，”他就把衣从身上剥下用臂捞着，“我来了颇久咧。见你睡得正好，仍然是怕把你好梦惊动，所以就一个人坐在石上看了一回云，忽然记起一件事情明天清早有个人下城，想托他办件事，故想不吵醒你就要走了，但一站起来把棍子拿起，却不由我不把你身上头上拍两下，哈哈，不是罪过吧？”

“还说咧，别人正是梦到……”

“那是会又要向我索取赔偿损失的一类话了！”

“当然呀！”

两人都笑了。

“怎样又戎装起来？”我因为并且发觉了松子君脸也是类乎早上刮过的。

“难道人是老了点就不能用这个东西么？”

经他一说，我又才注意到他脚下去，原来白的皮鞋上，却是一双浅肉色的丝袜子。

“漂亮透了！”

“得咧，”他划了一枝火柴把烟燃好，说，“老人家还用着漂亮么？漂亮标致，美，不过是你们年青人一堆的玩意儿罢了！”

“又有了牢骚了！”松子君是怕人说到他老的，所以处处总先自说到已经老弊。说是“又发了牢骚呀”，他就只好笑下去了。

他把烟慢慢的吸着，像在同时想一件事。

“有什么新闻？”照例，在往日，我把这话提出后，松子君就会将他从《晨报》同《顺天时报》上得来的政事消息，加以自己的意见，一一谈到。高兴时，脸是圆的，有了感慨，则似乎颇长。

“我不看报，有一件事在心里，把一切都忘了。”朋友，脸是圆圆的，我知道必是做了件顶得意的事了。

“同房周君回来了，”他续着说，“是昨天，我从你这里返身时，就见到他，人瘦了许多，也黑了点，我们就谈了一夜。”

周君，经松子君一提，在印象中才浮出一个脸相来。是一个颇足称为标致的美少年，二十二岁，国文系三年级生，对人常是沉默，又时时见到他在沉默中独自嬉笑的天真。“这是一个好小孩子。”松子君为我介绍时第一句是那么不客气的话，这时想来，也仍然觉得松子君的话是合式。

我知道朋友是不愿意人瘦人黑的，故意说：“瘦一点也好！”

“瘦一点也好！人家是瘦一点也好，你则养得那么白白的胖胖的——”朋友像是认真要发气了，然而是不妨事的，我知道。

“你要知道别人是苦恼的回到这来的呀！”朋友又立时和气下来，把我的冲撞全饶恕了。“一个妇人，苦恼得他成了疯子。虽不打人骂人，执刀放火，但当真是快要疯了，他同我说。近来是心已和平下来了，才忙到迁回校来。我问他，人是瘦，自己难道都不觉到么？他说快会又要胖成以前那样了，只要在校中住个把月。”

他不问我是愿意听不愿意听，就一直说下去。

“回到北京伯妈家，就遇到冤枉事。他说这是冤枉，我则说这是幸福。难道你以为这不是幸福么？虽然是痛苦，能这样，我们也来受受，不愿意么？”

我究竟还听不出他是说什么事不是冤枉是幸福，且自己也颇愿将痛苦受受的意思所在。“你是说什么？”

“一个年青孩子，还有别的委曲么？说是聪明，这一点也要我来点题，我就不解！”

“那末，是女人了——？”

“还要用一个疑问在后面，真是一个怀疑派的哲学家！”他接到就说，“可怜我们的小友，为一件事憔悴得看不完了。他说一到北京，冤枉事还未拢身时，快快活活，每天到公园去吃冰柠檬水，荷花池边去嗅香气，同的是伯妈，堂弟弟，妹子，堂弟的舅子，大家随意谈话，随意要东西吃，十点多钟再出门。北海哩，自己有船，划到通南海那桥下去，划到有荷花处去折荷花，码头上照例有一张告示是折花一朵罚大洋一毛，他们却先将罚款缴到管事人手上再去折花，你说有趣不有趣？

“但是，队伍中，不久就搀入一个人，那是因为伯妈去天津，妹子要人陪，向二舅家邀来的。他家舅舅家中，不正是关了一群好看的足以使年青人来爱的表姊妹么？但来的并不是表姊妹任一个。

表姊妹也正有她自己的乐，纵是要，也不会来陪妹子的。来的是冤家。真是冤家！三表哥的一个姨奶奶，二十岁，旗人，美极了。三表哥到了广东，人家是空着，不当差，又不能同到表姊妹们一块出去跳舞，所以说到过来陪四小姐，——这是他妹子在家中的尊称。你应知道。——就高高兴兴的过来了。他们也常见到，不过总像隔得很远，这也是朋友的过错，在人家，是愿意同小伙子更接近一点的。不过这在第三天以后，朋友也就知道了。不消说是亲密起来。隐隐约约中，朋友竟觉得这年青小奶奶是对自己有一种固执的友情了。真不是事呀，他且明明白白看出别人是在诱他。用一些官能上的东西，加以温柔的精神，在故意使他沉醉，使他生出平时不曾有过的野心。你知道，像朋友那样怯汉子，果真不是那位好人，处处在裸露感情来逗他，我是相信他胆子无论如何是不会那么大的。他发见这事以后，他不能不作一个英雄了。我就问他，英雄又怎么样呢？他说就爱下去。

“这奶奶，一个二十岁的，有了性欲上的口味，人是聪明极了，眼见到自己所放出的笑容别人于惶恐中畏缩中都领会了，站在对面的又是那么年青，美貌温和，简直一个‘宝玉’，再不前进，不是特意留给自己在他日一个不可追悔的损失么？于是，……一个礼拜，整一个礼拜，两人实互相把身体欣赏过了。……到后我们的朋友，用眼泪偿还了那一次的欢娱。”

松子君像做文章似的，走马观花把周君的事说到此后，像是报告的义务已尽了，一枝烟，又重燃吸起来。

“是家中知道了么？”

“不是！”

“是吵翻了么？”

“不是！”

“是伯妈回了京那人儿也返了家么？”

“不是！”

“是……？”

“都不是的，”松子君说，“还是好好的，纵或是伯妈返了京。这近于他的自苦，我所得结论是这样。他不知道享乐，却还想去这样一个人身上掘发那女子们没有的东西。他想这奶奶有许多太太们都不必有的尼姑样操行。这傻子，还在这上面去追求！不知道如果别人是只爱一个人的话，那你怎么能占有她？他不甘心在自己拥抱的休息中，让另一个也是年青的男子去欣赏她。他不久就发现自己理想的破灭，便沉陷到这失望的懊恼中了。事情也真糟！这小奶奶，对于世间的爱，总毫不放松，比朋友小了许多的堂弟，不久也在自己臂腕中了，而目光所及的，又还有堂弟那个十六岁的舅子。

“那就放手吧，我是那么同他说了。朋友却说因了虽然发现这类足使热着的心忽然冷凝下来的事，但在行为中，她的静好，全然异乎浪冶的女人，又是很确实的一件事，因此，要放，也竟不能。贪着弥缝这漏罅，而又无从把这人握得更紧，正如断了一股丝的绳子，把这爱恋的心悬着，待察见了此绳断处后，又不能即断，又不能使它在略无恐惧中安稳的让它摇摆，因此就粘上深的痛苦。

“他先还想故意把事闹翻，好让那人儿从三表哥处脱离，同自己来正式组一个小政府！年青人呀，处处是要闹笑话的。……”

院墙的缺口上，露出一个头来，听差把松子君喊去了。

“回头再来谈吧，文章多咧。”一边走一边回过头来说，从墙缺爬过去。松子君就消失到那一丛小小槭树林子后面了。一枝白色藤手杖，却留下停到胡桃树旁边。

把晚饭吃过后，日头已落到后山去了，天上飞了一片绯红的霞，山脚下，还可见到些紫色薄雾。院中树上的蝉，在温夜书的当儿。将放学了。山的四围，蝈蝈儿的声音渐渐热闹了起来，金铃子也颇多，盼望中的松子君，终于没有再来。

“他希望我写一点什么咧。”松子君把脸故意懒起，表示为难的样子。是我们把昨天的谈话重提而起的。

“那么就写呀！”

“说是写，就提了笔，但是，”——松子君从衣袋里取出来一束白原稿纸，“这里，却是写成了，笑话之至，见笑大方！改改吧，可以那就幸福了。题目我拟得是……”

“把来给我瞧瞧吧。”伸了手去，松子君却并没有将那纸送过来。

“我念，这字谁能认识？自己还将赖上下句的意思去猜啦。念着你听吧。不准笑，笑了我就不念了。我的题目是一位奶奶……”

“嗤……”没有记到我们的约，听到题目，就不由得笑出声来了。

“那我就不念了！可笑的多着咧，慢慢的吧。”其实，他自家，也就正是在笑着。

“听我念完了再下批评呀！”

“就是那么办吧。”我是端端正正坐在椅子上听他的。

于是，他一直说下去。

“因为我要俏皮一点，题目取做一位奶奶，不算滑稽么？下面是正文，莫打岔听我念完，再来批评吧。……关于这位年青小奶奶，一切脾味儿，性格儿，脸子，身材，我们可以摘录T君日记中的几段，供大家参考——参考什么咧？难道是这个那个，都有着那种福分去欣赏一下么？哈哈，我不念了。”

“那你就送把我来！”

求他，也是不行的。松子君却把那一束稿子塞到荷包里去了。他的脾味我是知道的，凡是什么，他不大愿意告给人的事情，问他也是枉然的，关于使他心痒的新闻呢，不去理他，他也仍然不能坚执到底始终不说的。我从许多事上就看出他的这类小小脾气了。有些事待你问他他故意不说，待一回，却忍不住琅琅的在你耳朵边来背了。因此这时我也就满不理会的样子，独自在灯盏下修理我的一个小钢表。

松子君，见我不理那稿子了，也像乐于如此的模样，把烟燃吸起来。

“这里不是昨天还似乎贴了一张禁止吸烟的条子么？”

让他故意扯谈，却以不做声为后盾，坚执的待他心痒难受。

“怎么，不理我了么？”

我仍然不做声。在斜睇下，我见到他那脸还是很圆，知道是决不会在心中对我生了气，故依然大大方方去拨那小钢表上的时针。

“你要说话呀！”

“我是莫有说的。”

“那你有耳朵!”

“有耳朵又莫有话可听，别人是把一件新闻当成八宝精似的，还不是徒然生一对耳朵么?”

“嗤……”松子君笑了。

我知道他已软下来了，却故意不明其所说的意义似的，“什么可笑！我又不要说什么!”

“你不要我说什么吗？那是我就——”

再不乘风转篷，松子君的脸会要变长了。

“你就赶快念那东西给我听！你不知道别人为你那一伸一缩不可摸捉的小小脾气儿怄得什么样似的!”这样的促着他使他“言归正传”，他就又从荷包里取出那一卷稿子来。

送，是答应送我看的，但先就约下来，必得他去了以后才准我来看，因为这样一来，他才免得在我笑脸中，见出他文章的滑稽处，这滑稽，在松子君，写来是自然而然，不过待到他见到一个朋友拿着他的原稿纸读念时，松子君却羞愧得要不得了。松子君的条件是非遵照办理不可的，于是我把那一束稿纸接过手来时，就压到枕头下去了。

“你在我去了以后才准看!”

“一切照办。”

“一切照办，还不准笑我!”

这类像孩子气的地方，在松子君，真是颇多颇多的。但没有法也只好口上承应了。其实他也就知道这类要求是反而更给人以非笑不可的。但在别人当面答应了以不笑之时，他眼前却得到可以释然的地方了。

松子君说话时照例要用花生，苹果，梨之类，来补助他口的休息，我的听差对这一点是极其合了松子君意的。也不要我喊叫，不一时，又从外面笑笑的抱了一包东西来了，“好咧，先生。”我是见到别人好心好意为我待客总不好意思说过一次“不好”的，听差因此就对于由他为我选购果子的义务更其热心起来了。这时候，松子君的谈锋已应当在休息的时候了，非常合意的十个大苹果却从听差手巾里一个一个掷到松子君面前。

“好呀，吃！”

用着非常敏捷的手法，一个苹果的皮，就成了一长条花蛇样垂到松子君的膝上了。在削刮苹果中，照例还是要说话，不过这类话总不外乎他的听差怎样不懂事而我的听差又如何知趣诚实的唠叨，这在松子君谈话中，属于“补白”一类，所以你纵不听也不要紧。

一个苹果一段“补白”，到吃到第七个苹果时，他从“补白”转到正文上来了。

“那文章，老弟看了后，主张发表，就在《话片杂志》上去发表吧。但总得改改。至少题目总应当取一个略略近于庄严点的才是。这是别人的一段生活史料哩。”

“其实是一样的。”

“不一样！你知道这些，不必客气，还是费费神，当改正，也应不吝气力！”

他是又把第八个苹果攫到手，开始在用刀尖子剩苹果下端的凹处了，上面的削改的话，只好仍然当做一段“补白”。

…………

在松子君把苹果皮留在地下顾自走回他的院子时，已是十一点了。慢慢的把灯移近床边来，想去看松子君的文章，我们的听差却悄然提了一包东西进来。

仍然是苹果。由他为一个一个取出放到我近床那茶几盘子里。“我知道有那位先生在此，苹果绝对不会够，先生你也必定一个不得吃，所以接着又下坡去买它来十个。买来时他还不走，我恐怕一拿进来那位先生又会把这里所有的一半塞到肚子里的空角落去，所以——”

“他既然是吃得，就应当让他吃饱再去！他还才说到你为人机敏知趣啦！下次不应这样小气了。”

“是是，先生告了我我总记到，明天他来就让他吃二十个吧。”

听差是笑笑的把地下的苹果皮捡了一大包扯上门出去了。望到那茶几上侥幸逃了松子君的毒手的十个半红半青的苹果，挤到一处，想起松子君同听差，不由的我不笑了。

松子君，在他的文章上所说到的，全同与我在白天所说过的一样。又怎样怎样去学了郭哥里的章法，来把周君的一位情敌描写一番，譬如那人鼻子同脸的模样，他就说“大家想想吧，一个东瓜上面，贴上一条小小黄瓜，那就是K君的尊范，不过关于色的调合，大家应同时连想起被焚过的砖墙，我们才能知道他的美处来。”

其实这未免太过，不消说，那是松子君有着爱管闲事人汤姆太太的精神，为怜悯与同情而起的愤慨所激动，故而特别夸张的将K君贬罚了。

在文章的后面，又非常滑稽的说是，T君为了发现自己的地位以后，怎样的不顾命的去喝酒，但当第三次喝酒大醉后，在一个夜里，呕出了许多食物，同时就把所有因那女人得来的悲哀，也一齐呕去，天明醒来，哀悲既已呕去，于是身上轻轻松松，想到回山，便返山了。这种用喜剧来收场，却来得突然，所以看了反而一点感不着T君当时热炽的情与失望后的心中变化。这明明是松子君故意像特为写给他朋友周君去看的，在周君看到后感到一种不可笑的可笑，松子君，在这中，也就有所得了。

松子君，在文章的前面同中间，夹录了许多周君的日记，像是真由文章所谓T君的日记上录下来的，日记中最有意思的是：——

> 她居然于装饰上，同时也取了那最朴素的一种。朴素得同一个小寡妇样，真觉不应当。但因此便觉更其格外能动人，也是事实。她今天穿了青色衣裙，观音菩萨中有的是如此装束底。
>
> 我将自信，我是为别的眼睛在一切普通事上注意过的一个人了。虽然是令人惶恐，我却不应对此事还有所踌躇。猛勇得如同一个和狮子打仗的武士样，迎上前去，是我这时应取的一种方法。这方法能使两边都有益，可以用不着猜想。我将把我应得分配下来的爱，极力扩张，到不能再扩张时！恋着，恋着，即或是把这爱情全部建筑到对方的白皙的肉体上，也不是怎样的罪孽！
>
> 关于性欲的帝国主义，是非要打倒别的而自己来改造不可的。

伯妈到天津去，因七妹寂寞，又从电话中要她来陪七妹玩。七时，大家正吃着饭，残疾的不能行动的大哥，正在用手势对芬表妹的相做着那无望的爱慕的工作，大家笑着嚷着，七妹是不堪其烦的正要跑到房中去，她来了。哟，菩萨今天换了淡色衣裳，一样的可以顶礼。说是刚吃过饭来，回头去看见大哥盘散的据在那圈椅上，一碗饭上正搁了许多菜，知道是又受弟呀妹呀欺侮了，用一个微笑来安慰鼓着嘴的大哥后，就在我与七妹之间一个坐位上停下来了。在她身边时我觉到身子是缩小了。我似乎太寒碜，太萎靡，太小气；实在，因了她，我力量增加，思想夸大，梦境深入，一切是比了以前澎涨了已是许多倍的！我的侠义心，博爱心，牺牲心，尤其是对女人神样的热诚的爱情，在衙署办公桌上消失的，惟有在她面前，就立即可以找回！

我有一种恐惧，这恐惧是我懦弱的表示。是我对人间礼法的低首服从。但我如今将与这反抗，这是不应当有的恐惧。想着：是别一妇人，如果妹样，要我在恐惧中还来固执的大胆的来恋，总是不可能的事情吧。也只有她，这样一个美的身体，还安置下这样一个细致的康健的雪样净洁水样活泼的灵魂，才能嗾我向前！

我在爱情中沉了。力量呵，随到我身边，莫见了她又遽行消失，使我手足无措！

打倒那老浪子拥有女人的帝国主义！这口号，我将时时刻刻来低声的喊。打倒呵，打倒呵！

我如今是往火里奋身跃去了，倘若这是一个火盆。我愿烧成灰，我决不悔。

事情的张扬，将给我在这家庭中是怎样一种打击，我是不必再去计较了。眼前的奇迹，我理合去呆子样用我的全力量去把握，这是一种足以为自己在另一时幻想中夸大的伟大事业。明知是此后的未来的事实，会给我一个永远不能磨灭的痕迹，这痕迹就刻附着永远的苦恼，还是愿呵。

我今天做的工作，是礼法所不许但良心却批准了的工作。

抱了她，且吻了她，小心又小心，两颗跳着的心合拢在一起了。在薄薄的黄色灯光下，我们做了一件伟大的事业。

经说：既然是爱了人，就应当大胆的拢去！我拢去了，她也拢到我这边来了。

她重量约四十斤，一个小孩，一个小孩！或者还要比所估的为轻！她轻，是说她不肥，又并不说她瘦，是说她生长太好看，太可爱，所以抱到手上，当我细细的欣赏这一件撒旦为造就的杰作时，我的力气，平空增加了无限倍，她没有重量了。

皮肤像如同细云母粉调合捏成，而各部分的线又是仿到维纳斯为模子。那全身的布置，可以找得出人间真理与和平。长长的颈项，犹如一整块温馨柔软的玉石琢就。臂关节各部分专为容受爱情而起的小小圆涡，特别是那么多，竟使人不接吻也不忍！

一个“湿的接吻”！我为眼前的奇迹，已惊愕得成了一个呆子。重新生了恐惧，我将怎样来重寻我的奇迹的再现？

坏透了，一个足以使我将幻影跌碎到这小事上的消息。她是这里那里把给了我的也去拿给了别人！堂弟高兴的来同我说，展览他的爱情哩。……那是一个怪人，胆子又非常小，又极其愿意同男子接近：不浪冶，但一个男子把爱情陈列她面前时，她就无所措其手足，结果是总不会拒绝。佴若无事的去问堂弟，说是不能稍稍自主么？答说在天真未离她以前，个性是不会来的。没有个性，你真使我为此伤心！我希望这恋爱的归影，快在我心中毁灭。神呵，再给我点力量，让我又赶去这昔日我所瞎了眼追求的东西！

她不放弃不拘谁个少年的热情，贪心的人呵，我愿你这时就死去，好让我一个人来在心中葆着你完美的影子，我的毁灭才是这恋爱的毁灭，但是，完了，一切完了，我所得的只是为此事种下的苦恼种子的收获！

我怕见她。但为什么这几天更要来的回数多？

因为是见到T君的日记，想从日记的整篇中找到一点趣味，所以第二天当松子君来取他的文章时，我便把这希望托了松子君，他，也就毫不迟疑的答应下来了。

但是一天又一天，松子君答应我的事却总不见他去办。这我知道若是去催他，在松子君是已把来当成一件类乎其他足使他脸成长形的麻烦事情了。

虽然是仍然每天下午来到我处吃苹果，也不好怎样去问那件事。有一天，他却邀了周君过我住处来。

“胖了!”松子君第一句话是指了周君同我说的。我不由得笑了。老实沉默的周君，在悟了松子君所说的意思以后，笑着而且脸已全红了。忸怩的望松子君，松子君，脸儿已同街上的元宵，愉快极了。

“你真是汤姆，一个爱管闲事的人！我是用不着分辩的。我老老实实的一五一十的来告了他了。不是罪过！算不得我的坏！他还想着你的日记，屡次屡次用苹果来运动我咧。”也不管听的人是如何的受窘，自己承认是汤姆的松子君，说着又顾自张大口来笑，直到听差把胡桃花生拿进房来，才算是解了周君同我的围，但是，所有那类补白，却仍然是关于使自己脸圆的一类话，这一次，算是得了一个大的胜利了。

另一次我见到周君，问到他日记中的一切，才知道因为是欲求身量加重，故每日去走到农场一处磅秤边去称，同时便将自己的重量记到日记上，因此当日一提到，老实的周君就红了脸，至于故事，全是松子君为捏造成就的，我把松子君同我所说的一齐说给周君时，才知道两人都全为松子君玩了一阵了。

这聪明的汤姆，近来是自己正跌在一件恋爱上苦着了，所能给人看的只是一张一张漫画样的脸嘴，我们许多人说到他时，都总觉得寂寞。

我们的听差一见了他，就说“那是报应呀”，听差所知道的是松子君因为多吃了苹果弄得见果子喉就发酸，其实这是松子君谎听差的话。

本篇发表于1926年11月22日、24日《晨报副刊》第1479号，第1480号。署名沈从文。

屠桌边

志成屋里人今天打扮的似乎更其俏皮了。身上那件刚下过头水的鱼肚白竹布衫子，罩上一条省青布围腰，圆肫肫的脸庞上稀稀的搽了一点宫粉，耳朵下垂着一对金晃晃的圈圈环子，头上那块青绉绢又低低的缠到眉毛以上五分左右的额边，衣衫既撑撑崭崭，粉又不像别的妇人打的忘了顾到脖子，成一个“加官壳”，头又梳得如此索利，——假如是在池塘坪大戏场上，同到一些太太小姐们并排坐着高棚子，谁个又知道这就是道门口卖肉的志成屋里人呢！

她这时正坐在屠桌边一个四四方方的大钱桶上，眼看着志成匆匆忙忙的动手动脚，几大块肥猪肉却在他的屠刀下四两半斤的变成了制钱和铜元。她笑眯眯的一五一十在那里数钱的多少。

她的职务是收钱。

在一个月以前，收钱的职务本来还是志成自已；另外请了一个帮手掌刀。如今因为南门新添了一张案桌，帮手到南门去做生意去了，所以她才自己来照料买卖。她原是一个能干而又和气的妇人。若单看样子，你也许将疑心她是一个千总的太太了。其实正街上熊盛泰家老板娘，虽说是穿金戴玉，相貌究竟还不及她咧。

她遇到相识的几个熟主顾时，也很会做出大方的样子，把钱接过手来，也不清数，连看都像懒得多看一眼，就朝到身旁边那个油光水滑值得送唐老特做古董了的老南竹筒里一丢。那竹钱筒张着口竖矗矗站在她身旁，腰肩上贴有金箔纸剪就的“黄金万两”四个连牵字，她虽说是大方，但你不要就疑心她是轻容易上别人当的！她是能知道人人都有随处找点小便宜心思底。所不过细的事情，也只在几个她认为放心可以不足怕的主顾才行。譬如是南门坨的李四嫂子，卖酸萝卜的宋小桂与跛脚麻三这几个人，不怕你就是送她的白光光的大制钱，她却也非要过细数看一下不可，因为他们都是老爱短个把数，或是于一百钱中间夹上四五沙眼——加之他们还太爱拣精选肥，挑皮剔骨，故意为难过志成，数钱也就是一种报复。

不过，常同志成做生意的人，提到志成屋里人时，打好字旗的还是很多。虽说他们称誉志成屋里人的原因是各人各样，如张公馆买菜那苗子是常同志成蹲到屠桌边喝过包谷烧（酒），面馆老板金毛满是从志成处曾得到过许多熬汤的骨头，老傩嫂子则曾于某一天早上称肉时由她手里多得一条脊髓。……

志成，是一个矮胖子。他比他屋里人还胖，虽然他屋里人在我们看来，已就是像肚板油无着落，跑到耳朵尖上样子了。我所见的屠户，好像都一个二个是矮胖子似的。屠户的胖，可说是因为案桌上有的是肉，肉吃多了，脂肪用不胜用，不由己的就串到皮上，膘壮起来。但矮却又是为什么原故？也许杀猪要用劲擒猪，人便横到长起来了吧？但杀牛的却多是瘦长子，这事情很难明白。

他这时正打起赤膊，两只肥白手杆，像用来榨粉的米粉粑粑一样：虽然大，却软巴巴的。他拿着一把四方大屠刀，为这个为那个割肉。遇到打肋上或颈项有硬骨撑着时，必须换那把厚背背的大砍刀才济事，那时，他扬起刀来，喇嚓一下，屠桌上的肉与他自己肩膊上的肉却一样震动好久。

“半斤——喂，老板，少来点骨吧，你莫豹子湾的鬼，单迷熟人[①]！……”一个学徒似的少年说，他两只手上一边套上一个蓝布短袖筒，袖筒上还粘了些蜡烛油。

“这里四两，要用来剁饼饼肉的……这又是个六两的，要炒丝子……那不要，那不要，怎么四两肉送那么多帮老官（骨）？”最爱嚼精的老卑说。

“老卑大，莫那么伶精吧，别人那个又不搭一点呢。”志成屋里人插了一句嘴。

“志成伯伯，我半斤，要腿精。”又一个小孩子。

志成耳朵中似乎听惯了，若无其事的从容神气，实在值得夸奖。口里总只是说“晓得，知道，好，晓……”几个字。其实称肉的十多个挤挤挨挨都想先得肉，他又那里能听到许多话？不过知道早饭菜的分量，总不外乎是——四两，六两，半斤，一斤，几个数目罢了！

这个要好的，那个要好的，——那里来有许多好肉让他割。所以志成口上虽然是照例那么“知道，好，……”答应着，仍然不会于每个四两肉上便忘了把碎骨薄皮搭进去的道理。遇到你太爱挑剔时，他也会同你开句把玩笑，说是猪若是没有骨头那里会走路。但只要她在那头说一声“还是万林妈伍家伯娘的四两，要好的”时，他便照吩咐割一片间精搭肥的净肉。志成屋里人所以能得许多人打好字旗，这也许还是一个大原因吧。

真是亏他耐烦啊！有时加贝老太爷还跑到他案桌边来，说是喂猫崽，要他割十个觔钱的猪肝呢。其实他明知道这是加贝老太爷一种称肉经济的算盘，故意如此。接着还要走到杨三张案桌上用喂猫名义割十文猪肉；到宋家那案桌去用喂狗或别的什么名义割十文花油，但你是做生意的人，不能得罪照顾你买卖的先生们；何况照顾你的又是全城闻名，最不好惹的这么一条宝货！并且志成知道加贝老太爷专会拿人的例，不卖的话你不敢说；就是“喂猫要用许多肝和油？”或是“你家有几只猫崽？”一类话也不敢问。是以除要扬不紧随卷为他多割一点外，没有办法拒绝。

“哪，六两的钱。”一个穿印花格子布衣衫的小女孩，身子刚与屠桌一样高，手里提了一个小竹篮子，篮子内放了些辣子，两块水豆腐，四个鸡蛋，一束大蒜，小的手拿了六个铜元送到志成屋里人手中。“要半精半肥的！”又看着志成。

“好，精的。”志成口中还是照例答着。他那个“好”字似乎是从口里说的太多了，无论你听一百句几乎也难分出那一句稍轻稍重。

小妹妹，靠桌边站着，见志成屋里人把钱掷到钱筒时，一阵唏唧哗喇的响声，知道这就是自己刚才捏得热巴巴那大当十铜子的说话。她昂起头来。志成正拿刀齐到手割去，她心里暗暗佩服志成胆量大；不怕割掉手指，因为她自己不但前次弄大哥裁纸刀时划伤过一回手，流过许多血，到后得大姐为擦上牙粉才止；就是妈昨天剁酸辣子，手上也禁不得信就切去一块手指甲！

她头上那一对束有洋红头绳的蜻蜓辫，像两条小黑四脚蛇似的贴着头上动摇。她看到挂到木架子钩上猪胸腹里各样东西——肝，肺，心子，大肠，肚子，花油，……另外一个钩子上还钩着一个拿来敬天王菩萨刮得白蒙白蒙了的猪脑壳。那些东西上面有些还滴着一点一点紫血到地下来。猪头的净白，她以为是街上担担子，担子一头有一根竖的小旗杆，旗杆上悬有块长方形灰色油腻磨刀布，那种剃头匠刮的。因为猪毛是这样粗，这样多，除了剃头刀那种锋利外，别样刀怕未必能够剃的去吧。

从肝上她想起妈前日到三姨妈家吃会酒转身带给她的网油卷。见到肠子，又记出每早上放在饭上的熟香肠——香肠卧处那里的饭变成黄色后好吃的味道来。但这时的肠子，上面还附着了些黄色粘液，这粘液不但像脓，竟很易令人想到那些拉稀的猪屎，她于是吐了一泡口水到地上，反转脸来看钱筒上那花亮的金字。

案桌上放的那一方坐墩肉，精的地方间不好久又跳动一下。好奇使她注了意……这时必定知道痛，单不会哭喊……她待想要用两个小小指头去试触一下看它真果会喊不时，那动的地方又另换过一处了。

“它还活呢。”

“妹你莫抓，那脏手哟！”

志成屋里人，一只手抚着她蜻蜓辫，一只手扳着篮边。

“妹，你娘娘崽崽天天都是肉！怎么今天又不同你大哥做一路来；却顾自买菜呢？”

“哥哥到省里读书去了，今早上天一亮就走的。”

“你妈怎么舍得——那二哥同你翠柳？”

“翠柳丫头不会买菜，二哥到学堂去了好久好久了——妈早上还哭呢。”

她觉得大哥出门是好的。虽然以后少一个人背她抱她，又不能再同大哥于每早上到杨喜喜摊子上买猪血油绞条吃了，但大哥走时所说的话却使她高兴。她于是便又把大哥如何答应她买一个会吐红舌的橡皮球，又带给一双黄色走路时叽咕叽咕叫的靴子……以及洋号的话一一同志成屋里人说了。

志成屋里人见那小女孩怕磕滥豆腐的样子；一只手提着篮子，那一只手扶着篮边，慢慢底挨着墙走去，用着充满了母性爱怜的眼光，一直把小孩印花布衣衫小影送到消失于一个担草担子的苗老妳[②]身后，才掉过头来觑志成一眼。不知何故，她那肥宽脸庞上忽然浸出一块淡淡儿红晕来了。如果志成是细心的人，这可看出她是如何愿意也有这样一个小女孩在身边——他但能杀猪，却不……略略对志成抱憾的神气。

屠桌边已清闲了。

志成得了休息，倚立在高钱筒与案桌头之间，一只肥大的手掌撑着下巴；另一只手在那里拈着一根眉毛怕痛似的想扯下来，悬脏类物下面有一只黑色瘦狗，尾巴挟在两胯间，在那里舐食地上腥血。

他们夫妇的视线都集在那一只黑瘦狗身上。

四月十六日于北京

本篇发表于1925年5月21日《晨报副刊》第112号。署名休芸芸。

①豹子湾的鬼，单迷熟人，凤凰民间歇后语。豹子湾系凤凰城东荒郊，曾为处决犯人处所，当地人认为鬼多，且迷熟人。

②老妳，此处借用，读作mēi。老妳，苗语，即姑娘。

炉　边

四个人，围着火盆烤手。

妈，同我，同九妹，同六弟，就是那么四个人。八点了吧，街上那个卖春卷的嘶了个嗓子，大声大气嚷着，已过了两次了。关于睡，我们总以九妹为中心，自己属于被人支配一类。见到她低下头去，伏在妈膝上时，我们就不待命令，也不要再有希望，叫春秀丫头做伴，送到对面大房去睡了。所谓我们，当然就是说我同六弟两人。

平常八点至九点，九妹是任怎样高兴，也必支持不来了。但先时预备了消夜的东西时，却又当别论。把燕窝尖子放到粥里去，我们就吃燕窝粥，把莲子放进去，我们于是又吃莲子稀饭了。虽然是所下的燕窝并不怎样多，我们总是那样说。我同六弟不拘谁一个人的量，都敌得过九妹同妈两人，但妈的说法，总是九妹饿了，为九妹煮一点消夜的东西吧，名义上，我们是托九妹的福的，因此我们都愿九妹每天于晚饭时都吃不饱，好到夜来嚷饿，我们一同沾光。我们又异常聪明，若对消夜先有了把握，则晚饭那一顿就老早留下肚子来预备了，这事大概从不为妈注意及，但九妹却瞒不过。

“娘，为老九煮一点稀饭吧。”

倘若六弟的提议不见妈否决，于是我就耀武扬威催促春秀丫头，“春秀！为九小姐同我们煮稀饭，加莲子，快!”

有时，妈也会说没有糖了，或是今夜太饱了，老九那来会饿呢，遇到这种运气坏的日子，我们也只好准备着睡，没有他法。

“九妹，你说饿了，要煮鸽子蛋吃吧。”

“我不！”

“为我们说，明天我为你到老端处去买一个大金陀螺。”

“……”

背了妈，很轻的同九妹说，要她为我们说谎一次，好吃同冰糖白煮的鸽子蛋也有过，这事总是顶坏的我，（妈是这样加过我的批评的）教唆六弟，要六弟去说，用金陀螺为贿。九妹的陀螺正值坏时，于是也就慨然答应了。把鸽子蛋吃后，金陀螺还只在口上，让九妹去怨也俨然不理，在当时，反觉得出的主意并不算坏。但在另一次另一种事上，待到六弟把话说完时，她，也会到妈身边去，扳了妈的头，把嘴放在妈耳朵边去，唧唧说着我们的计划，在那时，想用贿去收买九妹的我们，除了哭着嚷着分辩着说是自己并没有同九妹说过什么话外，也只有脸红。结果是出我们意料以外，妈仍然照我们的希望，把吃物叫春秀去办。如此看来，妈以前所说全是为妹的话，又显然是在哄九妹了。然而九妹在家中是因了一人独小而得到全家——尤其是母亲加倍的爱怜，也是真事。因了母亲的专私的爱，三姨也笑过我们了。而令我们不服的，是外祖母常向许多姨娘说我们并不可爱。

此次又是在一次消夜的期待中。把日里剩下的鸭子肉汤煮鸭肉粥，听到春秀丫头把一双筷子唏哩活落在外面铜锅子里搅和，似乎又闻到一点香气，妈怕我们伤风又勒着不准我们出去视察，六弟是在火盆边急得要不得了。

“春秀。还不好么？”盛气的问那丫头。

“不呢。”

“你莫打盹，让它起锅巴！”

“不呢。”

“快扇一扇火，会是火熄了，才那么慢！”

“不呢，我扇着！”

六弟到无可奈何时，乘到九妹的不注意，就把她手上那一本初等字课抢到手，琅琅的又像是要在妈面前显一手本事的样子大声念起来了。

“娘，我都背得呢，你看我闭上眼睛吧。”眼睛是果真大大方方的闭上了，但到第五课“狼，野狗也——”也就把眼睛睁开了。

“说大话的！二哥你为我把书拿在手上，待我背来。”九妹是接着又琅琅的背诵起来。

大门前，卖面的正敲着竹梆梆，口上喊着各样惊心动魄的口号，在那里引诱人。我们只要从梆梆声中就早知道这人是有名的何二了。那是卖饺子的，但也附到卖面，在城里却以饺子著名。三个铜元，则可以又有饺子又有面，得吃凤牌湘潭酱油。他的油辣子也极好，大姐每一次从学校回来，总是吃不要汤的加辣子干挑饺子，我们因了妈的禁止，却只能用眼睛去看。

那何二，照例的，挨了一会，又把担子扛起，一路敲打着梆梆，往南门坨方面去了，嚷着的声音是渐渐小下来，到后便只余那虽然很小还是清脆分明的擂着样的柝声。

大门前，因了宽敞，一些卖小吃的，到门前休息便成了例了。日里是不消说，还有那类在一把无大不大[①]的“遮阳伞王”（那是老九所取的）下头炸油条糯米糍的。到夜间呢，还是可以时时刻刻听得一个什么担子过路停下的知会，锣呢，梆梆呢，单是口号呢；少有休息。这类声音，在我们听来是难受极了。每一种声音下都附有一个足以使我们流涎的食物，且在习惯中我们从各样不同的知会中又分出食物的种类了，听到这类声音，我们觉得难受，不听到又感到寂寞：最好的一个方法是大姐礼拜六回家，因了她，我们消夜的东西，差不多是每一种从门前过去的吃物都可以尝试。

何二去后，不久，一个敲小锣卖钉钉糖的又在门前休息了。我知道，这锣的大小，是正如我那面小圆砚池，是用一根红绳子挂在手上那么随随便便敲着的。许是有人在那里抽了签吧，锣声停下来，就听到一把竹签子在筒内搅动的响声了。又听到说话，但不很清楚。那卖糖的是一个别处地方人，譬如说，湖北的吧。因为他，我也常是听到口上说着“你哪家”，只有湖北人口上离不得“你哪家”，那是从久到武昌的陈老板的说话就早知道了。在他来此以前，我似乎还不曾见过像那样敲着小锣落雨天晴都是满街满巷走着的卖糖的人。顶特别的地方是他休息到什么地方时，把一个独脚凳塞到屁股下去坐，就悠悠扬扬打起那面小锣来了。我们因为欣赏那张特别有趣的独脚凳，是以白天一听铛铛铛的响声，就争着跑出去，六弟还有一次要他让自己坐坐看，我们奇怪它不会倒的原由，也想自己有那么一张，每日让我们坐着吃饭玩，还可以扛到三姨家去送五姐她们看。

大的木方盘内，分划成了许多区。每一区陈列糖一种。有的颜色式样虽相同味道却两样，有的样子不一样味道却又相同，有用红绿色纸包成三角形小包的薄荷糖米，吃来是又凉又甜的。有成片的姜糖，味道微辣。圆的同三角形的各种果子糖，大的十枚五枚，小的两枚一枚。藕糖就真像小藕，有空有节。红的同真红椒一般大的辣子糖，可以把尖端同蒂咬去，当牛角吹。茄子糖则比真茄子小了许多，但颜色同形式都同，把茶倾到茄子中空部分再倒到口里去也很甜。还有用模子做成的糖菩萨，顶小的同一个拇指小，大的如执鞭的财神，大肚罗汉，则一斤糖还不够做一个。他，那湖北人，把菩萨安放在盘子正中，各样糖同小菩萨，则四围绕着陈列，大菩萨之间，又放了一个小瓶子，有四季花同云之类画在瓶上，瓶子中，按时插上月季，兰，石榴，茶花，菊，梅；以及各样应时的草花。袁小楼警察所长卸事后，于是极其大方的把抽糖的签筒也拿出来了。签上从一点到六点各六根，把这六六三十六根竹签管束在一个外用黄铜皮包裹描金髹过的小竹筒内。过五关的抽法是一个小钱只能得小菩萨一名。若用铜元，则过了三次五关以后，胜利还属于自己，则供养在盘子正中手里拿了鞭高高举着的那位财神爷就归自己所有了。三次五关都得吉利的过去，这似乎是很难，但每天那湖北人回家时那一对大财神总不能一路返家，似乎是又并不怎样不容易了。

等了一会，外面的签筒还在搅动。

六弟是早把神魂飞出大门傍到那盘子边去了。

我说："老九，你听！"我是知道九妹衣兜里还有四十多枚小钱的。

其实九妹也正是张了耳朵在听。

"去吧。"九妹用目答应我。

她把手去前衣兜里抓她的财产，又看着母亲老实温驯的说：“娘，我去买点薄荷糖吃吧！”

“他们想吃了，莫听他们的话。”

“我又不抽签。”九妹很伶便的分辩，都知道妈怕我们去抽签。

“那等一会粥又不能吃了！”

本来并不想到糖吃的九妹，经母亲一说，在衣兜里抓数着钱的那只手是极自然的取出来了。

妈又说必是六弟的怂恿。这当然是太冤屈六弟了。六弟就忙着分辩，说是自己正想到别一桩事情，连话也不讲，说是他，那真冤枉极了！

六弟所说是正想到别一桩事，也是诚然。他想到许多事情出奇的凶，……那位像活的生了长胡子横骑着老虎的财神爷怎么内部是空的？那大肚子罗汉怎么同卖糖的杨怒山竟一个样的胖实！那个花瓶为什么必得四名小菩萨围绕？

签筒声停止后，那铛铛铛漂亮的锣声又响着了。

这样不到二十声，就会把独脚凳收起来，将盘子顶到头上，也用不着手扶，一面高兴打着锣走向道门口去吧。到道门口后，把顶上的木盘放下，于是一群嘴边正抹满了包家娘醋萝卜碗里辣子水的小孩，就蜂子样飞了过来围着，胡乱的投着钱，吵着骂着，乘了胜利，把盘子中的若干名大小菩萨一齐搬走，眼看到菩萨随到小孩子走尽后，于是又把独脚凳收起，心中装了欢喜，盘中装了钱，用快步的跑转家去吧。回家大约还得把明天待用的各样糖配齐，财神重新再做，小菩萨也补足五百数目，到三更以后始能上床去睡，……为那糖客设想着，又为那糖客耽心着财神的失去，还极其无意思的嗔视着又羡企着那群快要二炮了还不归家去的放浪孩子，糖客是当真收起独脚凳走去了。

“那钉钉糖已经过道门口去了！”六弟嗒然的说。

“每夜都是这时来。”我接着。

“娘，那是一个湖北老，不论见到了谁个小孩子都是‘你哪家’的，正像陈老板娘的老板，我讨厌他那种恭敬。”九妹从我手上把那本字课抢过手去，“娘，这书里也画得有个买糖的人呢。”

娘没有作声。

湖北老真是走了。在鸭子粥没有到口以前，我们都觉得寂寞。

本篇发表于1926年8月10日《小说月报》第17卷第8号。署名岳焕。

①无大不大，凤凰土语。指很大。

记陆弢

一

河岸上掠水送过来的微风，已有了点凉意。白日的炎威，看看又同太阳一齐跑到天末去了。

“几个老弟，爬过来罗！胆子放大点，不要怕，不要怕，有兄弟在，这水是不会淹死你的呀！”

高长大汉的弢，在对河齐腰深的水里站着，对着这面几个朋友大声大气喊叫。

“只管过来！……”

他声子虽然大，可是几个不大溜刷水性的人终是胆子虚虚的，不能因为有人壮胆，就不顾命凫过去！

至于我这旱鸭子呢，却独坐在岸边一个废旧碾子坍下来的石墩上面，扳着一个木桩，让那清幽清幽了的流动着底河水，冲激我一双白足。距我们不远的滩的下头，有无数“屁股刺胯”[①]一丝不挂的大大小小洗澡人。牵马的佚子，便扳着马颈扯着马尾的浮来浮去。

他终于又泅过来了。

“芸弟，你也应当下水来洗洗！又不是不会水，怕那样？水又不大深，有我在，凡事保险。会一点水很有用。到别处少吃许多亏，如像叔远那次他们到青浪滩时的危险。”

“我不是不想好好的来学一下，……你不看我身子还刚好不几天——”

“你体子不行，包你一洗就好了。多洗几次冷水澡，身子会益发强壮。……人有那么多，各在身前左右，还怯么？我个人也敢保险。……”

“好，好，过一个礼拜再看，若不发病，就来同你学撑倒船，打沉底汆子吧。”

耳同尼忽然两个“槽里无事猪拱猪”在浅水里对立在浇起水来了。

大家拍着掌子大笑。

“值价点！值价点！”大家还那么大喊着，似乎是觉得这事情太好玩了，又似乎鼓助他俩的勇气。

他俩脸对脸站着，用手舀水向敌方浇去。你浇我时我把脑壳一偏；我浇你时你又把眼睛一闭；各人全身湿漉漉的，口里喷出水珠子。在掌声喊声里，谁都不愿输这一口英雄气！

“好脚色，好脚色，——有那一个弟兄敢同我对浇一下子玩吗？我可以放他一只左手！”他心里痒极了。见了耳打败了尼，口中不住的夸奖。恨不得登时有个人来同他浇一阵，好显点本事。谁知挑战许久，却无一个人来接应，弄得他不大好意思了——

“你们这些都不中一点用，让兄弟再泅过去一趟送你们看吧——芸弟，芸弟，你看我打个汆子，能去得好几丈远。”他两掌朝上一合，腰一躬，向水中一钻，就不见了。

水上一个圆纹，渐渐地散了开去。

这河不止二十丈宽，却被他一个汆子打了一大半。——不到两分钟，他又从河那一边伸出一个水淋淋的脑袋来了。“哈哈！哈哈！怎么样，芸弟！”他一只手做着猫儿洗脸的架子抹他脸上头上的水，一只手高举，踹着水脚，腰身一摆一摆又向我们这边河岸立凫着过来了。

——好，好，好，不错！

我也同大家一齐拍着掌子大喊。

二

几天来下了点雨，大河里的水便又涨了起来。洪的水，活活地流，比先前跑得似乎更快更急！但你假若跑到龚家油房前那石嘴上去看时，则你眼中的滩水，好像反又比以前水浅时倒慢得多了！

河岸也变换了许多。滩头水是平了。这水大概已添了一丈开外吧。

百货船三只五只，一块儿停泊在小汊港回水处。若在烟雨迷濛里，配上船舱前煮饭时掠水依桅的白色飘忽炊烟，便成了一幅极好看的天然图画。若在晴天，则不论什么时候，总有个把短衣汉子，在那油光水滑的舱面上，拿着用破布片扎成的扫帚，蘸起河水来揩抹舱板。棕粑叶船篷顶上，必还有篙子穿起晒朗的衣裤被风吹动，如同一竿旗帜。

他们这时不开行了。有些是到了目的地，应当歇憩；有些则等候水退时才能开头。这时你要想认做老板的人，你可一望而知；他必把他那件平常收拾在竹箱里的老蓝布长衫披到身上，阔点的，更必还加罩上一件崭崭新青到发光的洋缎马褂，——忽地斯文起来，一点不见出粗手毛脚的讨人厌嫌样子了。

船的桅杆上，若是悬有一大捆纤带子，那一看就知道是上水候水的船了！至于下水船？他是没有桅杆的。桅子到辰州以下，是可以帮助上水挂帆；一到这北河来，效力不但早失，滩水汹汹，不要命的只是朝石头上撞，若船上再竖一根桅子，反觉得碍手碍脚，妨害做事。它们各个头上长了一把整木削就关老爷大刀般木桡，大点的船则两把。那桡的用处就是左右船身。到下滩时，浪朝到船打来，后面的浪又打到前面，船小点的简直是从浪中间穿过的，若无一桡，危险就多！上水船怕水没纤路，不能上行；而下水则正利用水大放梢。这时不有风一船驶跑七百里之常德，一天多点可到，且水大滩平，礁石也不用怕了。

水虽说是这么大，但我们仍然可以有看到上水船的机会。因为这些船多半是离此已不远了才涨水的，所以还是下蛮劲赶到，以便从速装卸，乘水大图第二批下水。

岸上十多个水手，伏在地上，像蚂蚁子慢慢的爬着。手上抓着河岸上那些竹马鞭，或者但抓着些小草，慢而又慢的拖拉那只正在滩口上斗着水这边摆那边摆的货船。口中为调节动作一致的原故，不住的“咦……哰……咯……嚎……”那么大喊大叫。这时船上，便只剩了两个管船人；一个拦头工，一个掌柁：那拦头工，手上舞着那枝湿巴巴的头上嵌有个铁钻子的竹篙，这边那边地戳点。口上也“镇到起，开到……偏到。”那么指挥着后梢的掌柁老板。间或因为船起了细小故障，还要骂句把“干你的妈!”“野狗养的，好生点罗!”“我龠你娘，你是这么乱扳!”船上的娘，本来是乱骂的，像是荷包里放得有许多，气极时，儿子骂父亲与叔叔，不算什么回事。

这时的掌柁老板，可就不是穿青洋缎马褂，套老蓝布长衫，倚立在后舱有玻璃窗子边吃卷烟的老板了，人家这时正作鼓振金②的一心一意管照着船，挽起袖子，雄颈鼓眼的用那两只满长着黄毛的手杆擒住了柁把，用尽全身吮奶的力气来左右为浪推着不服贴的柁。这生活可不是好玩的事哟！假使一个不留神，訇的一下撞了石头就会全船连人带物的倒下水，所以他那时的颈部大血管，必是胀得绯红绯红，而背甲，肩膊，脚趾，屁股，都弄得紧张到胀鼓鼓的程度。

“慢！慢……靠到拉……好生罗！吃豆腐长大的，怎个这样没有气力?”声子是这么喊纤手也喊嘶了。为得是鼓促那些伏在岸上爬行的水手用劲，除不住的把脚顿得舱板訇訇底发响以外，还要失望似的喊几声：“老子！爷！我的爸爸，你就稍用一点劲吧!”其实劲是大家都不能顾惜到不用了。

这时的骎，常同我坐在这石嘴草坪上，眼看到一只一只船像大水牛样为那二十多个纤手，拖着背上滩去，又见着下水船打着极和谐好听的口号连接着，挤挨着，向滩下流去：两个好动的心，似乎早已从口里跑出，跳到那些黄色灰色浮在水面上跑着的船上去了！

它们原是把我们身子从别一个口岸背到这里来的哟！若是我们果真跳上了船，则不上半天工夫，它就会飞跑的把我们驮到二百多里的辰州了……再下，再下，一直到了桃源，我们可上岸去找寻那里许多有趣的遗迹……再下，再下，我们便又可以到洞庭湖中去，到那时，一叶扁舟，与白鸥相互顺风竞跑……而且君山是如何令人神往！……

这时他必定又要抱怨自己：不能同到几个朋友从宜昌沿江而上溯，步行到成都，经巫峡；看汹汹浊浪飞流的大江，望十二峰之白云……机会失去为可惜。

九月于北京

本篇发表于1926年10月22日《世界日报·文学》第1号。署名休芸芸。1981年4月作者重读此篇时加一段后记：

一九二一年夏天，这位好友在保靖地方酉水中淹毙。时雨后新晴，因和一朋友争气，拟泅过宽约半里的新涨河水中，为岸边漩涡卷沉。第三天后为人发现，由我为埋葬于河边。

一九八一年四月校后记于广州

①屁股刺胯，凤凰土语，指赤身露体。

②作鼓振金，极严肃认直的样子。

传事兵

营门外，起床的喇叭一吹，他就醒了。想起昨夜在床上计算下来自己的新事业，一个鹞子翻身，就从硬木板床上爬起。房中还黑。用竹片夹成黄色竹帘纸糊就的窗棂上，只透了点桃色薄灰。他用脚去床下捞摸着了鞋子，就走到窗边去，把活动的窗门推开，外面，甜甜的早晨新鲜空气，夹上一点马粪味儿，便从窗子口钻到房子里来了。那个刚吹完了起床喇叭的号兵，正在营门前大石狮子旁，把喇叭逗在嘴边，从高至低——从低至高的反复着练习单音。营门口，两个卫兵，才换班似的，挺然立着，让那头上悬着的一盏扬着灰焰的灯下画出一个影子映到门上去。一个马夫，赤了个胳膊，手上像是拿了一大束马草，从窗下过去。两个担水的，也像是不曾穿衣，口上嘘嘘的轻轻打着哨子，肩上的扁担，两头各挂一个空水桶摆来摆去，走出营门取水去了。在大堂那一边，还有个扫地的伕子，一把大竹帚子，在那石凳子前慢慢的扫着，又依稀是像在与谁吵嘴，骂娘的声音，也可听到。外面壁上的钟，还是把时间"剥夺剥夺"的消磨着。大堂中，正中悬着那盏四方灯，同营门前的一个样，离熄灭还要一些时间，寂寞样儿，发出灰色黄暗的微光，全是惨淡。

天上渐渐的由桃灰色变成银红了，且薄薄的镀了一层金。

房之中，也有黄色的晨光进来，一切墙上的时代瘢疤，便这里那里全是。有些地方，粉灰剥落处，就现出大的土砖来。他的眼睛，从这一类疮疤样上移动着，便见到自己昨天才由副官处领来的那一顶军帽，贴在墙头，正如同一个大团鱼，帽上的漆布遮檐，在这金色微光里，且反着乌光。地下湿漉漉的，看到地下，就不由得不想起他的《文选》来了，于是走到床边，腰勾下去，从床下把书箱拖了出来，但，立即又似乎想起些别的更重要的事，就重复将箱子推到床下去了——箱子过重的结果，是多挨了他一脚，才仍然回到床下去。

他不忘记初次为副官引到上房去见统领时，别人对他身个儿的怯小是如何的生了惊异，便立志想从一切事情中做一个大人模样来。这时既然起身，第一就是当然应先理床！枕头拍了两下，这是一个白竹布在一种缝纫机的活动下啮成荷叶边的枕头，值得一块钱，因为出门，才从嫂嫂处拿来撑面子的。被盖，是一床电光布的灰色面子的被盖，把来折成一个三叠水式，但是，走开一点，他记起别人告他的规矩，三叠水式是只适宜于家里，于是，又忙抖开变成一个豆腐干式。有一条昨夜换洗的裤子，塞到垫褥下去后，床上的功课，似乎就告了结束了。

走到窗边，重伸出头去。对到自己房子那间传达室，门还是关闭着，大概传达长吃多了酒，还在自由自在做梦！外面坪子里，全是金黄色。大操坪里，已来了一队兵士，在那里练习跑步了。从窗子外过去的小护兵，还未睡足的神气，一只手在眼睛边拭着，另一只手上，拿了碗盏之类，出营门去，到门前时，那只在眼睛边的手，便临时再举上去行了一个礼，不见了。

……军队，这东西就奇怪；在喇叭下活动起来，如同一个大的生物，夜里一阵熄灯喇叭吹出时，又全体死去！

因为初来，就发现这类足以惊愕的事。到后又觉得这真可笑，就嗤的笑了。他如今是也要像别人样在喇叭下生活的一个人了，总以为这是一种滑稽的生活，希望在感到滑稽的趣味中不搀杂苦恼的成分，才容易支持下去。

他并不是忘了起床后是洗脸，但人家把他安置到这里，是责任，关于洗脸的事，可无论如何也不能说是责任了！洗脸以及类于洗脸的吃饭，解溲，当然是要自己去找寻。他不知是否是要自己去到大厨房去，还是不久就会有一个伕子将大桶的水拿来给各处房间的人。他又想：这里也许还同县立师范学校一个样吧，盥洗室，是在先就预备下来的。他想找一个脸孔比较和气一点的人来问问这盥洗室的所在，但从窗子下过去的所见到的人，就无一个像已洗过了脸的样子。各人脸子上油烟灰尘，都很可观，小护兵，明明白白还是从“拾了鸡蛋被人打破”的一类好梦里，被护兵长用手掌拍着臀部醒来的，眼角上保留的那些黄色物，就可为他的确证。

……无怪乎，一个二个，脸都是那么“趋抹刺黑”！

他以为大家都不洗脸，成了脸黑的结果。可是，自己可不成啊！人家提篮里一块还未下过水的新牛肚布手巾，一块飞鸟牌的桂花胰子，还有无敌牌的圆盒子牙粉，还有擦脸用的香蜜，都得找到一个用处，才不至辜负这些东西！

“还是问问吧。”口上是路，因此就出了自己的房门。

“呀，传达先生！早咧！”一个副官处的小小勤务兵，昨天见他随同传达长到过副官处，对他起了新的恭敬。

这是他第一次被人喊传达，虽然传达下为加了先生字样。一个羞惭，扑上心来，再不好意思向这勤务兵请教了，同这小兵点了点头，做一个微笑在脸上，他就走开向大堂这一边来。望钟，钟是欠二十分到五点。

……今天我是传达了呀，以后也是！“传达，这里来；传达，你且去。”这里那里，都会追赶着叫喊传达！一堆不受用的字眼，终日就会在耳边亲密起来，同附在头上的癞子一般，无法脱离，真是可怕……

然而，这是没有办法的一件事，正如此时提篮里的胰子牙粉样：委曲，受下去，是应当，除非是不到这里来。不到这里来，他就是学生，人家不会叫他这样一个不受用的坏名称，从这名称上得来的职务上牵累，也不至于！自己要想洗脸，就自由大大方方把新牛肚布的手巾擦了胰子，在热水里把脸来擦，且即可从面盆的搪磁上，发见自己那个脸上满是白沫子有趣的反影，是颇自然吧。

他希望再遇到承发处那个书记一面，他们是同过学，见到时，就可以谈两句话。且互道“晚上好”“早上好”，虽然客气却两方面都不损失什么的话语，到末后，就可将一切所不知的事问那人，就譬如说，洗脸，吃饭，解溲，等等地方，以及职务上的服从，对上司的礼节。比这不能再缓的他也要知道，一个普通上士阶级传事兵是实支月薪若干元？发饷是不是必要到差一个月以后？从昨夜他就计算起，零用中，他至少得理一回发，不然，实是已长得极难看了。且嘴边也像毛茸茸的，纵不是胡子，也不雅观。他不愿意别人说他年纪太小，但同时又不愿意他日在统领大人面前回事之时，因了头发和脸上的细毛，使统领在他真实年龄上又多估了几岁。且把自己收拾得好好的，展览到一班上司同事前头时，他以为会不至于因了他职务上的卑微而忽视了他的志向。他切望人家从他行为上，看出他是一个受过好教育的人，人家对他夸奖他的美貌，于自己也颇受用。这是他在学校时养成的一个细致的脾气，这脾气，在他想来，纵不能说是好，同坏总还是站在相反一条路上走。

承发处的书记，大概还没有起床吧，不见出来。那一对水夫，从外面把水桶里的水随意溅泼着，吹着哨子，又走进大堂后到大厨房去了。不因不由，使他脚步加快也赶了下来。转过大堂，从左边，副官处窗子下，一个小月拱门过去，大厨房，第一面那个无大不大的木水桶，已立在眼前了。两个水夫一个一个走上那桶边矮矮木梯子上去，才把水每桶向着哗……的声音倾下去。水夫走开时，他还是立在那里，欣赏那个伟大东西。桶的全身用杉木在两道粗铁条子下箍成，有六尺多高。想到这大水桶里，至少是可以游泳，可以踹水脚，可以打汆子，不会水的一掉下去，也可以同河潭里一样，把人溺死。末后就想到在县里，为水淹死的朋友那副样子来，白白的脸，灰色的微张的眼睛，被鱼之类啮成许多小花朵样的耳朵和脚趾，在眼前活现。

脸还是没有洗，他又回到传达处门前了。从窗子外朝自己房里望，先是黑暗，因为方从光明处来，且房中为自己伸着的头阻了光。但不久就仍然清白了。起花的灰色被盖，老老实实成方形在印花布的垫褥上不动。一个荷叶边白色枕头，也是依然卧着。屋顶，白色的棚子，有了许多雨渍，像山水画，又像大篆。地下，像才浇洒过水的样子，且有些地方，依稀还成了有生气的绿色。

他第二次想起《文选》，再不忍尽它在床下饱吸湿气了。返到房中，就把箱子里同《文选》放在一个地方的《古文辞类纂》也取出，安置到那近窗的写字桌上去。书是颇好的版本，很值钱，可惜在这略觉不光明的房子里，已不容易在书面上去欣赏那颗“健德庐藏书印”的图章了。

他把书位置到大石砚台与红印色大洋铁盒子中间后，又无事可做了。总以为自己应做一点什么事，不拘怎样，打拳，行深呼吸，也是好的。职务，在传达长指示以前，他知道是不须过问的。这时只是为得是自己。但是自己有什么可以抓弄？连洗脸也不能！

到后在思想里去找寻，才记到抽屉里那本《公务日记》来。他昨夜曾稍稍翻过一道，见上头写了许多字，又有在一种玩笑中画下来的各种人脸相，是离开此房一个传事兵遗留下来的册子，名是“公务”，却录下了些私事。随手去翻开，一页上，写得是：——

> 今天落雨，一个早晨不止。街上鸭子有的是乐；从窗孔伸出脑袋时，可以看到那个带有忧愁心情的灰色的天。一滴水溅到脸上来，大约是房子漏雨了。檐口边雨水滴到阶前，声音疲人，很讨厌。
>
> 大堂上地板滑滑的，一个小护兵从外面唱起大将南征的军歌进来，向前一撺，一个饿狗抢屎的姿势扑去，人起身时，脸上成了花脸，如包大人，手上的油条醮了泥，烂起脸走去了。不知以后把醮了泥浆的油条呈上师爷时，师爷是怎样的发气，护兵是怎样的心抖，担水的伕子们罪过！雨的罪过！

再翻一页是：

> 没事可做，一出门就会把鞋子弄湿，不是值日，又不必办公。将用来写收条的竹帘纸，为跌倒到地上的小护兵画了一个相，不成功，但眉毛那么一聚，不高兴的模样，正像从地下刚爬起的他。不久，又见到那小孩子出来，衣裳已换，赤了脚，戴个斗篷，拿一个碗，脸上哀戚，已为师爷和颜拭去，但，歌是不再唱了。

接到这一页后的，是一张画，穿了颇长的不相称的军服孩子，头上戴了一大的军帽，一只手在脸边摩抚，或者，是前一位同事为那跌了的孩子第二次小心的描到这本子而来的吧。旁边有字，是“歌唱不成了！”又数过一页，上面是约略像“狮子楼饮酒”，“三气周瑜”一类故事画的，不过站立在元帅身边的，却都是军装整齐的兵士，这又是同事的笔调，虽然画是可笑的陋拙，却天真。

他觉得好玩，就一直翻下去，或者是空白，但填上了晴雨日子，或者记了些关于公事的官话，总无味。这本子便用了一些胡画作结束了。不过在一页涂上了两匹鱼的空行处，还有那么一节；——

> 后山上“映山红”花开时，像一片霞。西溪行近水磨那边，鲫鱼颇多，大的有大人手掌大，小的有小孩子手掌小，只要会钓，真方便。

他于是便筹划起一根钓鲫鱼的竹竿来，这一个早晨，就让脸上脏着过去了。

八月廿七日于西山

本篇发表于1926年9月11日，13日《晨报副刊》第1442号，第1443号。署名懋琳。

老实人

《老实人》1928年7月由上海现代书局初版。1932年11月由新中国书局再次出版时，书名改为《一个妇人的日记》。现用初版本。

原目：《自序》、《船上岸上》、《雪》、《连长》、《我的邻》、《在私塾》、《老实人》、《一件心的罪孽》、《一个妇人的日记》。

自　序

眼前是空虚，烦恼着。

一切抽象的影子也全是模糊，无一片，无一段，可以寄这无没落的心。把笔提起是无可写的。心是像失了弹性，弛缓了，依稀见到这一堆散碎了的情绪，散碎到成极细极小的物质，各处飞。

在颓丧的现在我才知道我是无形中过度为一些刺激兴奋过了。

这时是想笑不能，想哭也不能，就只虚空的烦恼着发自己的气。

听各样市声，听算命的打小锣，听卖萝卜的喊叫，听汽车的喇叭，听隔院吹箫，不单没有一件事能使我爱听，且没有使我真感到不爱听的嫌恶。从声音上知道这世界上不拘在何处还是活的，独这脑，同这一颗心，打针以后似的痹麻着，感情瘫痪了。

在往日，我是过分信任我的手，我的眼，我以为我只要还剩一双手，眼又能见到我用手在簿纸上记下的符号，一切是苦不了我。把工作当成忧愁尾间，纵是不堪的烦恼，总可以想法把这移在纸上吧。到如今我才知道我的错。

像腾空，翱翔着过去未来世界，这是过去的我，把我法术一失去，我只能坐在泥中了。

唉，女人，金钱，一切希望也不能挽救我这下沉的心！

一切像使我疲倦，友谊是，生活是。有时倦于吃饭，饿一天也成了通常习惯了。凡是照例的，不变的，所谓生活秩序，都给我难堪。常常想到的便是我这身体是不是还能拖延到明年。在精神方面，我有我自信，觉得不拘何时死去也不算意外的事。但这有谁知道？朋友中，常常来我住处的，全说是我身体近日很像康健，我笑说真是。身体是康健，然而没有一个人看到我的心。

一个人到真真感到寂寞时节，是没有牢骚可发的。一切看得明明白白，只自痛心于不能自拔的幻灭情形中，沉默了！这时节的我，把这下半年来所作的几篇东西收集拢来，想乘此在这集子前头说说我的生活观与艺术观，写不来一字。我存心来作点短序，从昨天到今天还觉得没有可写的文字，唉！

这精神已先我身体死去了。这本书也算我最后的一本书。我的力量是用完了，所剩的是连解释为自己的心情的气力也还不够。活着的工作只是为自己活着下来，没有所谓伟人名士求世了解的心思，尽我求生的力还依然为生活压下死去；那也找不出所谓怨愤吧。

为什么要活？这也像为什么要死的问题是一个不必追究的问题。然而我对此有一点见解，便是我的活是为认识一切：我所认识的是人与人永没有了解时候，在一些误解中人人都觉可怜的；可怜之中复可爱。倘使我这心，在另一种状态下还有恢复的机会，我的工作方向当略略转变，应当专从这人类怎样在误解中生活下来找一种救济方法——然而这时代，人人正高声唱着文学也应作为政治工具的时代，我所希望的又是应当如何为人齿冷！

十二月于北京城

船上岸上

写在《船上岸上》的前面

十二月九日，是叔远南归四年的一个纪念日。

同叔远北来，是四年又四个月。叔远南归是四年。南归以后的叔远，死于故乡又是二十个月了。

在北京，我们是一同住在一个小会馆，差不多有两个半月都是分吃七个烧饼当每日早餐。天气寒，无法燃炉子，每日进了我们体面早餐后，又一同到宣内大街那京师图书分馆看书。遇到闭馆则两人藏在被里念我们史记。在这样情形下他是终于忍受不来这磨难，回家了。我因无家可回不得不在北京耽下来。

谁知无家可归者，倒并不饿死；回家的他却真回到他的“老家”去了。生来就多灾多难的我，居然还来吊叔远，真是意料不到的事！

哭自己，哭别人，我是没有眼泪了。今天写这点东西，是我想从过去的小事上追想我们的友谊，好让我心来痛一次。以前我能劝别人莫哭，如今我是懂得自劝了。

休　某

船停了。

停到十八湾。十八湾是长长的一条平潭。说十八湾地名应作“失马湾”者，那当去志书上找证据。从地形上看，比从故事上看方便了许多，所以人人都说这是十八湾。潭长有七里，湾拐本极多，但要说十八的数是顶确实，那也并不一定吧。不说十二十五，说十八，一面言其多，一面谐“失马”的音，不算极无意义了。

船到十八湾多停，因为是辰溪河船舶往来一极方便停船的所在。下行停到此地，则明天可以在晚饭左右抵泸溪。上行则从辰溪县上游潭湾地方开船。此为第一天一顶合式停船码头。

我们船是下行的。

船停在码头边成一队，正如一队兵。大船排极右，其他船只依次来。这是说我们所有下行船一帮。虽然这只是一帮，船就有了四十只，各把船头傍了岸，一个石头堆成的码头也早挤满不能再容别的船舶了。别的船，原有别的帮，也就有别的码头让它们泊岸，不相关。

停了船，不上岸不成。

坐船久了的，一爬上岸也总觉得地原是在脚下动。无形中把在船上憩着为水荡摇成为新习惯，一上岸，就反而觉岸是在动了。实则所动的是自己身子。但是谁能不疑心是地动呢。

岸是上了，上了岸也无可作，就坐在岸边石墩子上看到一帮船。船的头尾全已站了人，凡是日间在篷里呆睡呆坐的，这时全出到舱面来了。各个船上都全在煮饭，在船头，在船尾，无一个不腾起白的烟气。一些煮好了饭的，锅中就炒菜，有油落在锅里炸爆的声音，有切菜的声音。有些用顶罐煮饭，米已熟，把罐提起将米汤倾倒到河中去。又有人蹲在船篷上唱戏。坐在岸边看看天夜了。

“远，我们怎么样？”我意思想上船了。

他说饭还不曾熟，随到他们到上面街上买一点东西，看有什么买什么。我是不会不答应。我们就上街。

天呵，这是什么街！一共不到二十家铺子，听人说这算南街。再过去，转一个拐直入山上去，有一个小石堡子门，进堡子门零零落落一些人家，比次而成一直行，算东街。

“看不出，铺子小，生意倒不错咧。”远说着就笑，我也笑。

从麻阳下行的船，到高村可以将一切应用东西备好，如像猪肉呀，猪油呀，盐同辣子呀，高村全可买。从辰州上行的船，一切东西也办得整齐丰富，在路上要买就只买小菜。那么这里生意应当萧条了。

猪肉一类东西这地方销路实际上似乎真不怎样好，看看屠案上，所有的猪肉，就全像从别个乡村赶场趸来的东西！牛肉有是有，是更来得路程远一点，色变紫色了。

但这地方另有生意真可以搭股分呢。凡是码头顶好的生意，并不是屠户。只要是这地方有船停泊，卖小吃东西的总不会亏本。从五十六十里路大市口上趸来的半陈点心，一到这地方来成了奇货可居了。鸡蛋糕，雪枣，寸金糖，芝麻薄饼，以至于能够扯得多长的牛皮糖，全都有，全易卖。从搭客到船上火头师傅，对于这类东西都会感生极浓的趣味。小孩子则还要更凶。大家争着买，抢着拿，因此一来价钱更可以提起。

还有卖纸烟的哩，卖大烟的哩，全是门前堆了不少的人，像是抢粑粑！[注]

我们到一个卖梨子花生的摊子边买梨。

问那老妇人："怎么卖？"

"四十钱一堆。"说了又在我同远身上各加以眼睛的估价。

一堆梨有十来个，只去铜元四枚，未免贱，就出钱一共买四堆。

"不，先生，这一共买就只要百二十钱。"

"怎么？"

"应当少要点。"

望到那诚实忧愁面貌，我想起这老妇人有些地方像我的伯妈。伯妈也有这样一个团脸，只不知这妇人有不有伯妈那一副好心肝。

"那我们多把你这点钱也不要紧。"我就一面用草席包梨，一面望那妇人的脸。

远也在望她。

妇人是全像我伯妈了。她说既然多给钱也应多添几个梨子。

一种诚朴的言语，出于这样一种乡下妇人口中，使我就无端发愁。为什么乡下同城里凡事都得两样？为什么这妇人不想多得几个钱？城里所谓慈善人者，自己待遇与待人是——：城里的善人，有偷偷卖米照给外国人赚点钱，又有把救济穷民的棉衣卖钱作自己私有家业的。这人也为世所尊视，脸上有道德光辉所照，多福多寿。乡下人则多么笨拙。这诚实，这城中人所不屑要的东西，为什么独留在一个乡下穷妇人的心中盘据？良心这东西，也可说是一种贫穷的原素，城市中所谓道德家其人者，均相率引避不欲真有一时一事纠缠上身，即小有所自损，则亦必张大其词使通国皆知其在行善事：以我看，不是这妇人太傻，便是城市中人太聪明能干！

远似乎也为这妇人感触着一种心思，望到这妇人又把筐中的梨捡出到簸箕，平均兼扯的摆成一堆，摆好后，要我们抓取，不愿抓，就轻轻嘘了一口气。

我们把梨包好我们走。

我在路上问远："你瞧这妇人，那种诚实坦白的样子，真使人想起生无限感慨——你怎么？我见你也望她！"

"这人太蠢了。"

远的话的幽默使我作一度苦笑。

我们一旁走，一旁从席包中掏出梨来啮，行为像一个船夫。也只有水手才吃这梨！梨子味酸得极浓，却正是我们所嗜，若非知道吃饭有鳜鱼，我们每人会非吃十个不知道止了。

到岸边。

天是渐夜了。日头沉到对河山下去，不见日头本体后，天空就剩一些朱红色的霞。一些霞，时时变，从黄到红，又从红到紫，不到一会儿已成了深紫，真是快夜了。

我们仍然坐在那码头上石墩上，我们的船离我们不到五丈，船上煎鱼的油味，风投机时就可以闻到。

在空中，有一些黑点，像摆得极匀，在那灰云作背景的天空匆匆移向对岸远汀去。我猜它是雁，远却猜是鸟。然而全猜错。直到渐渐小去才听到它叫出轲格轲格声音来，原来这是渔鹭鸶！弯嘴渔鹭鸶值钱，这些便是那打鱼人用不着的直嘴鹭鸶，算作野鸟了。

望到鹭鸶我想起远家中的那只大白鹤，就问远，是不是还欠挂那只鸟。

“怎么不？还有狗，还有那火枪，都会很寂寞。”狗是为远追逐田兔的，枪是不知打过多少山鸡的，所以远说到时就当真俨然见着他家那只黑狗卧在门前顶无聊似的。

“我也念它呢，”我说，“我念它第一次咬我吓了我，第二次同我亲热时扑上身来又吓了我!”

我们全笑了。

当真这时的家中的狗也许极无聊。此时正是吃夜饭时节，人既离了家，则狗同谁到夜饭桌边去闹？若远的侄子在家，还可以来一同抢掉在地下的鸡头，若家中尽剩他母亲一人，那就有苦受了！因此我又想起那黑狗吓了我后为远的母亲用杖挞它时伏于地面不动的情形。是，这是一匹狗，还有比狗更可恋的许多许多东西在！人一来，有谁再去仓上看我们的钓竿？此后砖坝上有鱼，谁去钓，鱼不也会寂寞么？

简直不堪设想了，就是远的母亲，那笑脸，那一副慈祥心肠，把儿子一走，那老人的笑脸同这好心肠给谁受用？

不想吧，也不成。于是我们谈着一切顶有趣的故事，从远的母亲到远家长年的一只草鞋，因这只草鞋曾为远拿起打着一只斑鸠……

谈也谈不完。

到船上煎鱼姜辣香味为我闻及时，对河的岸同水面，已全为一种白色薄薄烟雾笼罩，天是呈青色，有月亮可以看得出了。

我们上船把饭吃，吃鳜鱼，还用一杯酒。船上规矩有鱼不吃酒不行，所以照规矩两人勉强吃下。

吃了饭以后，又上到岸，月是更明了。在月下，有傍了各帮的船尾划着小艘的人曼声喊猪蹄子粉条声音，这声音，只像他是为唱歌而唱歌，竟不像是卖东西。桨的拍水声，也像是专为这歌声搭拍而起。

在水上远处，又可听到摧撸的歌声，又极清，又极远，声是非常美。

有船从上游下驶，赶到这地方湾泊，这便是这奇怪歌声来源了。虽有月，初七初八的月光是非常澹，所以总先听到歌声从水面飞来，不见船，不见人，到认清来船形体时节，这时歌声已快止，变了调，更急了。

一切光景过分的幽美，会使人反而从这光景中忧愁，我如此，远也正如此。我们不能不去听那类乎魔笛的歌，我们也不能不有点儿念到渐渐远去的乡下所有各样的亲爱东西。这样歌，就是载着我们年青人离开家乡向另一个世界找寻知识希望的送别挽歌！歌声渐渐不同，也像我们船下行一样，是告我们离家乡越远。我们再不能在一个地方听长久不变的歌声，第二次，也不能了！

两人默默的呆着，话是没有说的。

这时别的船上也有不少人在岸上坐。且有唱戏的，一面拉琴一面唱，声作麻阳腔。

远轻轻的说："从文，你听，这是文公走薛！麻阳人最长的是摇橹唱歌打号子，一到唱戏，这简直像猪叫了。"

琴既是嗡嗡拉着，且有一个掌梢模样的人为拍板，一时是决不会止了。我想起要看看那卖梨子的妇人此时是不是还在作生意，就说我们可以再到街上去玩玩。远答应，我们就第二次上街。

月光下的街上美多了。

一切全变样，日里人家疏，屋显陋小，此时则灯光疏疏正好看。街道为月光映着，也极其好看。

屠户关了门，只从门罅露出点黄色灯光，单听到里面数钱声音，若不是那张大案桌放在门外，我们就会疑心这是大的钱铺了。听到他们数钱才知道他们生意仍然不坏，并不如我们先时所想。

其他的人家，已有上过铺板的，却知道是门里仍然有人做生意。其他不曾关门的，生意却依然是忙乱着，一盏高脚丹凤朝阳煤油灯，在那灯光下各样坛子微微返着光，还有那在灯光下摇去摇来扁长头颅的影子，皆有一种趣味。我们就朝到那有灯光处走去，每一个灯下全看看是卖什么样东西。全没有买却全都看到，十多个摊子是看尽了。

到卖梨子妇人摊旁，见这老妇人正坐在一小板凳上搓一根绳，腰躬着，因为腰躬着，那梨子簸里那桐油灯便照着她的头发，像一个鸟窠。

听到我们走近摊子旁，妇人才抬头。大约以为我们是来买梨，就说梨是好吃的，可以试。

“我们买得许多了。”

“哦，是才来买的，我真瞎眼了!”妇人知道我们不是要梨子，原是上街玩，就让我们坐。

当然是不坐。

本来是预备来同这妇人说说话的我，且想送她一点钱，到此又像这想头近于稚，且看看这妇人生活，听她谈及还很过得去，钱是不送她，我们随即又转身到河边码头了。

上船来，同远睡在一块儿，谈到这妇人，远想起他妈，拥着薄被哭。哭，瞒不了我，为我知道了，我只能装大人笑他“不济”。

［注］抢粑粑，乃放焰口后施鬼食，人人可以抢，筸俗也。

十二月北京

本篇发表于1927年12月29～31日《晨报副刊》第2165～2167号。署名休芸芸。

雪

——在叔远的乡下，你同叔远同叔远母亲的一件故事。

天气变到出人的意外，晚上同叔远，分别时，还约到明早同到去看栎树林里捕野狸机关，就是应用的草鞋，同到安有短矛子的打狗獾子的军器，也全是在先夜里就预备整齐了。把身子钻到新的山花絮里呼呼的睡去。人还梦到狸子兔子对我作揖心情非常的愉快，因为是最新习惯，头是为棉被蒙着，不知到天亮已多久，待到为一个人摇着醒来时，揎开被看已经满房光辉了。

叔远就站在我面前笑。

他又为我把帐子挂好，坐到床边来。

“还不醒!”

“我装的。”

“装的?”

“那只怪你这被太暖和。因为到这里来同到一茂睡，常常得防备他那半夜三更猛不知一脚。又要为他照料到被免得他遭凉，总没有比昨晚的好过。所以第一次一人来此舒服地方睡觉。就自然而然忘记醒转了。”

“我娘还恐怕你晚上会冷，床头上还留有一毯子，你瞧那不是吗?”

“那我睡以后，你还来到这里了!”

“来了你已经打鼾，娘不让我来吵你，我把毯子搭在你脚上，随即也就去睡了。”

因为是纸窗，我还不知道外面情形，以为是有了大黄太阳时候太晏了，看狸子去不成了，就懊丧我醒来的太晚，又怪叔远不早催我醒。

“怎么，落雪多久了！我刚从老屋过来，院中的雪总有五六寸，瓦上全成了白颜色，你还不知吗？”

“落雪？”

“给你打开窗子看，”叔远就到窗边去，把两扇窗槅打开，“还在大落特落呢，会要有一尺，真有趣极了。”

叔远以为我怕冷，旋即又把窗关上。我说不，落了雪，天气倒并不很冷。于是就尽它开着。

雪是落得怪热闹，像一些大小不等的蝶蛾在飞，并且打着旋。

房中矮脚火盆中的炭火炽爆着火星，叔远在那盆边钩下身子用火箸尽搅。

“我想我得起来了。”

“不。早得很。今天我们的机关必全已埋葬在雪里，不中用，是不去看了。呆会儿，我们到外踏雪去。”

我望到床边倚着那两枝军器，就好笑。我还满以为在今天早上拿这武器就可到叔远的栎林里去击打那为机关揹着后腿的野物！

我就问叔远，“下了雪不成，那我们见到玛加尔先生他捕狐不就正是在雪中么？”

“那是书上的事情，并且是俄国。我的天，你为了想捉一匹狸子，也许昨天晚上就曾做过那个可怜玛加尔捉狐的梦了！”

听到叔远的话我有些忸怩起来。我还不曾见过这活的狸子在木下挣扎情形。只是从那本书上，我的确明明白白梦过多次狐狸亮亮的眼睛在林中闪烁的模样了。

叔远在炭盆热的灰里煨了一大捧栗子，我说得先来漱漱口，再吃这东西。

“真是城里人呵。”

叔远是因为我习惯洗脸以后才吃东西揶揄我，正像许多地方我用“真是乡下人啊”的话取笑他一样。因为不让我起床，就不起来了。叔远把煨熟的栗子全放在一个竹筒子内送到床上来，我便靠在枕上抓剥栗子吃。叔远仍然坐床枋。

“我告你，乡巴老有些地方也很好受用的，若不是我娘说今天要为你炒鹌鹑吃，在这时节我们还可以拿猪肠到火上来烤吃呢。”

“那以后我简直无从再能取笑乡下人了。这里太享福。”

“你能住到春天那才真叫好玩！我们可以随同长年到田里去耕田，吃酸菜冷饭，（就拾野柴烤雀儿吃也比你城里的有趣。）我们钓鱼一得总就是七斤八斤，你莫看不起我们那小溪，我的水碾子前那坝上的鱼，一条有到三斤的，不信吧。”

我说：“就是冬天也还好得多，比城里，比学校，那简直是不消说了。”

“不过我不明白我的哥总偏爱住城里。娘说这有多半是嫂嫂的趣味，我以为我哥倒比嫂嫂还挂念城里。”

关于叔远的哥的趣味，我是比叔远还不明白，我不说了。我让我自己来解释我对于城乡两者趣味的理由。先前我怕来此处。总以为，差不多是每天都得同到几个朋友上那面馆去喝一肚子白酒，回头又来到营里打十轮庄的扑克的我，一到了乡下，纵能勉强住下也会生病！并且这里去我安身地方是有四百来里路，在此十冬腊月天气还得用棕衣来裹脚走那五六天的道，还有告假离营又至多不会过两月，真像不很合算似的！然而经不得叔远两兄弟拖扯，又为叔远把那乡间许多合我意的好处来鼓动我心，于是我就到这个地方来了。到了这乡下以后，我把一个乡间的美整个的啃住，凡事都能使我在一种陌生情形下惊异，我且能够细细去体会这在我平素想不到的合我兴味的事事物物，从一种朴素的组织中我发现这朴素的美，我才觉得我是虽从乡下生长但已离开的时间太久，在我所有的乡下印象已早融化到那都市印象上面了。到这来了又得叔远两弟兄的妈把当作一个从远处归来的儿子看待，从一种富厚慈善的乡下老太太心中出来的母性体贴，只使我自己俨然是可以到此永久就得住下去的趋势。我想我这个冬天，真过一个好运的年了。

叔远见我正在想什么，又自笑，就问我笑的原故是什么。

“我想我今年过了一个顶舒服的年，到这来，得你娘把我待得这样好，运气太好就笑了。”

“娘还怕你因为一茂进城会感到寂寞，所以又偷偷教我告我大哥一到十几就派人把一茂送来的。”

一茂是叔远大哥的儿子。一个九岁的可爱结实孩子。聪明到使人只想在他脸上轻轻的扭掐。因为叔远大哥是在离此四十五里的县城里住，所以留下他来陪我玩。在一茂进城以前，我便是同一茂一床睡。日里一茂叔远同我三人便像野猫各处跑。一茂照例住乡不久又得进城去跟他的妈同爹住一阵，所以昨天就为人接进城了。如今听到叔远说是他娘还搭信要一茂早点来，我想因为我来此，把人母子还分离一会，就非常不安。

我说：“再请为我写一信到你大哥处去，让一茂在城里久玩下，莫让嫂嫂还怨你大哥说是老远一个客来分开他们母子！”

叔远就笑着摇头，说是那不成。一茂因为你来就不愿进城。你还得趁今年为他学完《聊斋》！

我想就因了一茂这乖孩子，我心中纵有不安，也得在这个乡里多呆一个月了。

一竹筒栗子，我们平分不知不觉就已吃完了。望到窗边雪是还不止。叔远恐怕我起床时冷，又为加上两段炭。

栗子吃完我当然得起身了，爬起来抓取我那棉袄子。

“那不成。”叔远回头就把我挂在床架上的衣取到远处去，“时候早得很，你不听听不是还不曾有人打梆子卖糕声音吗？卖糕的不来，我不准你起来。炭才加上让它燃好再起身也成。”

“我们可以到外面去玩。”望到雪，我委实慌了。

“那时间多着。让我再拿一点家伙来吃吃。我就来，你不准起身，不然我不答应你。”

叔远于是就走出去了。耳朵听到他的脚步踏在雪里沙沙的声音渐远去了。我先是照着他嘱咐，就侧面睡下，望到那窗外雪片的飘扬。等一会，叔远还不来。雪是像落得更大。听到比邻人家妇人开门对雪惊诧的声音，又听到屋后树枝积雪卸下的声音，又听到远远的鸡叫，要我这样老老实实的安睡享棉被中福，是办不到的事了。

火盆中新加的白炭，为其他的炽炭所炙着，剥剥爆着响，像是在催我，我决定要起床了。

然而听到远远院子的那端，有着板鞋踏雪的声音，益近到我住的这房子，恐怕叔远抖那小脾气，就仍然规规矩矩平睡到床上。声音在帘外停止了。过了一会不做声，只听到为寒气侵袭略重的呼吸。

我说：“叔远，我听到你的脚步，怎么去得这样久？”

然而揎开帘子是一个女人，叔远的母亲。我笑了。赶忙要起床，这老伯娘就用手止住。老人一进房，就用手去弹那蓝布包头上的雪。

“我以为你不曾醒，怕他们忘了帮你加盆中炭火，起来又受凉，来看看。昨夜是不是睡得好？”

“谢谢伯妈，一夜睡得非常好，醒以前我还不知天已落了雪呢。”

“我也不想到。”这老太太见到窗子不关以为是昨晚忘了，“怎么叔远晚上窗子也忘关！”

“不，是刚才开的，落的是浮雪，天并不冷了。”

“当真一点都不冷。你瞧我这上年纪的人，大毛皮衣还担受不住，是人老成精，也是天气的改变，哈。”

到这老伯妈，把手来炭盆边交互捏着烘着时，我们适间所吃的栗子，剥到地下盆边的栗壳，已为老太太见到了。老太太笑。我记起叔远说的娘是不准拿东西到早上吃，担心这时叔远不知道他娘在此，适于此时高高兴兴捧了一堆果子冒昧从外面进来，又无从起来止住叔远，就很急。

叔远的娘似乎看出我的神气了。就微笑解释似的说：“我已见到叔远，正捧了不少粑同腊肉，我知道他是拿到这来，这孩子见了我就走了。我告了他今天早饭我们炒辣子鹌鹑，不准多吃别的零东西，这孩子又骗我！栗子吃熟的还不要紧，不过像我们老人吃多了就不成。你是不是这时饿了想吃粑？我可以帮你烧几个拿来。”

当到这老太太含着笑说这话时，我心上真不好意思惶恐到要命！明明叔远又告了我是早饭菜有鹌鹑，娘已要我们莫吃别的东西，我却尽量同到叔远分吃烧栗子。并且叔远这时若果拿粑来，设或把粑放到火上烤成黄色，包上猪肉，我也总不会拒绝，至少又得吃三个。等一会，吃早饭时又吃不下咽，这不是故意同老人家抬杠？然而背了老人两人偷偷吃的栗子赃证全在地板上，分辩说是并不曾吃过，只是剥来烧着玩，当然不是实在话。虽说幸好还只吃一点栗子，粑还不到口，然而纵不入口仍然也为老人所知道，我到这时真有点儿恨起叔远不孝的意思来了。我们自己以为使鬼聪明可以背了老伯妈做的事谁知全为她知道。我从她的眼中看出她是相信我至少也是同情于叔远的取粑同腊肉主张，并且曾安慰我似的说若果是想吃则可以为我烧几个，我还好意思说是就吃也不妨？

我答应她的话是：“不，我并不想吃。”我一面在心中划算，“今天吃早饭我若不再多吃两碗来表明我栗子吃得并不多，真是不配在此受人款待了。”

她看着我忸怩神气，怕我因此难过，就又把话移到另外一桩事上去，说到在雪里打白绵的情形。

“你不知白绵那东西，狡极了，爬上树以后，见到狗在树跟就死挻不下树，这时节，总又有好多机会得到这东西了。我要廖七到村里去问，若有人打得就匀一腿来，我为你同叔远作白绵蒸肉，欢喜用小米拌和也好，这算顶好味道一种菜，一茂这小子就常嚷要，不是落雪也得不到！”

若果是今天晚饭有白绵蒸肉吃，我想过午我又得少吃一点东西，好在饭量上赎我所有的罪了。

听到院中有人踹雪的声音，我断定这真是叔远了，老太也听到，就从窗口望出去。

“又不怕冷呀。你瞧手都冻红了，还不来烤烘！”

叔远即刻负着一身雪片进房了。我因他妈望别处，就努目示意，告他栗子事已为老人发觉。

叔远装作不在意那样，走近炉边去，说：

“娘，我先还以为挂在那檐下的棕袋里栗子不干，谁知甜极了。”

“你是又忘娘的话，同从文吃烧栗子了。”

“并不多，只几颗儿。”

娘望到地下那些空壳，听到“几颗儿”的话，就不信任似的抿嘴笑。我也不得不笑了。

叔远坐在火边反复烤着那些肿成小胡萝卜的手指，娘就怜惜十分为纳到自己暖和的掌中捏着。叔远一到他娘的面前，至少就小了五岁，天真得与一茂似乎并不差有多少了。

我是非得起床不可了。叔远说是为到东院去叫人送洗脸水，他娘就说让她过去顺便叫一声，娘于是走了。

我站到床上，一面扣衣一面说："我问你，你拿的粑同腊肉？"

叔远把头摇，知道是母亲已告了我。然而又狡滑的笑。

"怎么？还有什么吧？"我看叔远那身上，必定还有赃。

"瞧，"果不出所料，叔远从抱兜里把雪枣坯子抓出七八条，"小有所获，君，仍然可以！"

接着叔远说是只怪娘为人太好，所以有些地方真像是不应当的顽皮。

"还说！你真不孝！"

洗脸水还不见来，我们二人又把放在灰里捞好的东西平分吃完了。

本篇发表于1927年10月27～29日，31日《晨报副刊》第2103～2105号，第2107号。署名沈从文。

连　长

一

军营中的上灯喇叭声音在夏天时能使马听熟了也知道归回塞堡，入冬来，就只作了风的唿哨同伴无聊无赖消失到那四面山林里去了。

天降了雪后，喇叭声音更低郁，住远一点的，就不能听到，这给了许多茅屋下面孩子的寂寞。

然而在军队中呆过的大人，就不闻号声，也能断出时间的，若尽靠营里喇叭打知会，那离营略远一点的地方就去不成了。指定时间的钟表一类东西不是凡是军人都有的，官佐也都看人来，而驻扎到此乡间这砦那砦喝酒吃肉是免不了常有的事情，在便利中找熟人谈天学古或者打一点小牌，也是军中许可的娱乐，还有不定要明白公开的各以其方法找个把情人，这纵为长官知道也都成了通融的例子，（一些是在别的村子五魁八马，一些是在学猪悟能招亲姜子牙与申公豹斗法事，一些又是在陪到妇人身边唱小调。）若对于时间太无估计的能力，则类乎点名那种事情一误再误总太难为情了吧。这里的军营中人，要紧的事是不拘离营三里两里内外到晚上点名时节，总能预先赶到营中站立在那坪里让那值日连附喊到自己名字答应一个到，才成其为营中的体统。地方是乡村，既清净，不必同土匪打仗，又无贼，当然像那每日三操二讲堂的常备兵苛刻军规，在此是用不着的！然而每天点三次名还误事，挨一点骂或罚一点钟立正，这在驻扎于此间的军队官佐士兵夫全体良心都以为是应得而且为必要的了。在普通军营中，点名是早午晚，于晚上那次，是九点左右，即吹熄灯号以前不久，这里因为九点不适宜于全体的浪漫兴趣，于是又由连长连附集议改为与起更号相接近，这一来，还误名，则对自己也像对不起似的了。是以这里的军人，于上灯时间的知识，更准确。

此时是，一个红着脸的穿着不相称的大灰布棉衣的号手，又站在那旗杆下头墩子石上吹他极得意的起更号时节了。凡是兵，就说驻扎在这旧庙里的一连人，已经各按照惯例，站到那盖满了雪的坪中。队伍成单行，班长则站在其一班的后面。行列中，因为习惯各人能记到自己地位，有些人告了假赴别地出差，就临时空出些地位来，经班长喊一声靠拢，其一班便即时缩短了。大家排了班以后，号音还未毕，值日连附就忙匆匆的从那蒙有格子花银封纸的一扇新白门内里出来，因为忙，帽子也不很正当。大家全爱喝一杯御寒，连附也免不了此，这时就正是从那羊肉火锅子边抽身出来办公的！连附拿着一本名册出来了，领头班长喊一声立正，各人重新端正起来振作精神把藏在厚重棉衣下的身子弄成一块碑模样，雪是不容情的乘此就进衣领了。随即是稍息，聪明一点的兵士，懂得头向后昂便能拒绝雪片的浸入，就不妨装作搔痒或整理腰带来逃难。

喊一声人名，就有一个人从队伍中骤的立正答应到，连附于是便在其名字下用铅笔一划。其喊过一次二次以后并无应声的，班长就上前解释。点名完毕照例短短的训词，大家又得笔直起身来默听。最后是，又稍息，又立正；解散了。

队伍解散后，连附便同班长之类，围到炉边继续喝那羊杂碎的火锅酒，弟兄各分开，那大坪里雪尽落，却再无一个人用颈部肯去承受了。

照营规，点了这次名以后，这一天算已告了结束，大家一直可以挨到明天清早点名再见面，因此凡是这里土著有着那军营中朋友情人的，听到吹号以后就可各以路途远近猜详他们的到来。喇叭的意义，在这里，又是怎样异于战地啊！

二

管领这一百个自由兵士的，是十个班长，每人手下有十人，如同自己的手指。在班长上面有三个连附，一个为中尉阶级，二个属少尉。连附上面是一个连长，按照例规有大操，或战事发生，连长就得统率这一百余子弟指挥其进退，但是驻扎到这个地方，还有什么事要统率？做连长的除了拇战就是应团总约上山打野猪那工作了。然而这也只是连长一人事。做连长的真是简直闲到比庙里的僧还少事做，若非亏他能够找出一些方法消磨这日子，恐怕早已生病倒床了。

连长究竟做些什么消遣？是有的。按照通常习惯一个长官总比其他下属多有一倍或是数倍机会得那驻在地方人民尊敬和切齿。这位连长也正是如此。譬如说，初初把队伍开到此地扎营到一处住户家中时，恰恰这位主人是一个年青寡妇，这寡妇，又正想从这些雄纠纠的男子汉中选那合意的替手，希望得到命运所许可的爱情与一切享受，那么总是先把她的身体奉献给那个位尊的长官。连长是正如所譬因了年青而位尊，在来此不久，就得到一个为本地人艳称的妇人青盼，成了一个专为供给女子身体与精神二方面爱情的人物了。关于军营中的事越少，则足以使连长感到于新发见的职务越多。女人住的地方系在营盘一里外，入冬来，连长的勤务，就几几乎是每天早晚二蹚来去！若非关于伙食账目得常常同司务长清算，连长似乎不回也无不可的。照一个班长说法，连长是为女人已经迷到愿意放弃全部职务于中尉连附身上，不必充当管领百人的长官，自己单想侍候妇人终生让那妇人管领自己就有了。

就令当真是如此，这算连长的罪吗？

从连长年龄体貌上作价，都正适宜于同一个妇人纠缠为缘。命运把他安排到这小地方来，又为安排一个年龄略长的女人于此地，这显见连长再要关住爱情于心中，也不是神所许可的事！

要一个纯粹青年军官受过良好军人教育的上尉，忘了自己的生活目的，迷恋妇人到不顾一切，如同一个情呆子，仍然是不可能的事情。且照常情说，如若短短分离不但不为爱情的障碍，且正可以藉此休息从那终日拥抱得来的疲倦，则连长三日五日始能在营外别人家中宿一次，也是很自然的了。但把身子留在营中心上仍然挂念着别处，年青人，究竟还是年青！

因了不能把身子同心分开在两地，有时节，连长是在夜静也曾偷偷起身或是装作察哨溜过妇人处宿的。连长在这事上头，是一个诗人又是个英雄。当其轻轻敲着那门妇人已经听出连长声音拥着薄薄白的单衣开门时，妇人松散着发髻，以及惺忪的情态，在连长眼中，全成了神圣的诗质。一个缺少力在文字上表现他的灵感的人是能加倍在他行为中表现出他灵感的，因此连长在这妇人的面前，便把那军营中火气全化尽，越变越成温柔了。妇人呢？从连长那面来的不可当的柔情使妇人做着无涯涘的梦，正同一个平常妇人在她年青情人身上一个样，自己是已像把心交给这个人，后来终生都是随着这人跑，就到天涯地角也愿意了。当连长因了一点小事未能在妇人处宿，约到吃早饭号吹音完以后出营时，那早上吃饭喇叭便同专为连长情妇所吹一个样。妇人也是年青人，人其所以谓之为年青，这事便是一种凭证！

连长看妇人，像是本营少校上司官，自己应直隶其调度。妇人是把连长当作未来的丈夫，全让连长占据了自己。爱这东西是没有因为人类事业不同而荒疏了某种人，在一个都市上精致青年男女应酬宴会中，能生长的根芽在此同样的也会发育完全开花结果了。

若把连长当作这里的总督，总督夫人的位置，在兵士心中，也都一致认定是这妇人了。

三

天落雪，气候冷到溪里水也结了冰，在雪中去嗾狗赶野兔，或者披了蓑衣用雪盖在蓑衣上面伏在林里打斑鸠，那种游戏如今只有一个老年纪的连附同到几个兵士有这种的趣味了。大多数的兵士是在营里围到火柴堆喝酒。少数的兵士是往别的人家打牌或找女人去谈谑。我们的上尉，不消说是正在情妇这边勾留！

用栗子下本地的烧酒，两人同在一个火塘旁边坐下来，连长就用一个军人经验谈着他的过去一切与驻扎各地不同的习惯。从葫芦里倒一杯酒到杯子中时，妇人总只喝五分之一，余下全到连长肚中去。从午时点名以后到如今，一葫芦酒有两斤，快完了。

“我瞧你今天吃酒量不同，怪！”

的确是不同。本来预备作两顿的一次就快完。妇人手摇着那长把漆有黑色花纹的酒器，奇怪了。

连长不作声，把空了的杯子送到妇人面前去，妇人无可如何似的于是又筛了一杯。又自解的说是天气太寒多吃一点也并不碍事。

连长不说话，接着又是两口喝下了。

妇人担心望连长：“已经没有酒了。我看你脸色不好，醉了就睡吧。”

“不。”是不醉，不睡，并且不承认有什么不好过的地方，答词只是一个不。

然而事实是连长因多喝了酒，从酒中引起一些烦恼了。

“我要回营了，劳你驾，为我把雨衣从钩上取下！”

“营里又无事，莫转去了呀。”

“非转去不可。喂，劳驾！”

在往日，也有这种的情形。连长忽然想到要回营，像心上有一件事正要做，但劝一两次，虽然还在脸上保留着那放心不下的颜色，就仍然留下，是妇人所知道的脾气。说非转去不可，妇人就采用那往日所取的阵略，故意的说道：

“是又不满意我了？”

连长听此话，颜色变得越发难看了。妇人即刻就知道所说的话是误了方向，就改口说天气冷，又快要断黑，有事明早回也得。

“好歹我要走。我同你说你也不明白。乘到天未即断黑，不用灯，我就走！”

妇人愕然了。但从过去性格认识连长并非就能够固持到底，仍然打趣模样的说纵有事，也总不外同到你们连里那位司务长算伙食账。

“我要走！”连长在语气上表明不是为酒醉。给妇人明白。

妇人问："为什么？"

"为什么？说不定在这样天气下头忽然会奉到上司旅长命令开拔到边界上去，我们还得走长路！"

"你胡思乱想。"

"我胡思乱想？"

从反复的一句话上，妇人听着忽然像为一个炸雷把耳震聋了。

连长见到妇人愣住的情形，也悟出是自己答话太近乎真要开差了，就补充说这是恐怕会有的一种猜想。

"恐怕是。"这虽足以解释去那"当真是"还距离得有多远，然而无意中把开差事情嵌进到这一团火热的胸中，两人要拔出这虚无的刺却不是一时可作得到了。

"我不走了，"连长说，还把酒杯推过去，"请为我再倒一杯。"

妇人极颓丧的倒出葫芦一杯酒。虽然在把酒筛好以后就诚诚实实接过来，却又并不即时朝嘴边送去，连长为了自己一句话也打伤了。

连长掉头过去避开妇人的目光。外面风，飘着雪的片，从窗口望去，是像正有人在空中轻轻撒下棉花那样的轻盈，又像并不是下落，有些还正在上升。那窗子格上，是砌了好些雪了，还有些雪一粘到玻璃上面就融化不见。因为屋里温度高，窗子下面的一块玻璃，在屋中这面，便糊上了一层薄纱那样不再透明的冰雾，有两个小孩手掌的大小。

若不是落雪，天气已应当黑了。因了地上屋上遍是雪，一同反着哑的沉静的光辉，就不见得天气和平时的晚。这时屋里人相对着脸相都还很分明，但是渐渐的，屋中角落以及那些桌子下面坛罐器皿却已全为黑暗偷偷悄悄搂着了。

两人不说话，两人便都听到外面的雪落地作极微极匀声音，又可听到屋后竹园大堆的雪下坍以后竹子弹起的声音。此外可是全无响动了。全村子里没有狗叫，也没有人声，也没有锣鼓唢呐，一个村子里面的一切全像睡着，又像全死了。

天色渐渐暗下来，屋子中慢慢颜色暗默，火塘内的炽着的炭却益发加熊明了。

两人都能知道对方是在追索那句开差的话的意义，就是细细称量那未来而又必然要来的忧愁分量。

连长借了足下炽炭的光望妇人，触目的是那双垂着的白手。把手拿过来，握着了。妇人也不声。葫芦是为妇人放在桌子上，连长即时又抽出一只手去倒酒。妇人那只空手就去抢。连长声音戚戚的说：

“你就让我索性喝醉吧。”

先是劝，这时妇人不知怎样不愿连长再喝了。

“你让我，”连长说，“这样我好过一点。”

“酒完了。”

“多着咧。”

“你不能喝了，”妇人移开葫芦使连长手取不到，就摩连长的下巴，“瞧，全像火，醉了不吃亏么？”

“酒逢知己千杯少。”这意思，连长在另外一个情形下，所感到的与此时完全不同。有过多回的过去，在连长，已就明白而且承认“千杯少”的话是实话了，但今天则真应喝尽无数杯。平常为功名，为遇合，为人生牢骚，得用酒来浇，如今为女人，连长以为最好为酒淹死了。

四

在把一种温柔女性的浓情作面网，天下的罪人，没有能够自夸说是可以陷落在这网中以后是容易逃遁。学成了神仙能腾云驾雾飞空来去自如的久米仙人，为一眼望到妇女的白胫也失了他的法术，何况我们凡人秉承了爱欲的丰富遗产，怎么能说某一类人便不会为这事情所缚缠？在把身子去殉情恋的道路上徘徊的人，其所有缠缚纠纷的苦闷，凡圣实没有很大区别的。一个皇帝同一个兵士，地位的不同，是相差到几乎用手可以摸得出，但一到恋着一个人，在与女人为缘的应有心灵上的磨难，兵士所有的苦闷的量与皇帝可并不两样。一个状元同一个村塾师也不会不同。一个得文学博士的人同一个杂货店徒弟也总只会有一种头痛。因此在连长的身分上，就不必怎样去加以此时那尽量饮酒的解释，也很容易明白了。

露水的夫妇，是正因为那露水的易消易灭，对这固持的生着那莫可奈何的恋恋难于舍弃的私心，自然的事啊！

没有酒可喝的连长，借着身边炭盆飘着微微蓝焰的火光，望到妇人的侧身轮廓，终无一语。旋又极无聊赖将那散在膝上桌上以及炭盆边旁的花生栗子壳扫盖到那炽炭上，先是发着烟，爆响着，不久就全体燃着火燎熊熊了。从火光中连长见到妇人白白脸上流泻着眼泪，就摇摆那个剃得光光的军人式的头，哑声说是已依命令就不回营了。

妇人苦笑着。倒出葫芦里余酒，自己一口气喝尽。

“说不有酒又有了！”连长责难似的嚷妇人。

“我不愿你吃了。”

“那你也莫喝。”

答应说是不，把葫芦摇着，一转眼间又倒出些到杯中。妇人正欲去拿时，连长手快先抢到。朝火里一浇。酒是只剩下一些余沥，与火接触忽然便变成火焰向上炎。妇人把手掩了脸。腕上套有银麻花圈镯，这时像真金。也不是因为连长把酒抢了去不让喝就生了气，但在掩着脸以后，妇人忽然幽幽哭咽起来了。

“我答应不走，你又哭呀。”

还是哭，并非不曾听到连长的话语。再哭下去把连长反而哭走，也是妇人所能料得到的事。然而连长说不走，是这时。终久仍然还得走啊！妇人想到这些本不必想的未来情形，不由得更伤心了。好歹都得走，所有的情义，到时便当全丢下，这未来的必不可免的寂寞，使妇人把眼前怎样束缚连长的方法全忘记。若是连长真若为烧酒淹死，则妇人非把身子泡到泪中不可了。连长是，因了妇人一哭倒觉能将预支的苦恼支票拒绝，心上反而轻松一点了。连长望着妇人的抽咽，怔怔的，不知其办法，就立起身来。妇人虽用手掩脸，可是距离近，听得出。

“要走你就走，横顺要散场！”

“说不走了呀！”本来是想立起身来伸一个懒腰，怕误会就不。说是说不走了呀，那是为这因立起身子响声得来的误会加一种解释。

然而妇人为了自己一句话，索性嚎啕了。

要连长，去持刀杀一个人，其为困难不会像这时情形。

浇在炭上的酒是只一倏的光明，所有的果壳，也无从持久，屋中是随即恢复以前黑暗了。从光明中骤来的黑暗，各人是把对面的人轮廓也全体失去，妇人在黑暗中像是连长已真离开了她哭得更浓了。

一个军人关于哄嘬妇人的方法，比较起来是笨拙到像嗾兔拉车，连长不久就用手去拭额边的汗，酒醒一半了。

连长求助于手去抚慰妇人，妇人就拖着那手用牙齿啃着。

“不痛吗?”连长反问那妇人。

“痛到你手上，我的心子被你啃了有多久!”

连长用嘴擦妇人腮边的泪，两人莽莽撞撞抱着了。

五

到腊月二十三，各家准备灶马糖送灶神上天的时节，连长办公改了个地方。从此司务长得一天一趟来到连长家中清算一次伙食账。点名号仍然是每日吹三次，但从此以后，不再能使连长太太听到这声音心跳了。

重阳后五日于北京

本篇发表于1927年10月24～26日《晨报副刊》第2100～2102号。署名璇若。

我的邻

若把我这退过伍的上士也算在一起，这一个院子里已住上六个丘八了。凡是有两个女人住的地方，那一片小天下就少有太平时，凡是有三个大兵的地方，那地方便终日杀气腾腾：我们这里，却是副爷有一倍，女人又属于副爷太太，热闹透了。并且，其他的，我还忘了算上那几人——因为我就永不知道那两间房住几人——那是些，有音乐天才，每天除了吹打弹唱以外少有休息的亲哥子弟兄，又是，北京大学法科的学生。

这属于上帝所分派，（让我学一个基督教徒说这一句话吧。）把爱热闹的处置在一个地方，好使大家全在一种吵打空气中生活下来，这若果是上帝的意见，我赞成。因为有些人，天生就是一面锣或一面鼓，搁下休息不久就将生出格外大的毛病来，就是每天作出蹚蹚或蓬蓬声音，它也不够数，还得别的如像小班鼓，钵，铛铛锣，那各式各样东西来配合，才调合，才成套，然而为什么把我也得夹在这套“响器”中？也许是我这退伍的上士，在行动中还好保留那一个上等兵的能对付一切嘈嘈的模样，故此因而误会把我留在此处享受！我奇怪我穷，使我无论如何设法得离开这地方也不成。因了一些债，把我身子黏到这公寓，因了公寓给我的热闹，弄得我日夜全不得安静，我变成一个善于生气的人了。我又奇怪这北京，公寓客店既是那么多，空了一半房子的也常常有，全无一个客因而关门的也并不少，干吗这破庙似的地方，却是赶集一样这个去了那个又搬来？这是气运，诚然，这当真应说到气运上头了，我想若不是掌柜气运特别好，就是我气运特别坏：这二者必定居其一，才能如此的天然巧遇。

本来给大学生住的大学区附近公寓住满了副爷，且多数带了一名副爷太太，正如当局有意把大学附近全武装起来，好使学生能老老实实关到房门读书一个样，也许这样一来，学生们，吓得不敢随便出门是实事，然而因此一来书也真不必读了。一面防到同副爷误会肘子触肘子，一面又来领受那种叫嚣吵骂咤叱呜咽的耳福，要读书，也不让你有空的。忽然的，在大学校附近公寓住的学生全消灭，重新来了无数的副爷，这也是不大容易使我明白的事体。

在一种类乎占领类乎奏凯的模样中，教育这东西，只能全给副爷毁灭了，撕碎了，渺小的个人损失，当然是更不足道。

虽然我还应感谢我这公寓的老板，长年还是不改其度能够用那不和气的脸嘴总使一个住客无从能久呆，就是那三位伙计，似乎对这逐客工作也帮忙不少，——可是，这个去了那个来，气运如此，没有可说的！

在日里，不敢出到大院子去，恐怕别人疑心我是对他太太生了怎样不良的歪心，就只规矩坐在房中窗子下，看我的释典。然而你要涅槃在南房，有人却在北房敲打一切法宝作异声。在一切丝竹金石中，还有那口号；口号总不离马派定军山，“一通鼓二通鼓”播之不足又重来。

放下书吧，就听。但不久，定军山又完场，改为“大正琴”独奏梅花三弄了。“大正琴”奏毕还有二胡。二胡奏毕有箫，箫之外有笛。……

从这些讨人厌烦纷扰唠叨中，我见到了地狱的轮回，我了解了各样地狱的景致。我是一个活着的人，不靠青脸赤发的小鬼，不靠牛头马面——单只靠这几个天才用他那“惊心动魄”的音乐引路，我游行过地狱一遍了。

除了我逃出这公寓，每日我得给他们领导跋涉那各式各样的烦恼的山水。但我不能同一个浪子一样终日在灰尘烈日以及霍乱流行的大道上走，到图书馆去则藏书室关了门。还有我得活下来，得用我这败笔按着了纸写我所能写出的小说，写成拿到各处去，求讨少数的报酬，才不至于让我住房的东家撵我。要我在这种杂耍场一类地方看书也不能静心，怎么还能写出文章？一千字，在所谓我的货色行市中，至少我应当每天匀出功夫来写一千字，到月底，才有人开出饭来给我吃，这种情形下，一百个字也无从写了。

要想一事不作倒在床上睡，那音乐，那歌声，用了它那唯恐你久睡伤食的关心样子来嗾你，来搅你，好歹总得听。他又像知道我耳并不聋。塞了耳朵孔吧，塞过了，在纵然没有见到没有听到的行动中，这低调的无形的鞭子，还是在把我灵魂痛痛殴打啊！

我不明白这世界是什么样世界，神所分派给我的，连我在一种寂寞的生活下安安静静做一点白日的梦也吝惜！

"'大正琴'有两架咧，不用猜，是大帅的老乡吧。"一个朋友到我处时听到弦歌之声就歆羡似的说是琴必有两架。但当听完我的诉苦以后就把眉蹙着笑了。

"你若是真心愿意听音乐，那么咱们住处就对调吧。"我说。

"但是我那边欠的债更多，怕不容易。"

朋友是显然想在欠账上把留难推托到他的掌柜身上，说是住处对调怕不能办到，但我很明白的看出了。实际上，朋友怕"大正琴"正不让于我。这个朋友便是极会作诗的也薞君。

有时节，两边房里各有一个人，把那琴弹得崩崩咚咚的如同在比赛一个名曲，时间，越来就越久，似乎谁都不甘心让谁比自己更精神，这种糟蹋空间寂静的功劳，最后是只能平分了。为他们揣想，这中大致还有那藏在心里的愤懑在，为了体面与气力，不会能对骂，不然总不会正适宜于睡眠的清晨还有那超拔琴声！

夜里，总应当稍稍休息了，人纵乐此不倦，为了那可以作声的乐器着想，休息也是一种普通的需要。是的，如我所希望，以及乐器所希望，人家放下这神圣工作了。

从上灯以后，看兴趣，有时是可以得一点两点钟安静的。感谢天，这些好邻居，他还有那朋友来邀他到别处去，把琴拿去到别一地方拉弹给一切有福的人听！

不过，一到夜来的天气，有凉的风为把日里新秋带有余骄的热气吹去，没有月的时节也还有星子，院子里适宜弹唱以外更适宜清谈，于是可敬的副爷们露着肘子在院子中各据了相当地盘，议论开始了。

这中我可以学得许多乖，有福能够听着一个少校模样的军官用他那地道的奉天土话臊骂着各式各样的娘。我奇怪一个军人在性欲上能找出那么多新鲜精致的术语，竟胜过一个用文字表现感情的艺术家，像是翻着字典在骂，又像是背诵一种极熟习的文法，我不明白他那位太太听了作何感想，还有那另一个副爷太太听了是生出怎样情绪。

我将睡到床上还是坐到桌边来作我应在日里做毕的工作？我除开在纸上驰骋，为我的邻居副爷记录下一些足以供他日研究民族学的人帮助的骂人话语以外，写一首打油诗也不能办到，这简直是一个军营了。如那我所梦想的过去的军营，在打过胜仗以后，初初的集合拢来各展览其所掠得的宝物，用着那充满骄傲与愉快的喉咙；对着同队中人无恶意的随便互骂互诅。

只有睡着躺着听！

从一种不能作工不能安睡的生活中，我对我的穷，有着有生以来未曾有过的烦恼。要逃出圈子，至多只是在我每月平常收入下，多得四十元，或者再少点也可。但这区区四十元，把我身作抵押给别人，也没有能找到的机会。就是三十元，二十元，借也没处可以借。日子还正长着的我所合当受的罪，我恐怕到我能忍受的能力以内是永没有得救的缘法了。

一阵风，一阵雨，能把房中所有的苍蝇蚊蚋扫除得无影无踪。世界上，就没有那大风雨能够把我们院子里乐声全吹到很远一个地方去，也没有那样风，能够把我吹出这公寓。

唉！在往日，十二点以后，这些神之子，疲倦了，放下了一切，放下琴的拨子，放下了口的权利，放下了欢喜与愤怒——都睡了。我能请求我们的主人，留下一盏灯，在一点钟太平无事鸦雀息声的情形中，做完我应做的一切事。做完事后我上床，睡眠给了我们真正的平等，日里一切我把它忘了。

这幸福到如今来又给取消了。

理由是有人要打牌。这理由不悖乎人类生活同法科学生爱音乐一样。

若不是那牌骨一面上头所刻的字全是一些辱骂的记号，则我敢断定他们用为赌输赢的竟是一些骂人的字眼。把臊奶奶一类名词当筹码，是好像全桌子上人都一律采用了。唉，这也有要一个局外人听的义务。

在互相辱骂之中，忽又听到决裂了。人已似乎全站起身了，且听到推移桌子声，一人用那沉重的语调压迫对家声，一人劝慰声。倘或是，把拳捏得紧紧的，鼻子上一下，又怎样收场。或者，这边一拳过去，那一边，猛不知，飞起一件茶碗之类直落到这人的头上，血是要流的，不是临时又得差派人去请医生么？即或暂时能劝开，到夜深，或天刚亮时，其中谁一个吃了亏的悄悄爬起床来握一把刀去插在那睡着人腹上，自己溜走了，这不是常常在报纸上听到的新闻？……

在桌边，我还能想象那个弱一点的负嵎自固的神气。要持了刀在天明时报仇的，必就是这人。

我这样的担心这一场战争。我算定这院子在明早上纵没有命案也总有凶案发生。我一面又感谢那争持，因为一到动武结局总也很快了。只要劝得两方平息大致大家就能记得时间在人身上赋予的意义，所谓“鲁仲连”也者，当能明白睡眠解释冤仇的效能，结果大家各上各的床，加以太太在床上所施行于一个丈夫息怒的精致手术，至多到两点三点左右总就全体涅槃了。

听到像是一个副爷已被另一人拖开到西房了，又听到那弱一点的人被太太的低低埋怨声。同时桌子在移动，椅子四只脚拖在砖地上面发怪响。又有个人在把茶壶里的茶倒于杯中，或者这是那位太太劝他良人平气的手段。

没有如我所料的流血，虽然保不定到天明时节会出那惨案，不过目下总已到了结束善后的时期，心是放下一件重重的悬锤，我想再过一会儿，我们便都可以合目了。

然而还有更出我意料的事。

听到那西房的两过北房，是不久的事。又过三分钟，却已听到那个动武的人提议另外摸风了。牌，掉在地下的，大致已捡起，当然是在朱红漆方桌上四人各出一只手在那里合！

虽然还听到他们互相的道歉，以及太太们从旁用媚笑来帮助解释这误会，我总还有那天明的预兆在心中。先是以为只要这些人把“筹码”换一下，我总有睡眠希望。到这时，又不成功了。骂娘已很少，从那长时间的洗牌声中以及一张牌下掷的沉重声中能够明白各人心中的芥蒂，却依然存在。第二次上场，我却担心这中当有两条命案了。

不知在四点以前什么时候我居然为这些吵闹所开释，仍然睡着了。

醒转来时第一是那法科学生的笛子使我一惊，第二是窗上太阳，第三是北房牌声。“日光下头无新事”，我得重新担上我昨日所负荷的一切，到发洋财时搬家为止。

本篇发表于1927年8月10日《小说月报》第18卷，第8号。署名懋琳。

在私塾

君，你能明白逃学是怎样一种趣味么？

说不能，那是你小时的学校办得太好了。但这也许是你不会玩。一个人不会玩他当然不必逃学。

我是在八岁上学以后，学会逃学起，一直到快从小学毕业，顶精于逃学，为那长辈所称为败家子的那种人，镇天到山上去玩的。

在新式的小学中，我们固然可以随便到操场去玩着各样我们高兴的游戏，但那铃，在监学手上，喊着闹着就比如监学自己大声喝吓，会扫我们玩耍的兴致。且一到讲堂，遇到不快意功课，那还要人受！听不快意的功课，坐到顶后排，或是近有柱子门枋边旁，不为老师目光所瞩的较幽僻地方，一面装为听讲一面把书举起掩脸打着盹，把精神蓄养复元，回头到下课时好又去大闹，君，这是一个不算最坏的方法。照例学校有些课目应感谢那研究儿童教育的学者，编成的书又真能使我们很容易瞌睡，如像地理，历史，默经等，不过我们的教员，照例教这些功课的人，是把所有教音乐，图画的教员不有的严厉，占归为自己所有，又都像有天意这些人是选派下来继续旧日塾师的威风，特别凶，所有新定的处罚，也像特为这几门功课预备，不逃学，怎么办？在旧式塾中，逃学是挨打，不逃也挨打：逃学必在发现以后才挨打，不逃学，则每天有一打以上机会使先生的戒尺敲到头上来，君，请你比较下，是逃好还是不逃好？并且学校以外有戏看，有澡洗，有鱼可以钓，有船可以划，若是不怕腿痛还可以到十里八里以外去赶场，有狗肉可以饱吃，君，你想想。在新式学校中则逃学纵知道也不过记一次过，以一次空头的过，既可以免去上无聊功课的麻烦，又能得恣意娱乐实惠，谁都高兴逃学！

到新的小学中去读书，拿来同在外游荡打比，倒还是逃学为合算点，说在私塾中能呆下去，真信不得！在私塾中这人不逃学，老实规矩的念书，日诵幼学琼林两页半，温习字课十六个生字，写影本两张，这人是有病，不能玩，才如此让先生折磨。若这人又并无病，那就是呆子。呆子固不必天生，父亲先生也可以用一些谎话，去注入到小孩脑中，使他在应当玩的年龄，便日思成圣成贤，这人虽身无疾病，全身的血却已中毒了。虽有坏的先生坏的父母因为想儿子成病态的社会上名人，不惜用威迫利诱，治他的儿子，这儿子，还能心野不服管束，想方设法离开这势力，顾自走到外边去浪荡，这小孩的心，当是顶健全的心！一个十三岁以内的人，能到各处想方设法玩他所欢喜的玩，对于人生知识全不曾措意，只知发展自己的天真，于一些无关实际大人生活事业上，建设，创造，认识他所引为大趣味的事业，这是正所以培养这小子！往常的人没有理解到这事，越见小孩心野越加严，学塾家庭越严则小孩越觉得要玩，一个好的孩子谓为全从严厉反面得的影响，而有所造就，也未尝不可！

也不要人教，天然会，是我的逃学本能。单从我爱逃学上着想，我就觉得就像现行教育制度应当改革地方就很多了。为了逃学我身上得到的殴打，比其他处到我环境中的孩子会多四五倍，这证明我小时的心的浪荡不羁的程度，真比如今还要凶。虽挨打，虽不逃学即可以免去，我总认玩上一天挨打一顿是值得的事。图侥幸的心也未尝不有，不必挨打而又可以玩，再不玩，我当然办不到！

你知道我是爱逃学的一人，就是了。我并且不要你同情似的说旧式私塾怎样怎样的不良，我倒并不曾感觉到这私塾不良待遇阻遏了我什么性灵的营养。

我可以告你是我怎样的读书，怎样的逃学，以及逃开塾中到街上或野外去时是怎样的玩，还看我回头转家时得到报酬又是些什么。

君，我把我能记得很清楚的一段学校生活原原本本说给你听吧。

先是我入过一个学馆，先生是女的，这并不算得入学，只是因为妈初得六弟，顺便要奶娘带我随同我的姐上学罢了。这我除了我每日上学，是为一些比我大七岁八岁的大姐的女同学，背我抱我从西门上学，有次这些女人中，不知是谁个，因为爬西门坡的石级爬倦，流着泪的情形，我依稀还明白外，其他茫然了。

我说我能记得的那个。

这先生，是我的一个姨爹。使你容易明白就是说：师母同我妈是两姊妹，先生女儿是我的表姐。大家全是熟人！是熟人，好容易管教，我便到这长辈家来磕头作揖称学生了。容易管教是真的。但先生管教时也容易喊师母师姐救驾，这可不是我爹想到的事了。

学馆是仓上。也就是先生的家。关于仓，在我们地方是有两个，全很大，又全在西门。这仓是常平还是标里的屯谷仓？我到如今还是不能很明白。

不过如今试来想：若是常平仓，这应属县里，且应全是谷米不应空，属县里则管仓的人应当是戴黑帽像为县中太爷喝道的差人，不应是穿号褂的老将，所以就说它是标里屯粮的屯仓，还相近。

仓一共总是两排，拖成两条线，中间留出一条大的石板路。仓是一共有多少个这时也并不能再记清楚了。仓中有些是贴有一个大“空”字，有些则上锁，且有谷从旁边露出，则还很分明。

我说学馆在仓上，不是的。仓仍然是仓，学馆则是管仓的衙门，不消说，衙门是在这两列仓的头上！到学馆应从这仓前过，仓延长有许多长，这道也延长有许多长。在学馆，背完书，经先生许可，出外面玩一会儿，也就是在这大石板上玩！这长的路上，有些是把石头起去种有杨柳的，杨柳像摆对子的顶马，一排一排站在路两旁，都很大，算来当有五六十株。这长院子中，到夏天时还有胭脂花，指甲草，以及六月菊牵牛之类，这类花草大约全是师母要那守仓老兵栽种的，因为有人不知冒冒失失去折六月菊喂蛐蛐，为老兵见到，就说师母知道会要骂人的。

到清明以后，杨柳树全绿，我们再不能于放晚学后到城上去放风筝，长院子中给杨柳荫得不见太阳，则仓的附近，便成了我们的运动场。仓的式样是悬空，有三尺左右高的木脚，下面极干爽，全是细的沙，因此有时胆大一点的学生，还敢钻到仓底下去玩。先有一个人，到仓底去说是见有兔的巢穴在仓底大石础旁，又有小花兔，到仓底乱跑，因此进仓底下去看兔窟的就很多了。兔，这我们是也常常在外面见到的，有时这些兔还跑出来到院中杨柳根下玩，又到老兵栽的花草旁边吃青草，可是无从捉。仓的脚既那么高，下面又有这东西的家，纵不能到它家中去也可以看看它的大门，进仓去，我们只须腰躬着就成，我自然因了好奇也到过这仓底下玩过了！当到先生为人请去有事时，由我出名去请求四姨，让我们在先生回馆以前，玩一阵，大家来到院中捉老鼠，玩“朦朦口”的游戏，仓底下成了顶好地方。从仓外面瞧里面，弄不清，里面瞧外又极分明。遇到充猫儿是胆小的人时，他不敢进去，则明知道你在那一个仓背后也奈何你不得。这罢下仓如今说来真可算租界！

怎么学馆又到这儿来？是清静，为一事，先生同时在衙门作了点事情，与仓上有关，就便又管仓，又为一事。

到仓上念书，一共是十七个人。我在十七个人中，人不算顶小。但是小。我胆子独大。胆子大，也并不是比别人更不怕鬼，是说最不惧先生。虽说照家中教训，师为尊，我不是不尊。若是在什么事上我有了冤枉，到四姨跟前一哭，回头就可以见到表姐请先生进去，谁能断定这不是进去挨四姨一个耳光呢？在白天，大家除了小便是不能轻易外出到院中玩的。院中没有人，则兔子全大大方方来到院中石板路上溜达，还有些是引带三匹四匹小黑兔，就如我家奶娘引带我六弟八弟到道门口大坪里玩一个样：我们为了瞧看这兔子，或者嚇吓这些小东西一次，每每借小便为名，好离开先生。我则故意常常这样办。先生似乎明知我不是解溲，也让我。关于兔子我总不明白，我疑心这东西耳朵是同孙猴子的“顺风耳”一样：只要人一出房门，还不及开门，这些小东西就溜到自己家去，深怕别人就捉到它耳。我们又听到老兵说这兔见他同师母时并不躲，也无恐怕意，因为是人熟，只把我们同先生除外：这话初初是不信，到后问四姨，是真的，有些人就恨起这些兔子来了。见这人躲见那人又不，正像乡下女人一样的乖巧可恨的。恨虽然是恨，但毕竟也并无那捉一匹来大家把它煮吃的心思，所以二三十匹兔子同我们十七个学生，就共同管领这条仓前的长路：我们玩时它们藏在穴口边伸出头看我们的玩，到我们在念书时，它们又在外面恣肆跑跳了。

我们把这事也共同议论过：白天的情形，我们是同兔子打伙一块坪来玩，到夜，我们全都回了家，从不敢来这里玩，这一群兔子，是不是也怕什么，就是成群结队也不敢再出来看月亮？这就全不知道了。

仓上没有养过狗，外面狗也不让它进来，老兵说是免得吓坏了兔子。大约我们是不会为先生吓坏的，这为家中老人所深信不疑，不然我们要先生干吗？

我们读书的秩序，为明白起见，可以作个表。这表当如下：

早　　上	——背温书，写字，读生书，背生书，点生书——散学
吃早饭后	——写大小字，读书，背全读过的温书，点生书——过午
过 午 后	——读生书，背生书，点生书，讲书，发字带认字——散学

这秩序，是我应当遵守的。过大过小的学生，则多因所读书不同，应当略为变更。但是还有一种为表以外应当遵守的，却是来时对夫子牌位一揖，对先生一揖，去时又得照样办。回到家，则虽先生说应对爹妈一揖，但爹妈却免了。每日有讲书一课，本是为那些大学生预备的，我却因为在家得妈每夜讲书听，因此在馆也添上一门。功课似乎既比同我一样大小年龄的人为多，玩的心情又并不比别人少，这样一来可苦了我了！

在这仓上我照我列的表每日念书念过一年半，到十岁。

《幼学琼林》是已念完了。《孟子》念完了，《诗经》又念了三本。

但我上这两年学馆究竟懂了些什么？让姨爹以先生名义在爹面去极力夸奖，我真不愿做这神童事业！爹也似乎察觉了我这一面逃学一面为人誉为神童的苦楚，知道期我把书念好是无望，终究还须改一种职业，就抖气把我从学馆取回，不理了。爹不理我一面还是因为他出门，爹既出门让娘来管束我，我就到了新的县立第二小学了。

不逃学，也许我还能在那仓上玩两三年吧。天知道我若是再到那类塾中我这时变到成个什么样的人！

神童有些地方倒真是神童，到这学塾来，并不必先生告我，却学会无数小痞子的事情了。泅水虽是在十二岁才学会，但在这塾中，我就学会怎样在洗了澡以后设法掩藏脚上水泡痕迹去欺骗家中，留到以后的采用。我学会爬树，我学会钓鱼……我学会逃学，来作这些有益于我身心给我深的有用的经验的娱乐，这不是先生所意料，却当真是私塾所能给我的学问！我还懂得一种打老虎的毒药弩，这是那个同兔子无忤的老兵，告我有用知识的一种：只可惜是没有地方有一只虎让我去装弩射它的脚，不然我还可以在此事业上得到你们所想不到的光荣！

我逃学，是我从我姨爹读书半年左右才会的。因为见他处置自由到外面玩一天的人，是由逃学的人自己搬过所坐板凳来到孔夫子面前，擒着打二十板屁股，我以为这是合算的事，就决心照办的在校场看了一天木傀儡社戏。按照通常放学的时间，我就跑回家中去，这日家中人刚要吃饭，显然回家略晚了，却红脸。

到吃饭时一面想到日里的戏一面想到明天到塾见了先生的措词，就不能不少吃一碗了。

“今天被罚了，我猜是！”姑妈自以为所猜一点不错，就又立时怜惜我似的，说是：“明天要到四姨处去将告四姨要姨爹对你松点。”

“我的天，我不好开口骂你！”我为她一句话，把良心引起，又恨这人对我的留意。我要谁为我向先生讨保？我不能说我不是为不当的罚所苦，即老早睡了。

第二天到学校，“船并没有翻”。问到怎么误了一天学，说是家里请了客。请客即放学，这成了例子，我第一次就采用这谎语挡先生一阵。

归到自己位上去，很以为侥幸，就是在同学中谁也料不到我也逃一天学了。

当放早学时，同一个同街的名字叫作花灿的一起归家。这人比我大五岁，一肚子的鬼。他自己常说，若是他作了先生，戒尺会得每人为预备一把；但他又认为他自己还应预备两把！别人抽屉里，经过一次搜索已不敢把墨水盒子里收容蛐蛐，他则至少有两匹蛐蛐是在装书竹篮里。我们放早学，时候多很早，规矩定下来是谁个早到谁就先背书，先回家，因此大家争到早来到学塾。早来到学塾，难道就是认真念书么？全不是这么回事。早早的赶到仓上，天还亮不久，从那一条仓的过道上走过，会为鬼打死！“早来”只是早早的从家中出来，到了街上我们可以随意各以其所好的先上一种课。这时在路上，所遇到的不外肩上挂着青布褡裢赶场买鸡的贩子，同到就在空屠桌上或冷灶旁过夜的担脚汉子，然而我们可以把上早学得来的点心钱到卖猪血豆腐摊子旁去吃猪血豆腐，吃过后，再到杀牛场上看杀牛。并且好的蛐蛐不是单在天亮那时才叫吗？你若是在昨晚已把书念得很有把握，乘此出城到塘湾去捉二十四大青头蟋蟀再回，时间也不算很迟。到不是产蟋蟀的时候，我们还可以到道尹衙门去看营兵的操练，就便走浪木，盘杠子，以人作马互相骑到马上来打仗，玩够了，再到学塾去。一句话说，起来得早我们所要也是玩！照例放学时，先生为防备学生到路上打架起见，是一个一个的出门，出门以后仍然等候着，则不是先生所料到的事了。我们如今也就是这样。

“花灿，时候早，怎么玩？”

“看鸡打架去。”

我说好吧，于是我们就包绕月城，过西门坡。

散了学，还很早，不再玩一下，回到家去反而会为家中人疑心逃学，是这大的聪明花灿告我的。感谢他，其他事情为他指点我去作的还多呢。这个时候本还不是吃饭的时候，到家中，总不会比到街上自由，真不应就忙着回家。

这里我们就不必看鸡打架，也能可以各挟书篮到一种顶好玩有趣的地方去开心！在这个城里，一天顶热闹的时间有三次：吃早饭以前这次，则尤合我们的心。到城隍庙去看人斗鹌鹑，虽不能挤拢去看，但不拘谁人把打败仗的鸟放飞去时，瞧那鸟的飞，瞧那输了的人的脸嘴，便有趣！再不然，去到校场看人练藤牌，那用真刀真枪砍来打去的情形，比看戏就动人得多了。若不嫌路远，我们可包绕南门的边街，瞧那木匠铺新雕的菩萨上了金没有。走边街，还可以看泻铸犁头，用大的泥锅，把钢融成水，把这白色起花的钢水倒进用泥作成敷有黑烟子的模型后，呆会儿就成了一张犁。看打铁，打生铁的拿锤子的人，不拘十冬腊月全都是赤起个膊子，吃醉酒了似的舞动着那十多斤重的锤敲打那砧上的铁，那铁初从炉中取出时，不在锤敲打也嘶嘶的响，一挨锤，便就四散的飞花，使人又怕又奇怪。君，这个不算数，还有咧。在这一个城圈子中我们可以流连的地方多着，若是我是一辈子小孩，则一辈子也不会对这些事物感生那厌倦！

你口馋，又有钱在道门口那个地方就可以容留你一世，橘子，花生，梨，柚，薯，这不算！烂贱喷香的炖牛肉不是顶好吃的一种东西？用这牛肉蘸盐水辣子，同米粉在一块吃，有名的牛肉张便在此。猪肠子灌上糯米饭，切成片，用油去煎去炸回头可以使你连舌子也将咽下。杨怒三的猪血绞条坐在东门的人还走到这儿来吃一碗，还不合胃口？卖牛肉巴子的摊子他并不向你兜揽生意，不过你若走过那摊子边请你顶好捂着鼻，不然你就为这香味诱惑了。在全城出卖的碗儿糕，他的大本营就在路西，它会用颜色引你口饧——反正说不尽的！我将来有机会，我再用五万字专来为我们那地方一个姓包的女人所售的腌莴苣风味，加一种简略介绍，把五万字来说那莴苣，你去问我们那里的人，真要算再简没有！

这里我且说是我们怎样走到我们所要到的斗鸡场上去。

没有到那里以前，我们先得过一个地方，是县太爷审案的衙门：衙门前面有站人的高木笼，不足道。过了衙门是一个面馆。面馆这地方，我以为就比学塾妙多了！早上面馆多半是正在赶面，一个头包青帕满脸满身全是面粉的大师傅骑在一条大木杠上压碾着面皮，回头又用大的宽的刀子齐手风快的切剥，回头便成了我们过午的面条，怪！面馆过去是宝华银楼，遇到正在烧嵌时，铺台上，一盏用一百根灯草并着的灯顶有趣的很威风的燃着，同时还可以见到一个矮肥银匠，用一个小管子含在嘴上像吹哨那样，用气迫那火的焰，又总吹不熄，火的焰便转弯射在一块柴上，这是顶奇怪的融银子方法！还有刻字的，在木头上刻，刻反字全不要写，大手指上套了一个皮戒子，就用那戒子按着刀背乱划，谁明白他是从谁学来这怪玩艺儿呢？

到了斗鸡场后大家是正围着一个高约三尺的竹篾圈子，瞧着圈内鸡的拚命的。人满满密密的围上数重，人之间，没有罅，没有缝。连附近的石狮上头也全有人盘据了。显然是看不成了。但我们可以看别的逗笑的事情。我们从别人大声喊加注的价钱上面也就明白一切了。

在鸡场附近，陈列着竹子织就各式各样高矮的鸡笼，有些笼是用青布幕着，则可以断定这其中有那骠壮的战士。乘到别人来找对手作下一场比武时，我们就可瞧见这鸡身段颜色了。还有鸡，刚才败过仗来的，把一个为血所染的头垂着在发迷打盹。还有鸡，蓄了力，想打架，忍耐不住的，就拖长喉咙叫。

还有人既无力又不甘心的"牛"才更有意思，胁下挟着脏书包，或是提着破书篮，脸上不是有两撇墨就少不了黄鼻液痕迹，这些牛，太关心了圈子里战争，三三两两绕着圈子打转，只想在一条大个儿身子的人胁下腿边挤进去，不成功，头上给人抓了一两把，又睖着眼向这抓他摸他的人作生气模样，复自慰的同他同伴说，去去去，我已看见了，这里的鸡全不会溜头，打死架，不如到那边去瞧破黄鳝有味！

我们也就是那样的到破黄鳝的地方来了。

活的像蛇一样的黄鳝，满盆满桶的挤来挤去，围到这桶欣赏这小蛇的人，大小全都有。

破鳝鱼的人，身子矮，下脖全是络腮胡，曾帮我家作过事，叫岩保。

黄鳝这东西，虽不闻咬人，但全身滑腻腻的使人捉不到，算一种讨厌东西。岩保这人则只随手伸到盆里去，总能擒一条到手。看他揹着这黄鳝的不拘那一部分用力在盆边一磕，黄鳝便规规矩矩在他手上不再挣，复次岩保在这东西头上就为嵌上一粒钉，把钉固到一块薄板上，这鳝卧在板上让他用刀划肚子，又让他剔背，又让他切成一寸一段放到碗里去，也不喊，也不叫，连滑也不滑，因此不由人不佩服岩保这武艺！

“你瞧，你瞧，这东西还会动呢。”花灿每次发见的，总不外乎是这些事情。鳝的尾，鳝的背脊骨，的确在刮下来以后还能自由的屈曲，但老实说我总以为这是很脏的，虽奇怪也不足道！

我说：“这有什么巧？”

“不巧么？瞧我。”他把手去拈起一根尾，就顺便去喂在他身旁的另一个小孩。

“花灿你是这样欺人是丑事！”我说，我又拖他，因为我认得这被弄的孩子。

他可不听我的话。小孩用手拒，手上便为鳝的血所污。小孩骂。

“骂？再骂就给吃一点血！”

“别人又并不惹你！”小孩是莫可奈何，屈于力量下面了。

花灿见已打了胜仗，就奏凯走去，我跟到。

“要他尝尝味道也骂人！我不因为他小我就是一个耳光。”

我说，将来会为人报仇。我心里从此厌花灿，瞧不起他了。

若有那种人，欲研究儿童逃学的状况，在何种时期又最爱逃学，我可以贡献他一点材料，为我个人以及我那地方的情形。

“春夏秋冬”最易引起逃学欲望是春天。余则以时季秩序，而递下，无错误。

春天爱逃学，一半是初初上学，心正野，不可驯；一半是因春天可以放风筝，又可大众同到山上去折花。论玩应当属夏天，因为在这季里可洗澡，可钓鱼，可看戏，可捉蛐蛐，可赶场，可到山上大树下或是庙门边去睡。但热，逃一天学容易犯，且因热，放学早，逃学是不必，所以反比春天可以少逃点学了。秋天则有半月或一月割稻假，不上学。到冬天，天既冷，外面也很少玩的事情，且快放年学，是以又比秋天自然而然少挨一点因逃学而得来的打骂了。

我第一次逃学看戏是四月。第二次又是。第二次可不是看戏，却同到两人，走到十二里左右的长宁哨赶场。这次糟了。不过就因为露了马脚，在被两面处罚后，细细拿来同所有的一日乐趣比较，天秤朝后面的一头坠，觉得逃学是值得，索性逃学了。

去城十二里，或者说八里，一个逢一六两日聚集的乡场，算是附城第二热闹的乡场。出北门，沿河走，不过近城跳石则到走过五里名叫堤溪的地方，再过那堤溪跳石。过了跳石又得沿河走。走来走去终于就会走进一个小小石砦门，到那哨上了。赶场地方又在砦子上手，稍远点。

这里场，说不尽。我可以借一篇短短文章来为那场上一切情形下一种注解，便是我在别一时节写成的那篇市集。不过这不算描写实情。实在详细情形我们那能说得尽？譬如虹，这东西，到每个人眼中都放一异彩，又温柔，又美丽，又近，又远，但一千诗人聚拢来写一世虹的诗，虹这东西还是比所有的诗所蕴蓄的一切还多！

单说那河岸边泊着的小船。船小像把刀，狭长卧在水面上，成一排，成一串，互相挤挨着，把头靠着岸，正像一队兵。君，这是一队虽然大小同样，可是年龄衣服枪械全不相同的杂色队伍！有些是灰色，有些是黄色，有些又白得如一根大葱。还有些把头截去，成方形，也大模大样不知羞耻的搀在中间。我们具了非凡兴趣去点数这些小船，数目结果总不同。分别城乡两地人，是在衣服上着手，看船也应用这个方法；不过所得的结论，请你把它反过来。“衣服穿得如时漂亮是住城的人，纵穿绸着缎，总不大脱俗，这是乡巴老”，这很对。这里的船则那顶好看的是独为上河苗人所有。篙桨特别的精美，船身特别的雅致，全不是城里人所能及的事！

请你相信我，就到这些小船上，我便可以随便见到许多我们所引为奇谈的酋长同酋长女儿！

这里的场介于苗族的区域，这条河，上去便是中国最老民族托身的地方。再沿河上去，一到乌巢河，全是苗人了。苗人酋长首领同到我们地方人交易，这场便是一个顶适中地点。他们同他女儿到这场上来卖牛羊和烟草，又换盐同冰糖回去，百分人中少数是骑马，七十分走路。其余三十分，则全靠坐那小船的来去。就是到如今，也总不会就变更多少。当我较大时，我就懂得要看苗官女儿长得好看的，除了这河码头上，再好没有地方了。

船之外，还有水面上漂的，是小小木筏。木筏同类又还有竹筏。筏比船，可以占面积较宽，筏上载物似乎也多点。请你想，一个用山上长藤扎缚成就的浮在水面上走动的筏，上面坐的又全是一种苗人，这类人的女的头上帕子多比斗还大，戴三副有饭碗口大的耳环，穿的衣服是一种野蚕织成的峒锦，裙子上面多安钉银泡，（如普通战士盔甲）大的脚，踢拖着花鞋，或竟穿用稻草制成的草履，男的苗兵苗勇用青色长竹撑动这筏时，这些公主郡主就锐声唱歌，君，这是一幅怎样动人的画啊！人的年龄不同观念亦随之而异，是的确，但这种又妩媚，又野蛮，别有风光的情形，我敢自信直到我老遇着也能仍然具着童年的兴奋！望到这筏的走动，那简直是一种梦中的神迹！

我们还可以到那筏上去坐！一个苗酋长，对待少年体面一点的汉人，他有五十倍私塾先生和气。他的威风同他的尊严，不像一般人来用到小孩子头上。只要活泼点，他会请你用他的自用烟管，（不消说我们却用不着这个）还请你吃他田地里公主自种的大生红薯，和甘蔗，和梨，只全把你当客一般看待，顺你心所欲！若有小酋长，就可以同到这小酋长认同年老庚。我疑心，必是所有教书先生的和气殷勤，全为这类人取去，所以塾中先生就如此特别可怕了。

从牲畜场上，可以见到的小猪小牛小羊小狗到此也全可以见到。别人是从这傍码头的船筏运来到岸上去卖，买来的人也多数又赖这样小船运回，各样好看的狗牛是全没有看厌时候！且到牲畜场上别人在买牛买羊，有戴大牛角眼镜的经纪在傍，你不买牛就不能够随意扳它的小角，更谈不到骑。当这小牛小羊已为一个小酋长买好，牵到河边时，你去同他办交涉，说是得试试这新买的牛的脾气，你摩它也成，你戏它也成。

还有你想不想过河到对面河岸庙里去玩不？若是想，那就更要从这码头上搭船了。对河的庙有狗，可不去，到这边，也就全可以见到。在这岸边玩可望到对河的水车，大的有十床晒谷簟大，小的也总有四床模样：这水车，走到它身边去时，你不留心就会给它洒得一身全是水！车为水激动，还会叫，用来引水上高坎灌田，这东西也不会看厌！

我们到这场上来，老实说，只耽在这儿，就可过一天。不过同伴是做烟草生意的吴三义铺子里的少老板，他怕到这儿太久，会碰到他铺子里收买烟草的先生，就走开这船舶了。

“去，吃狗肉去!”那一个比我大四岁的吴少义，这样说。

“成。”这里还有一个便是他的弟，吴肖义。

吃狗肉，我有什么不成？一个少老板，照例每日得来的点心钱就比我应得的多三倍以上，何况约定下来是赶场，这高明哥哥，还偷得有二十枚铜元呢。我们就到狗肉场去了。

在吃狗肉时，不喝酒并不算一件丑事。不过通常是这样：得一面用筷子挟切成小块的狗肉在盐水辣子里打滚，一面拿起土苗碗来抿着包谷烧，这一来当然算内行了一点。

大的少义知道这本经，就说至少各人应喝一两酒。承认了。承认了结果是脸红头昏。

到我约有十四岁，我在沅州东乡一个怀化地方当兵时，我明白吃狗肉喝酒的真味道，且同辈中就有人以樊哙自居了。君，你既不曾逃过学，当然不曾明白在逃学时到乡场上吃狗肉的风味了!

只是一两酒，我就不能照料我自己。我这吃酒是算第一次。各人既全是有一点飘飘然样子，就又拖手到鸡场上去看鸡。三人在卖小鸡场上转来转去玩，蹲到这里看，那里看，都觉得很好。卖鸡的人也多半是小孩同妇女。光看又不买，就逗他们笑，说是来赶场看鸡，并非买。这种嘲笑在我们心中生了影响。

“可恶的东西，他以为我们买不起!”

那就非买不可了。

小的鸡，正像才出窠不久，比我们拳头大小。全身的毛都像绒。颜色只黑黄两样，嘴巴也如此。公母还分不清楚。七只八只关在一个细篾圆笼子里啾啾的喊叫，大约是欠[①]它的娘！这小东西若是能让人抱到它睡，就永远不放手也成!

十多年后一个生鸡子，卖到十个当十的铜元，真吓人。当那时，我们花十四个铜子，把一群刚满月的小鸡（有五只呀）连笼也买到手了。钱由吴家兄弟出，约同到家时，他兄弟各有两只，各一黑一黄，我则拿那一只大嘴巴黑的。

把鸡买得我们着忙到家捧鸡去同别人的小鸡比武，想到回家了。我们用一枝细柴，作为杠，穿过鸡笼顶上的藤圈，三人中选出两人来担扛这宝物，且轮流交换，那一个空手，那一个就在前开道。互相笑闹说是这便是唐三藏取经，在前开道的是猪八戒。我们过了黄风洞，过了烂柿山，过了流沙河，过了……终于走到大雷音。天色是不早不迟，正是散学的时间。到这城，孙猴子等应当分伙了。

这一天学逃得多么有意思——且得了一只小鸡呢。是公鸡，则过一阵便可以捉到街上去同人的鸡打；是母鸡，则会为我生鸡蛋；在这一只小鸡身上我就作起无涯涘的梦来了。在手上的鸡，因了孤零的失了伴，就更吱吱啾啾叫，我并不以为讨厌。正因为这样，到街上走着，为一般小孩注意，我心上就非常受用！

看时间不早，我走到一个我所熟的土地堂去向那庙主取我存放的书篮。书篮中宽绰有余，便可以容鸡。但我不。我把握在手上好让人见到！

将要到家我心可跳了。万一今天四姨就到我家玩，我将说些什么？万一大姐今天曾往仓上去，找表姐，这案也就犯上了。鸡还在手上，还在叫，先是对这鸡亲洽不过，这时又感到难于处置这小鸡了。把鸡丢了吧，当然办不到。拿鸡进门设若问到这鸡是从什么地方来，就说是吴家少老板相送的，但再盘问一句不会露出马脚么？我踌躇不知如何是好。一个八九岁的孩子作伪总不如十多岁人老练，且纵能日里掩过，梦中的呓语，也会一五一十数出这一日中浪荡！

我在这时非常愿有一个熟人正去我家我就同他一起回。有一个熟人在一块时，家中为款待这熟人，把我自然而然就放过去了。但在我家附近徘徊多久却失望。在街上耽着，设或遇到一个同学正放学从此处过，保不了到明天就去先生处张扬，更坏！

不回也不成。进了我家大门我推开二门，先把小鸡从二门罅塞进去，探消息。这小鸡就放声大喊大叫跑向院中去。这一来，不进门，这鸡就会为其他大一点的鸡欺侮不堪！

姐在房中听到院中有小鸡叫声，出外看，我正掷书篮到一旁来追小鸡。

“那得来这只小鸡？”

“瞧，这是吴少老板送我的!”

“妙极了。瞧，欠他的娘呢。”

“可不是，叫了半天了啊。”

我们一同蹲在院中石地上欣赏这鸡，第一关已过，只差见妈了。

见了妈也很平常，不如我所设想的注意我行动，我就全放心，以为这次又脱了。

到晚上，是睡的时候了，还舍不得把鸡放到姐为我特备的纸合子里去。爹忽回了家。第一个是喊我过去，我一听到就明白事情有八分不妙。喊过去，当然就搭讪走过我家南边院子去!

“跪到!”“是。”过去不敢看爹脸上的颜色，就跪到。爹像说了这一声以后，又不记起还要说些什么了，顾自去抽水烟袋。在往常，到爹这边书房来时节，爹在抽烟就应当去吹煤子，以及帮他吹去那活动管子里的烟灰。如今变成阶下囚，不能说话了。

我能明白我自己的过错！我知道我父亲这时正在发我的气！我且揣测得出这时窗外站有两个姐同姑母奶娘等等在窗下悄听！父亲不做声，我却呜呜的哭了。

见我哭了一阵父亲才笑笑的说:

“知道自己过错了么?”

“知道了。”

“那么小就学得逃学！逃学不碍事，你不愿念书，将来长大去当兵也成，但怎么就学得扯谎?”

父亲的声音，是在严肃中还和气到使我想抱到他摇，我想起我一肚子的巧辩却全无用处，又悔又恨我自己行为，尤其是他说到逃学并不算要紧，只扯谎是大罪，我还有一肚子的谎不用！我更伤心了。

“不准哭了，明白自己不对就去睡!”

在此时，在窗外的人，才接声说是为父亲磕头认错，出来吧。打我也许使我好受点。我若这一次挨一点打，从怕字上着想或者就不会再有第二次这样情形了。虽说父亲不打不骂这样一来我能慢慢想起在小小良心上更不安，但一个小孩子有悔过良心，同时也就有玩的良心；当想玩时则逃学，逃学玩够以后回家又再来悔过——从此起，我便用这方法度过我的学校生活了。

家中的关隘，虽已过，还有学校方面在。我在临睡以前私下许了一个愿，若果这一次的逃学能不为先生知道，则今天得来这匹小鸡到长大时我就拿它来敬神。大约神嫌这鸡太小了，长大也不是一时的事，第二天上学，是由奶娘伴送，到仓上见到先生以后，犹自喜全无破绽，呆一会，吴家两弟兄由其父亲送来，我晓得糟了。

我不敢去听吴老板同先生说得是什么话。到吴老板走去后，先生送客回来即把脸沉下，临时脸上变成打桐子的白露节天气。

“昨天那几个人逃学都给我站到这一边来！”

先生说，照先生吩咐，吴家两兄弟就愁眉愁眼站过去，另外一个虽不同我们在一块也因逃学为家中送来的小孩也就站过去。

“还有呀！”他装作不单是喊我，我这顺便认为并不是唤我，仍不动不声。

“你们为我记记昨天还有谁不来？”这话则更毒。先生说了以后就有学生指我，我用眼睛去瞪他，他就羞羞怯怯作狡猾的笑。

“我家中有事。”口上虽是这样说，脸上则又为我说的话作一反证，我恨我这脸皮薄到这样不济事。但我又立时记起昨晚上父亲说的逃学罪名比扯谎为轻，就身不由己的走到吴肖义的下手站着了。

“你也有分吗？”姨爹还在故意恶作剧呀。

我大胆的期期艾艾说是正如先生所说的一样。先生笑说好爽快。

照规矩法办，到我头上我总有方法。我又在打主意了。

先命大吴自己搬板凳过来，向孔夫子磕头，认了错，爬到板凳上，打！大吴打时喊，哭，闹，打完以后又逞值价作苦笑。

先生把大吴打完以后，就遣归原座，又发放另一个人。小吴在第三，先生的板子，轻得多，小吴虽然也喊着照例的喊，打十板，就算了。这样就轮到我的头上来了。板子刚上身，我就喊：——

“四姨呀！师母呀！打死人了！救！打死我了！”

救驾的原已在门背后，一跳就出来，板子为攫去。虽不打，我还是在喊。大家全笑了。先生本来没多气，这一来，倒真生气了。为四姨抢去的是一薄竹片子，先生乃把那梼木戒方捏着，扎实在我股上捶了十多下，使四姨要拦也拦不及。我痛极，就杀猪样乱挣狂嗥。本来设的好主意，想免打，因此倒挨了比别人还凶的板子，不是我所料得到的事！

到后我从小吴处，知道这次逃学是在场上给一个城里千总带兵察场见我们正在狗肉摊子上喝酒，回城告给我们两人的父亲，我就发誓愿说将来要在长成大人时约人把这千总打一顿出气。不消说这千总以后也没有为我们打过，城里千总就有五六个，连姓名我们还分不清楚这人是谁呀。

每日那种读死书，我真不能发现一丝一厘是一个健全活泼童子所需要的事。我要玩，却比吃饭睡觉似乎还重要。父亲虽说不读书并不要紧，比扯谎总罪小点，但是他并不是能让我读一天书玩耍一天的父亲！间十天八天，在头一天又把书读得很熟，因此邀二姐作保驾臣，到父亲处去，说，明天请爹让我玩一天吧，那成。君，间十天八天，我办得到吗？一个月中玩十五天读十五天书，我还以为不足。把一个月屯出三天来玩那我只好闷死了。天气既渐热，枇杷已黄熟，山上且多莓，到南华山去又可以爬到树上去饱吃樱桃，为了这天然欲望驱使，纵到后来家中学堂两边都以罚跪为惩治，我还是逃学！

因为同吴家兄弟逃学，我便学会劈甘蔗，认鸡种好坏，滚钱。同一个在河边开水碾子房的小子逃学，我又学会了钓鱼。同一个做小生意的人儿子逃学，我就把掷骰子呼吆喝六学会了。

这不算是学问么，君？这些知识直到如今我并不忘记，比《孟子·离娄》用处怎样？我读一年书，还当不到我那次逃学到赶场，饱看河边苗人坐的小船以及一些竹木筏子印象深。并且你那里能想到狗肉的味道？

也正因逃学不愿读书我就真如父亲在发现我第一次逃学时所说的话到五年后真当兵了。当兵对于我这性情并不坏。当了兵，我便得放纵的玩了。不过到如今，我是无学问的人，不拘到什么研究学术的机关去想念一点书，别人全不要，说是我没有资格，中学不毕业，无常识，无根柢，这就是我在应当读书时节没有机会受教育所吃的亏。为这事我也非常痛心，又无法说我这时是应当读书且想读书的一人，因为现在教育制度不是使想读书的人随便可读书，所以高深的学问就只好和我绝缘，这就算是我玩的坏的结果了。不应当读书时代为旧的制度强迫我读书，到自己觉悟要读书时新的制度又限制我把我除外；（以前不怕打，可逃学，这时则有些学问你纵有自学勇气，也不能在学校以外全懂。）我总好像同一切成规天然相反，我真为我命运莫名其妙了。

在另一个时我将同你说我的赌博。

——一个退伍的兵的自述之一——

十二月于北京窄而霉斋

本篇发表于1928年1月10日《小说月报》第19卷，第1号。署名沈从文。

①欠，方言。想念、挂牵之意。

老实人

一

“老实者，无用之别名！”

然而这年头儿人老实一点也好，因了老实可少遭许多天灾人祸。

人是不是应当凡事规规矩矩？这却很难说。

有人说，凡事容让过，这人便是缺少那人生顶重要的“生命力”，缺少这力人可就完了。

又有人说不。他说面子老实点，不算是无用。

话是全像很有理，分不清。

所谓生命力者充塞乎天地，此时在大学生中，倒像并不缺少啊。

看看住会馆或公寓的各省各地大学生，因点点小事，就随便可以抓到听差骂三五句从各人家乡带来的土制丑话，“妈拉巴”与“妈的”，“忘八”与“狗杂种”，各极方言文化之妙用，有机会时还可以几人围到一个可怜的下人饱揍一顿，试试文事以外的武备，这类人是并不缺少生命力的人！

在一个公寓中有一个“有用”的学生，则其他的人就有的是热闹可看。有些地方则这种有用学生总不止一个。或竟是一双，或三位，或两双，或更一大伙。遇到这类地方时，一个无用的人除了赶即搬家就只有怨自己的命运，这是感谢那生命力太强的人的厚赐！

为那些生命力太强的天才青年唱戏骂人吆喝喧天吵得书也读不成的原是平常事。有时的睡眠，还应叨这类天才（因为疲倦也有休息时）的光。

以我想，在大学生中，大家似乎全有一点儿懒病，是好的了。因了懒，也好让缺少生命力的平常人作一点应分的工作。所要的是口懒同手懒：因为口懒则省却半夜清晨无凭无故的大声喊唱“可怜我好一似”一类的戏，且可以使听差少挨一点冤枉骂。手懒则别人可以免去那听弹大正琴同听拉二胡的义务，能如己意安安静静读点书。

提倡——或鼓吹“懒”字，总不算一种大的罪过吧。

不要他们怎样老实，只是懒一点，也就是办不到的事！

还有那类人，见到你终日不声不息，担心你害病似的，知道你在作事看书时，就有意无意来不给你清静。那大约是明知道自己精神太好，行推己及人之恕道，来如此骚扰。

其实从这类小小事上也就可以看看目下国运了。

二

在寓中，正一面听着一个同寓乡亲弹得兵嘣有致的“一枝花”小调，一面写着自己对那类不老实的人物找一些适当赞语。听到电话铃子响，旋即我们的伙计就照老例到院中大声招呼。

“王先生，电话！”

“什么地方来的？”我也大声问。他不理。

那家伙，大约叫了我一声后已跑到厨房又吃完一个馒头了。

我就走到电话地方去。

“怎么啦！”

“怎么啦！”

“听得出是谁的声音么？”

互相来一个“怎么”，是同老友自宽君的暗号，还问我听得出是谁声音，真在同我开玩笑啊！

“说！”我说，“听得出，别闹了，多久不见近来可怎么啦！”

“有事不有事？”

我说：“我在作一点文章。关乎天才同常人的解释。”

“那我来，我正有的是好材料！”

“那就快！”

“很快的。”

把耳机挂上，走回到院中，忽然有一个人从一间房中大喊了一声伙计，吓了我一跳。这不知名的朋友，以为我就是伙计，向我干喝了一声，见我不应却又寂然下去了。

我心想：这多么威武！拿去当将军，在两边摆开队伍的阵上，来这么一声咤叱，不是足以吓破敌人的胆么!？

如今则只我当到锋头上，吓着了一下，但我因听惯了这吆喝，虽然在无意中仍然免不了一惊，也不使心跳多久，又觉得为这猛壮沉鸷的喝声可惜了。

自宽君既说就来，我回到房中时就呆着老等。

然而为他算着从东城地内到夹道，是早应到了。应到又不到，我就悔忘了问他是在什么地方打的电话。

我且故意为他设想，譬如这时是正为一个汽车撞倒到地上，汽车早已开了去，老友却头脸流着血在地上苦笑。又为他想是在板桥东碰见那姓马的女人，使他干为八曼君感着酸楚。

朋友自宽君，同我有许多地方原是一个脾气，我料得到当真不拘我们中谁个见到那女人时节，都会像见着如同曾和自己相好过那样心不受用。我们又都是不中用的人，在一起谈着那不中用的事实经验时，两人也似乎都差不多！

因为是等候着朋友的来，我就无聊无赖的去听隔壁人说话。

“那癫子！你不见他整天不出房门吗？”

“顶有趣，妈妈的昨天叫伙计：劳驾，打一盆水来！”

两人就互相交换着雅谑而大笑。我明白这是在讨论到我那对伙计劳驾的两字。因了这样两个字，就能引这两位白脸少年作一度狂笑，是我初料不到的奇事。同时我又想起“生命力”这一件东西来了。

……唉，只要莫拼命用大嗓子唱“我好比南来雁”，就把别人来取笑一下，也就很可以消磨这非用不可的“生命力”了。

呆一会，又听到有人在房中吆喝叫伙计，在院中响着脚步的却不闻答应，只低声半笑的说着“不是”，我知道是自宽君来了。

一进房门他就笑笑的说着：“哈，吓了我一跳，你们这位同院子大学生嗓子真大呀。”

“可不是，我听到你还答应他说不是呢。”

“不答应又像是对不住这一声响亮喉咙似的。”

“你这人，我才就想着有好多地方我们心情是差不多！我在接你电话回到院中也就给他吆喝了一声，我很为这一声抱歉咧。”

“哈哈。”

“哈哈。”

自宽君是依然老规矩的脸上含着笑就倒在我的一张旧藤靠椅上面了。

我有点脾气，也是自宽所有的，就是我最爱在朋友言语以外，思索朋友这一天未来我处以前的情形。从朋友身上我每每可以料到他是已作了些什么事。我有时且可以在心里猜出朋友近日生活是高兴还是失意。

在朋友说话以前所以我总不先即说话。谁说他也不是正在那里猜我呢。

“不要再发迷做福尔摩斯了，我这几日的生活，你猜一年也不会猜到！”朋友先说话。

从朋友话中，我猜出了一件事。这件事就是我猜出我朋友的话真有大意义，这意义总不离乎……不离乎穷也可以，不离乎病也可以，不离乎女人也可以，但是，他说猜一年也猜不到，我真不敢猜想了。

“我看你额上气色很好。我近来学会看相咧。”

“别小孩子了。你瞧我额上真有好气色么？”

其实我能看什么气色？朋友也知道我是说笑，就故意同我打哈哈，说可以详细看看。

详细的看我可看出朋友给我惊诧的情形来了。

在平常，自宽君的袖口颈部不会这样脏，如今则鼻孔内部全是黑色，且那耳，轮廓全是烟，呈黑色眉，也像粗浓了许多，一种憔悴落魄的神气，使我嚇然了。

朋友见我眼中呈惊诧模样，就微笑，扭着指节骨，发脆声。

他说："怎么，看出了什么了吗?"

我惨然的摇头了。我明白朋友必在最近真有一种极意外的苦恼了。"唉，"我说，"怎么这样子?是又病了么?"

"你瞧我这是病?你不才还说我气色蛮好吗?"朋友继着就又笑。

我看得出朋友这笑中有泪。我心觉得酸。

到这世界上，像我们这一类人，真算得一个人吗?把所有精力，竭到一种毫无希望的生活中去，一面让人去检选，一面让人去消遣，还有得准备那无数的轻蔑冷淡承受，以及无终期的给人利用。呼市侩作恩人，喊假名文化运动的人作同志，不得已自己工作安置到一种职业中去，他方面便成了一类家中有着良好生活的人辱骂为文丐的凭证。影响所及，复使一般无知识者亦以为卖钱的不算好文章。自己越努力则越容易得来轻视同妬嫉，每想到这些事情，总使人异样伤心。见一个稍为标致点女人，就每每不自觉有"若别人算人自己便应算猪狗"之感，为什么自视觉如此卑鄙?灵魂上伟大。这伟大，能摇动这一个时代的一个不拘男或女的心?这一个时代，谁要这美的或大的灵魂?有能因这工作的无助无望，稍稍加以无条件的同情么?

因此使人想起梦苇君的死，为什么就死得如此容易。果若是当时有一百块钱，能早入稍好的医院半月，也未必即不可救。果能筹两百块钱，早离开北京，也未必即把这病转凶。比一百再少一半是五十，当时有五十块钱，就决不会半个月内死于那三等病院中!这数目，在一个稍稍宽绰的人家，又是怎样不值!把"十"字，与"万"字相连缀，以此数挥霍于一优娼身上者，又何尝乏人。死去的梦苇，又那里能比稍好的人家一匹狗的命运？

努着力，作着口喊什么运动的名士大家所不屑真为的工作，血枯干到最后一滴，手木强，人僵硬，我们是完了。

从我们自己身上我们才相信，天下人也有就从做梦一件事上活着下来的。但在同类中，就有着那类连做梦也加以嘲诮的攻击的人，这种人在我们身旁左右就真不少！

朋友见我呆呆的在低头想事情，就岔我说是要一点东西吃。

为他取现成的梨子，因无刀，他就自己用口咬着梨的皮。

“你不是说你有材料吗？”

“你不是说你在作天才与常人的解释吗？先拿来我看，再谈它。”

把写就的题目给自宽君看，使他忍不住好笑。

“别发牢骚了，咱们真是不中用，不能怪人呀。”

“那你认为吵闹是必需的了？”

实则朋友比我更怕闹！然而他今天说是：“若果他有那种天才少吃不少苦楚了。”

关于这苦楚，朋友有了下面的话作解释。

三

“你以为我这几天上西山去了么？你是这样想便是你的错。

“我要你猜我这几日来究竟到了些什么地方去。这你猜是永久猜不到。一个人，正是自己也莫名其妙，会有骤然而来的机会，使人陷身到另一种情形中去的。天的巧妙安排真使人佩服，不是一种儿戏事！

“我为人捉到牢里去，坐了四天的牢。

“不要讶。讶什么？坐牢是怪事吗？像我这样的人又不接近什么政治的人坐牢当然是令人惊诧，尤其是你。但当到这个时代也不算一回什么事。不过这一次坐牢，使我自己也很奇怪起来了。

“这与‘老实’太有关。说到这里我要笑。你瞧我眼眶子，湿了么？然而我是真在笑。我一点没有悲愤。我从这事上看出一个人不能的方面永远是不能，即或天意安排得好好的一种幸福，但一到我们的头上结果却反而坏了。

“这话说得是长！说不完。你那里会想到我因了那一种事坐四天牢呢!?

“不过这真应说是我反正两面一个好经验。

“我伤心，不是为坐牢受苦伤心，那一点不苦。其中全是大学生，还有许多大学教授，我恨我不是因同他们作一起案件入狱，却全出于一种误会。

“要我坐牢的人还不知我是个什么人。若是知道我的姓名，那不知又是什么一种情形了。”

“说半天，我还是莫名其妙！到底是怎么回事？”

朋友说这急不得。有一天可说。说不完还有明天。

本来爱充侦探的我这一来可侦不出线索来了。我着急要想知道他为什么去到警察厅的拘留所住那四天，又想知他在拘留所时的情形。

韩秉谦变戏法儿，一点钟的时间倒有五十分钟说白，十分钟动手。我想朋友这时有许多地方也同韩秉谦差不多。

“我瞧你那急相。”朋友还在那里若无其事描觑我脸色。

我说：“请老哥爽快一点。”

“那话很长的，说不尽。不是一气说得尽的！”

“先说大体，像公文前面的摘由。”

“摘由就是我坐了四天班房，正是这适于坐牢的秋天！”

使我又好笑，又急。我要知道为什么事坐牢的，朋友偏不说。我说：“把那‘什么坐牢’一句话告了我吧。”

“为一个女人。”朋友说时又凄然的笑。

我又在这话上惑疑起来了。朋友为女人坐牢，这是什么话？难道是到街上见到一个标致女人就冒冒失失走拢去同人搭话，结果呢……？不相信。我想去想来，总不相信。朋友的话我相信，我可不相信朋友有为女人事情入狱的。还是请朋友急把原委告我。

这真像是一种传奇一种梦！

自宽君是那样的告我入狱坐牢的情形：为一个不相识的女人，这女人是他的一个……

四

天气今年算是很热了。在寓处，房中放一大块冰，这冰就像为热水浇着的融解，不到正午就全变成了一盆凉水，这水到下午，并且就温了。

在这样天气下头人是除了终日流着汗以外一事不作。要作也不能。不拘走到什么地方也一样。这样天气就是多数人的流汗少数人的享福天气！

但一交七月，阳历是八月，可好了。

天气已转秋以后，自宽君，无所事，像一只无家可归的狗一样，每日到北海去溜。到北海去溜，原是一些公子小姐的事！自宽君是去看这些公子小姐，也就忘了到那地方的勤。还有一件事，自宽君，看人还不是理由，他是去看书。

北海的图书馆阅览室中，每天照例有一个坐位上有近乎“革命家式”的平常人物，便是自宽君。衣服虽为丝织物，但又小又旧，已很容易使人疑心这是天桥的货色了。足下穿一双旧白布靴子，为泥为水渍成一种天然的不美观黄色。脸庞儿清瘦，虽干净却憔悴如三十岁的人。

把书看一阵，随意翻，从龟甲文字到一种最近出版的俗俚画报，全都看。看到阅览室中只剩自己一人时，自宽君，想起坐在室的中央的看守人，似乎不忍让他在那里为一个读者绊着不动，就含笑的把所取的书缴还，无善无恶的点着一个照例的头，出了图书馆大门。

出了图书馆，时间约五时，这时正是北海热闹的下午。人人打扮的如有喜事似的到这园中来互相展览给另外一人看，漪澜堂，充满了人声，充满了嘻笑，充满了圆头胖脸，充满了脂艳粉香，此外还充满了人的心中称叹轻视以及青年男女的诡计！

自宽君，无所谓的就到这些人的队里阵里来了。

看看这个又看看那个，微笑着，有着别人意想不到的趣味。

没一个熟人可以招呼一次，这在自宽君则尤其满意。有时无意中，却碰到那类到什么地方过一面两面的人，拖拖拉拉反而把自宽君窘住感到寂寞出来了。

有时他却一个人坐到众人来去的大土路旁木凳上，就看着这来去的男女为乐。每一个男女全能给他以一种幻想，从装饰同年龄貌上，感出这人回到家中时节的情形，且胡猜测日常命运所给这人的工作是一些什么。到这地方来的每一个游人，有一种不同的心情，不怕一对情侣也如此。一个大兵到北海来玩，具的是怎样一种兴趣？这从自宽君细细观察所得，就有一种极有趣味的报告。在这类情形下头，自宽君，来此的意义，简直是在这里作一统计分类工作了！

又有时，他却独自到幽僻无人的水边去看水，另是种心情。

然而来到北海的自宽君整个就是无聊！

自己不能玩，看人怎样的玩也是一件好事情。抱着单来看别人玩的心情的自宽君，一看下来是一个多月，天气更佳了。

天气好，真适宜于玩，人反而日见稀少，各式茶座生意也日益萧条下来，原来到这里玩的人就无一个会玩的人，到这来，看人以外就是让人看！自宽君，在先时，笑那些大兵，一到园里就到“天王庙”“小西天”一类地方去，如今却以为这些兵来此的见解倒比那些绅士老爷小姐少爷高明得多了。

人少了，在他是觉到一种寂寞，原无可讳的。不过人多也许寂寞还觉得深。人少一点则公园中所有的佳处全现出。在一些地方，譬如塔下头白石栏干，独自靠着望望天边的云，可以看不厌。又见到三三两两的人从另一处缓缓的脚步走过，又见到一两个人对着故宫若有深喟的瞧，又见到洒水的水夫，两人用膀子扛了水桶在寂静无人的宽土路中横行，又见到……全是诗！

在往日，湖中的船舶追逐来去，坐八人，或十人，吆喝喧天无休息，真损失了不少湖景的幽美。如今则一二白色小船，船上各有两个人，慢慢的在淡淡的略有余夏味儿的银色阳光中摇动，船上纵不一定是一男一女，那趣味也不会就不及一对情人的打桨。

到船坞附近去玩，看着那些泊着成一队，老老实实不动的小船，各样颜色自然的杂错，湖水作小波啮着船板，声音细碎像在说梦话，那又如何美丽！

说是人日益稀少下来，也并不是全无。不过人比大六月热天少了一点，北海从类乎游艺园的骚扰中脱出，在各处可以喝茶歇憩的地方，再见不到那些一群一党的怪模怪样人物罢了。

以前不敢在五龙亭吃东西的自宽君，却已大胆独自据了一张桌子用他的中饭晚饭了。因所吃的并不比普通馆子为贵，自宽君，便把上午十二点钟那一次返寓的午餐全改作在这地方来吃。

图书馆的例规是在正午又得休息两小时，这一种规矩当然极对，一面让馆员全体在一个桌子上一同来吃饭，一面也免得读书人太方便。因此自宽君，在吃午饭后，总是慢慢的在一条冷清的路上走，省得到了图书馆时还不能开门，又得站在外面像等换不兑现的钞票一样着急。

谁料得到在三十天内那一天有什么意外？

每天照着规矩去吃饭，每天情形差不多，只一天一天人越少下来。在自宽君意思中，北海是越美，就因为人少！

五

上星期六朋友又到那里去。一切全有例。不消说，钟到打十二下时，朋友已在那绕琼岛的夹道上走着了。因是礼拜六，人像多了点，兵也多。天气既是特别好，又有人可看，自宽君，心中有种说不出的痛快。

到了五龙亭，所有老地方为别人占去。一个素所认识的伙计，就来到面前解释了两句，把他安置在另一张桌边坐下了。

随意各处的流盼。这地方已恢复了一月以前的兴旺。几个伙计脸色也不像前几日晦气。亭中各个桌子上，茶盅的灰也都拭去了。亭中此时人虽并不多，可以断定的，是到下午三时就会非常热闹了。

一旁吃炒面，一旁望那在自己每天吃饭的桌子边的人，自宽君就似乎心中很受用。其实这两个人在自宽君一进门时也就望到了他。

这是两个学生模样的女人，发剪了以后就随意让它在头上蓬起似的耸得多高。自宽君，先是望到女人中一个的侧面，女人一回头，他把这女人的正面又看清楚了。不久另一个女人的脸也为自宽君看准，他就在这女人身上加以各样的幸福估价。

女人的美不是脸，不是身，不是眼，不是眉。某一部的美总不能给人以顶深印象。看这人的美不美，当去看这人的灵魂。但还不容易。这既非容易，那就只好看她的态度与行动去了。

一个二十四五的光身男子，对于女人的批评，容易持偏心，那是免不了的事。若说是“见到一匹水牛娘也觉得细眉细眼可爱”，则自宽君倒不会到这个地步。自宽君，把这两个女人看来看去总之已在心里觉得这女人是不坏了。

女人之中一个略胖略高，这更给朋友走向到佩服方面。

不拘到何等地方，看游艺会或看电影，在正文以外，去身前后左右发现那些喁喁说话，总是比台上戏文还更真实有趣。人人会觉得这类事的演述为更艺术底。（这当然除了那些一心一意来看跳足跳舞的人在外。）

只稍稍注意到那一方，于是就听到：

“谁不说这几天这里独好咧。”

“我是怕人多，像中央公园那样我真不敢去。”

……

显然是同调，更使自宽君觉得这话动听了。

于是又听到了一些关于两人学校中的平常趣话。

过了一阵中，一个似乎是要去到什么地方有事，听到同伙计要一点纸片，两人却一同起身。女人从自宽君身旁走过。为朋友设想，还是早早离开这里为妙了。候着别人的归来，也没有所谓益处，且早早离开，也省得给人发现自己是在注意她。看人虽不算罪过，但一面愣着双眼碌碌的对人全身攻击，一面且在心中造着非凡大罪孽，究不是一个老实人所应作的事！且看人家到使人察觉，这不艺术的行为，再糟也就没有了。他终于起身。

在女人那边桌上，原是遗下了伞同手帕以外还有两本书。来到北海图书馆看书，在自宽君看来，那是算顶合式的地方。但见人拿书到北海来或是坐到大路旁板凳上去看，则总觉有点装腔作势的嫌疑。纵自己是如何欢喜看这书，从别人看这情形，多少会疑到是故意！

如今这女人就有着书两本。自宽君，因见人还未来，就作为起身去望湖中景致模样，把眼溜到女人桌上去。这一来，使朋友心跳不已。情形的凑巧真无比这事更巧的了。这书不是别的，就是自宽君作的小说——《山楂》，再看，也一点不错，是《山楂》那一本书！恐怕书有同名吧，不。封面也不差，自己的书自己不会瞎眼吧。其他一本也是一个样，看那头上的绿字可以知道。这又是一种说不出的痛快心情。

照例在平时，把面吃完是白水嗽口，嗽完口就走。此时自宽君，却嗾泡一壶茶来，人是仍然坐下了。

天知道，这是一种什么因缘啊?!

把书印出来卖拿书铺版税，无论如何一版总有两千个读者，这两千未相识的朋友于自己总算是同情者了吧。然而这类读者虽从书的销数上可以断定是并不少，可是主顾俨然同自宽君本人是无关。是些什么人来看这书，他就常常想到也是一些空想。既无一个人从他手上来寄钱买这书，也不曾在书摊子边见到谁出钱买这书看，因此书摊出版以后，除了用着各样柔软言语请求书铺老板早为结账外，读者却全不问了。如今却见到这样两个青年女人拿着这书，且这人又是那么样清雅秀丽，不能不使人在心中生一种感激，以及由感激中生出一点无害于事的分外乐观！

重复坐下来的自宽君，就是要等这女人回来。他愿意用一种方法使这女人明白在对面隔一张桌子坐的就是所看新书的作者，可是找不出这自己表现的方法。自己既不能像唱戏那么先报上名来，从别的事上又总觉不很合式。在中国此时，男子除了涎了脸皮跟着荡妇身后追逐外，男女间根本上就缺少那合宜的认识习惯。想认识一个陌生女人，除了照样极无礼貌外，就没有法子可设。

在自宽君也并非定要这女人知道自己不可，因为一个读者也初无必得认识一书作者的义务。不过他以为若果是这书曾给了以这女人小小欢喜，那让她知道这给她欢喜的人，就坐在五尺内外，究竟是一件两有裨益的事！

又想起，到这世界上来得着许多非量所能担受的骂名误解，为人当着活奴隶，一副机械样子的生活下来，不图还有这样的人来看这书，又未免伤心眼红。就是这样的人拿着这本书一天，就不必去看内容，也就算是有了懂过自己的人，自己是那在工作着有意义的工作的人了。看到这女人把这书中的不拘某一篇从头阅览到结果，那所得的愉快将比这书能为书局印行还更值欣庆。唉，女人，女人这名词，同一个无用的在作文章为生活的穷人，真隔得是有多远！女人为甚生来要"高贵"这类名词作装饰？就是为得女人以外有我们这类人在！

决心等着的自宽君，想到一切只差要哭出声来。心中只酸酸的如刚吃过一肚子杨梅一样。当然不到五分钟这两个女人回到坐位上来了，自宽君又忍痛想索性走了到别处去好。但是走不动。一种不可解释的吸力，从那边过来，吸住了他动弹不得。这吸力，也可以说是在这边，吸着了对面的人，不然别人动身他就不应当跟到又走！

"瞧呵，这下流。"谁不以为在一个青年女人身后有意无意的跟随为可笑可耻呢！？但谁又能否认这是这个时代同女人认识其次的一种好方法？

别人走到九龙碑，九龙碑左右有自宽君在。别人走到北海董事会里去，那里又可以见到自宽君的寒伧脸子。

久而久之像是这也给女人中那个略稚小的觉到了。这两人不在董事会久呆，就又转入濠濮间。

自宽君，怎么样？自己为自己算计。是转身到图书馆去陪那位阅览室管理人坐冷板凳极宜于自己。且到了那里就可以大白日下睁起眼睛作着好梦，用眼前的事实作梦的影子，在这事实表格空处填上那自己所希望的一切好处，不失一个稳健可靠无用畏怯脸红的法子。上策不取取中策，是全放下不去想，少胡思乱想则也少烦恼。

放下自然是放下，难道不放下到耽一会儿别人出了园门还跟人到学校不成？不过眼前要放也不能，真为这受窘！还有下策者，是仍然跟着下来，这地方是人人可以自由走动的地方，高兴到什么地方玩就来玩，别人可以走的我照例也可以走，实在要分手，就在莫可奈何情形下，看着她走去。下策亦不算顶坏！

独采取这下策，这就是坐牢的因！

先是怕别人察觉，以为在察觉了略露着不和气的脸色以后，就归一伏法避开，那结果也成“挨而不伤”。谁知到人察觉后，颜色不如他所预拟的难看，“软泥巴插棍，越插便越进”，胆子更大心情也就更乐观，就又继续跟着下来了。

女人匆匆的从濠濮间东边南门走向船坞去，自宽君，小窃一样在后面二十步左右送着，露着又腼腆又可怜的神气。女人一回头，就十二分忸怩，担心别人在疑他笑他。

在女人方面，也许以为在身后为一习见之穷学生，虽有意跟在后面，总不会用比跟在身后行走更可怜的方法扰闹。也无妨于游玩兴味吧。

到了船坞码头边，见有两个人在撑一只船离开码头，把水搅得起小浪。

女人似乎有意避开自宽君。两人悄悄商量了一阵，到近水处石头上，坐下了。

又有三个人来到码头边取船。一个较年青的太太，望望这女人，又望望痴痴愣愣站在太阳下的自宽君，就同她的同伴一个小官僚样子的中年汉子，低声半羡半怪似的议论，不消说是这妇人已把自宽君并成同另外两个女人是一块同行的人了。本来在踌躇着是“走与坐下”之间不能一定的是自宽君，见有人对他下了议论，就决定拣一块石头休息，决定要在今天作一点足以给他日自己内惭的事了。

坐船之人把船撑出坞就上船去了，码头上大柳树下纵横剩了些新作或捞起修理的船只，以及几个管船人。此外游人是自宽君与其他女人两位。

……望不得那边，再望别人就会走去了。

打量虽是打量着，但仍免不了偷偷瞧她们是在作些什么。在那一边也似乎明白这边人眼睛是不忠厚。然而却并不想走，且在那石头上把书翻开各人一本的看着。

设若自宽君，身上穿得华丽不相称，是白脸，是顶光致的头发，又是极时髦的态度，则女人怯于这新时代青年，怕麻烦走去，也是意中事。如今在女人眼中的他，就像从模样上也看得出不是那些专以追逐女子为乐的浪子——说“不像”还不切实，简直还可说不配。自宽君又何尝不是了然自己是在体态上有着不配追女人的样子才敢坐下来的？

因为别人是在看自己所作的书，自宽君的心中只是为一些幸福小泡沫在涌。在十步以内，就是那所谓极忠实的读者，且这读者的模样，又如何动人！

这里我们不能禁止自宽君在心中幻想些什么。假若在这情形下，联想到他将来自己有一个妻也能如此的专心一志看他所作的小说，是算可以原谅的奢侈遐想！假若就把这在现时低了头，诚心在读他小说的人，幻想作他将来的妻，或将来的友，也是事实所许可的！再，假若他所想的是眼前就有这么两个的友人，怎么样？假若有，自宽君将不知道要怎样了。这切于实际的梦，就不是一个落托光身汉子自宽君所敢作的梦！

然而这可以想些什么？他想听听这两个读者的天真坦白持中的批评。自宽君想把女人作一面镜子，看看这镜子所反应出来的他小说内容合不合于女子心理分析成功失败的影子。

六

就只消遣的看看，看完了，把书便丢开，合意则按照脾气习惯笑笑，这类女读者，自宽君不是不见过。又或者，连看也不曾看，为应酬起见，遇于广众中，也顺便惠而不费夸赞两句，抓搔不着痒处的话语，如那个去拜访法朗士的某太太一样，这样女读者也见过。

如今不是这人了。他相信，正因为对方人不知在十步以外坐的便是于书有关系的人，则只要她们谈话谈到这书上去，总有极可贵的见解！一种无机心的褒贬只在眼前即可以听到，自宽君衷心的感谢着今天命运所能给他的机会。

他算到这女人每一句话每一个字都可以作一种教训。凡是从这样人口里出来的话语，决无有那空泛的意思。假若这无心的批评却偏向于同情这边，那自宽君会癫。

干急是无用的事。女人就决料不到身旁有个人在待候处置。然而呆着话来了。

“听四姐说及，我不信，嘻，当真的，——你瞧第几篇？”

“是说什么地方请他去讲演，又为这些人在无意中把他赶去。”

“第几？”

“四十八页。”

听到两个人说到自己头上来，又所说的独独是《山楂》书上一篇全是牢骚的顶短的小说，自宽君几几乎不能自持到这边答起话来。他想说：“还有那九十一页上的可以看！”

这又归到他的旧日主张上来了。朋友曾说过：一个十全的地道呆子，容易处置一切眼前事情。一个平常人，却反而有时发迷，不知如何应付为好了。

自宽君将怎样来搀入这讨论？他先以为听听别人的批评，是顶幸福事。这时又想不单是听读者的意见为重要，且自以为在一个读者面前还有指示她省却选择精神专读某篇的义务。这义务缺少那认为较好的机会来尽，就非常使自宽君痛苦。

顶幼稚到顶高明的自介给这女人的方法，他想出一串，可是一个全不能实用。设若是会场，是戏院，是学校，就容易多了。可是这样的地方，顶容易使人误会，一开口，一举足，就不是自宽君敢大胆无畏试试的！

接着在女人方面，其中一个又格格的笑，说：不知是谁说，“妙极了。这比许多翻译还要好。一种朴素的忧郁，同到一种文字组织的美丽，可以看得出这人并不会像自己说的那样不可爱。”

“先听密司张道她的一个同学和他是同乡，且曾见到过，是长身瘦个儿的人。……周二先生你是会过？”

“怎么不？我听他讲希腊的诗。……”

“还有一个姓冯的，文字也非常美，据说学周二先生。”

“在文字上面讲求美，是创造社人骂的。不过我看我是主重视这美。两种都重要。也不是有了内容就不必修词。”

“是吗！那这本书真合了你两个条件了。”

“……我又不是批评家。”

“但你看得多。说，那几个好？”

“我欢喜鲁迅。欢喜周二先生。欢喜……在年青人中那作竹林故事的文字就很美。还有这本书，我看也非常之好。”

“……真是批评家了。哈，……”

……偷听别人谈话以后又去偷看，才知道说欢喜的就是那大一点儿的女人。

女人的说话，每一个字都有一对翅膀同一根尖针，都像对准了他胸口扎过来。心为这些话语在心腔子里跳着。血是只在身上涌。自宽君又疑心这不过是自己一种幻觉，其实别人或许并不曾说过一句话。

天下事，正难说，在这种情形下头，自宽君若并不缺少那见机的聪明，急急走开这地方，故事也就结束了。若有另一种把握，人不走，就站起来采取一个戏剧中小丑行径，到女人面前站定，用手指到自己的鼻子，说，对不起得很，鄙人就是某某呀。那谁能知道此后会成什么局面？

在一种动的情势下虽一瞬间亦可成为祸福哀乐的分野，但不动，保持到原状，则时间在足下偷偷溜着跑着于一切仍无关系！

船坞边，时间是正无所拘束的一分一分过去，看书的人仍然一旁看着一旁来谈论，无可如何的自宽君也仍然是无可如何的呆！

那边无意之间把自宽君的名字挂在嘴角抛来抛去，自宽君的身子也像在为这女人抛来抛去。毒的东西能使人醉瘫，也没有比这事更使自宽君感觉到中毒一样的苦了。

难道自己就不明白怎样设法避开这苦楚？不是不想到。就是苦，也是非常不容易得受的苦。拿一面为人“忘却不理”，一面为人“念着憎恨”比较，自宽君所取的就毫不迟疑说是要后面一种。如今则不尽只世界上人并不把他忘却，且口角上挂着自己的名字的又是这样年青好女人，这苦且愿无终期的忍受下去了。

远远陪到别人坐下行其所谓“尽人事而听天命”的主义，是自宽君唯能采取的唯一主义！

在心中，对于情形变更后，也想着那靠天吃饭的计划了。女人走，就是跟着下来。女人出了门，就念着那句“由他去吧”的诗，再返到图书馆去消磨这消磨不完的下午。

这一种精神算真难得，许多无用的人就用了这种精神把自己永远陷到一种极糟糕的地位上！

倘若这时一个熟人从南边路上过来，他便得了救。不幸是在自宽君也盼着是有个熟人来救他以前女人起了身，这一行人仍是三个！

七

走到船坞尽处将转过大道，他与一个李逵一点不差，竟赶上前去拦阻到那路。要说什么似的不即说，吹着大的气。

“先生，——?”那大一点的女子，似早已料到这一着，有把握的问究竟是怎么回事，那笑着微带怒容的神色，使自宽君将所预想的一贯美妙辞令全忘去。为这半若讥讽半若可怜的问话，路劫的人倒把脸弄得绯红了。

呆着不知说什么的自宽君，见女人想从坡上翻过去，就忙结结巴巴的说出想要同她说两句话的意思。

“有什么说的？请说吧。”女人受窘不过似的轻轻的说着，就又停顿脚步下来，两个女人且互相交换那憎着的微笑。

“我想知道你们的姓名，不是坏意思。”

这种话，在自宽君自以为是对一个上流陌生女子最诚实得体的话了。这书呆子在他作的文章上，却并不缺少那隽妙言辞，实际上，所有同面生的女人可说的话，真没有说得比这再失体的了。

小一点的女人听到这话就脸红。大一点的却仍然不改常态的笑着说：

“先生，为什么定要知道我姓名？我们是无认识的必要，礼貌在新的年青人中也不是可少的东西。”

“我知道，但我……”

说但我什么？就没有说的！别人问他为什么定要知道姓名，就说不出口。又听到女人说礼貌在新的年青人中也不是可少的东西，就临时发觉自己莽莽撞撞拦阻别人的行动的过失，自宽君，真不知要怎样跳下这虎背了。

于是他又说：——

“是明白这不应当，不过并无其他的恶意。”

女人见尽在“恶意”上解释，又明明见到这与其说是“恶意”不如说是“傻意”的情形！就忍不住笑。

“我们今天真对不住你，不能同你先生多谈。但若是要钱，说要多少，这里可以拿一点去。”

那小的见到同伴说送钱，就去掏手袋子中的角子。

“不是，不是，你莫在我衣衫上误会了我！我想你们一定愿意抽出你们空暇时间咱们来谈几分钟的。我想你们对于认识我总不会不感到高兴。我们可以到那旧地方去坐一下。我不是流氓，你手中的东西就可以作我的保证。”他指到女人手上的书。

两个女人看自己手上只是一个钱袋子，一把伞，两本书（书，就是书！），可是听到这不伦不类的话，凛然若有所悟认定站在对面的人是疯子，怕起来，把先前的客气礼貌以及和蔼颜色全消灭于一瞬间，骤然回头跑去了。

人是真疯了。他赶去，又追出前面拦到两人。

“你不要装成疯疯癫癫，这地方有人会来，先生，这样的行为于你很不利，一个人应当知道自重，同时还记到尊重别人。”

自宽君，在心里算计，“这样行为于自己是自重？这样行为是尊重别人？是我故意装成疯子？这样为人见到把我又怎样？……”

他见到那大一点的女人，在生气中复保存那骄傲尊严的自信，因而还露那鄙夷笑容在嘴角，就非常伤心。

“你们把我误会了。”他现着可怜的自卑的神气说，“我要求你们谈一谈话，也许可以从两分钟的谈话上面互相会成好朋友。请小姐不要那样生气，也不要那样的鄙视人，一个人相貌拙鲁一点，衣服破旧一点，也不是他的愿意。我们常常可以从丑样子的人中找出好心肠以及美丽灵魂来，在一本小说上面不是有人说过么?”

说了这一篇话的自宽君，就定目去望那女人的脸上颜色。自以为这一篇文章可非常巧妙的把自己内心表示给这女人了。

女人意似稍稍恢复第一次镇定了。但自宽君苦心孤诣在刚才所说的话上引出自己的书上的名句来，可是这时女人却无论如何也料不到其中意思!

自宽君，为什么又不爽快的说出自己的名?此中在他犹有别一种计划在。他以为，照此一来或许反而僵，纵不僵，女人若是稍多经验的人也会始终把自己瞧不起!世界上，有急于自介大声说自己为某某的么?若是有，这人纵算是名人，其呆子脾气，也就不次于他的世誉!自宽君实想在谈话以后再说出自己便是某某，因此一来则所给予女人欣悦的分量，必能将因冒失鲁莽拦人的嫌恶分量乘除还有余。谁知女人就因不放心面前人的言语，仍然想亟亟离开这个地方。

女人在一种讨厌的搅扰中，总不失去那蕴藉微哂的神态，就因此使自宽君益发以为自己姓名不应在未安定坐着以前说出来。

自宽君，见女人已不即于要从自己包围中逃出，想怎样来一说就更使女人认出自己是与浪子全异的人物，就绕圈子说是这里图书馆曾到过不?

说“到过”。是小一点的女人勉强应付似的说。

既到过，那又有话了。“是常到不是?”

说“并不常到”。是大的女人勉强应付似的说。

“那我可常到”。自宽君，以为“同到秀才讲书，同到屠户讲猪”是讲话妙诀，就又接到说这图书馆中的利弊。

三人是两人朝西一人朝东对面站在那斜坡上谈。有过路的人，不知道也许以为原是在一块的熟人，谁都不去注意了。

“你们是在什么地方上课？我愿意知道，如同愿意知道我顶熟顶尊敬的朋友一样。”

“先生，又来了！先生要谈的话就是这些么？我们实在对不起，少陪了，改日有机会再来请教。”大的携着小的那女人的手，朝对面直冲过去，自宽君稍让，女人翻越过那斜小坡走到大路上去了。

谁教他还随到翻过这土堆去？是坐牢的命！

刚一到大路的自宽君，还想追上女人去，不顾旁边是什么，一举步便为一黄色物挡住。头抬起的结果是把面前的东西认清楚了。自宽君只差惊诧得大喊，一个警察官模样的高个儿汉子，就立在身边。悄悄的又若无其事的看警察的脸。看到警察的脸的难看样子，自宽就明白，自己的事全给这家伙所知道了。

然而以为一走也许就自然走去，就重新若无其事的提步向侧面小路上走。

“走到那儿去？”一只有力的手擒着了自宽君膀子，“我看您这人真有点儿歪劲。干吗到这里来捣乱？”

“是捣乱吗，警官先生？”

“不捣乱，干吗跟到别人走还不够再又来拦人行动？”

自宽君心想：“那干吗你又跟到我走，阻拦我行动？”想是想，可不说。因这官家人对自己似乎也不会怎么下不去，他就引咎似的笑一笑，且临时记起女人才说的青年人也须要礼貌的话来，便向后斜退，对警察官把帽甩起扬一扬，点头溜走了。

回头望那警官还露着一个不高兴的脸相站在路旁边不走，自宽君，深怕迟了情形又变卦，就大步往前。

女人已经不知到什么地方去了。

他把“捣乱”两个字，细细在路上咀嚼，又不禁哑然失笑。他无可不可的原谅了警察对他的误会。他不能在警察耳边一五一十把这女人于自己是如何关系相告，警察执行他的职务，亦为所应为！

命运戏弄人的地方总不会适可而止。这时大约图书馆早已开门，要去也是时候了，他就过桥从东边塔下山路走去。他又不即到图书馆，一直上，上到大白塔脚还翻过亭子上去望全京城烟树，全是绿荫的北京城真太伟大了，而这美又正是一种萧条的沉静的美，合乎自宽君认为美的条款，为留恋这光景，以及在这光景下来玩味眼前所遭逢的奇遇，自宽君耽在那亭子上就不动了。

爱人，或者友人，或者女人，……各式各样的名词，在他心上合成一堆杂无章次的东西。为什么定要想这些无关于自己的事？在自宽君心上，根本就无所谓自己的事在。把每一类人每一个人的生活，收缩到心头，在这观察所及的生活上加以同情与注意，便是自宽君的日常工作！

有种人，善于抽象为一切冒险行为，在自己脑中，常常摹拟那另一时代的战士勇迈情形，亦以为这是自己所不难的事，且勇于自信。但一到敌人在眼前时，全完了，自宽君就类乎这种人物。在通常日子，为了一种欲望驱使，作着各式各样大胆的恋爱的梦，以为凡在过去所失败的是缺于机遇，非必因怯弱不前而塌台。然而瞧，如今怎样？一个长于在自己脑中摹演戏剧的，一上台就手忙脚乱了。一切的戏原就是为那类单止口上有戏的人所演！

他想这次可得了一个证明：证明了事实同理想完全两样。纵事实能按到理想的布置显现于眼前，可是在理想中所拟的英雄装扮到事实里便是傻东西。

自己傻憨的成分，不必对镜子去看，适间那一个大一点的女人脸上就为明白告他了。

天的东南角上，一些淡灰色的云，镶着银色的窄边，在缓缓移动。天顶蓝得像海，海又似乎不及它的深和明。偏东的近于天脚下的地方，蓝色又渐浅，像洗过下水太多的旧蓝竹布色。这样的天覆盖着的是一个深绿色北京城，在绿色中时时露出些浅灰色屋脊，从这些建筑物的顶脊上就可以分出街道，有时还可以从声音上辨识那街道上汽车电车的行动，新秋的北京，正是一年四季顶美的北京！

在自宽君左右比他站的地位似乎还略较低的，是柏树榆树的枝。这枝子上叶底缀着不知数目的蝉类，比乡下塾馆中村童温书还吵闹得凶。这是蝉的“生命力”！再过一个月，这地方，会忽然就寂寞了。想起以后不久的寂寞，蝉的嘈杂又像并不很讨人厌恶，反而觉得拚命的叫嚷为可怜。

坏的阴郁寒怆冬月天气，容易使人对生活抱不可治疗的悲观。但佳景良辰能使一个落寞孤身中年人更感到人生无意义。

望望那云，云是正在那里变化着。云之所以美，就在善于变幻那一端。人的生活何尝不如是？自宽君自视是正有着那极好的机会可变，却为一种笨拙行为把这机会让过，如今则又俨然度着那无所依傍的生活来了。从适间的无所措手足的行为上自己又颖然悟到了这世界真已不是自己所合栖身的世界，希望乃下沉向一个无底的黑谷堕去。

这并不是今日事情的结束，还只是起头。

转身从塔西下去的自宽君，还未曾下完亭子石磴，听到一种极熟习的笑语。把身子略向后靠则下面走过的人不会知道亭上有人在。

是谁？听她们说话自然知道。

"我早就料到，这人必是一心一意要跟着下来的。我估量他纵是有意同我们打麻烦也不敢有什么凶狠举动。"

另一个，就更说的声音促，说，"我只怕是个颠子，遇到颠子人真少办法。"

"神经病总是有，不然为什么说我们同他谈话就会认他为朋友？如今的男子也怪不得，我们学校什么鬼男生作不出？我早看熟了。"

"……我记不起是谁还写过一篇小说谈到这事，莫非这就是那说为女人瞧不起的——"

来的人，原不想到亭子上先有人在，正想绕着上亭子来望故宫，一面说，一面走，转了一个弯，斗然见着自宽君颜色灰败倚立在六尺内外墙下，吓得一倒退。说话的是那小一点女人，见了自宽君就怔愕红脸，忙另向那大的同伴说："这里有人不必上去。"回身就走西边山路过去。

心中为一股酸楚逼迫，失了自己的清明意志，自宽君忽然发痴似的向女人所走的山路追去。

八

怎么样就入狱，这要知道么？

追上了女人，正如以前一次一样的蹩扭着时，头一次那警官也追到自宽君了。他赶上了他时就站在他同那女人中间空处，心里总以为正是在尽一种职务。样子愤愤的，说：

“你这人真不是朋友！又在这儿胡闹啦，咱们俩到那边谈谈去吧。”

说不去，那变脸过来，用着那铁打的手来擒着膀子，是在愤怒下的警官办得到的事。

无用的自宽君可茫然了。低了头，在说不出口的悲愤中设计。

听到警官说：“请两个先生不要再在这儿耽，恐怕还有其他的疯子。”自宽君就抬头去望这两个女人。

在女人也正望到这边的人。女人眼中是露着一种又是惋惜又是惊诧又是快活的神气。两人似在商量一种计划，细细碎碎谈着话，像是想代为自宽君向警官说句情，那大的就走向警官。正说着，然而从大西边来了一群游人，那小点的女人却拖着大点女人的手赶忙走去了。

官司是在这样情形下就不得不打了。

他让这警官把他带到园中派出所，一间小三间瓦房，房中两个土炕，就坐到四盆夹竹桃间一句话不说，泪在眼眶子里酿成一个湖。

这还说什么？现眼的人证俱全，在众人游憩的公园中，麻烦不相识的青年女人，法律就是为这类不可补救的误解而设的！

感谢这警官办事认真，拥护国家的法令，知所以尽职，立时就打电话到区里请署长的示。

在没有到这派出所时，自宽君就决于一话不答坐牢认罚了。为了同到一切弱者分途领受这法律尊严，每一个青年人就似乎都应找寻一点小小机会去尝尝我们国家为平常人民设置的合理待遇。若人人都以坐牢为不相宜，则国家特为制止青年人的思想进步而苦心设置的一切刑罚以及侦缉机关就算白费一番心了。牢狱若果单为真应坐牢的国家罪人设的，那牢狱中设备就得比普通衙门讲究，同时衙门的设立倒是无须乎再有了。

为什么人应胡胡涂涂在法律下送命？这在神圣法典上就有明白

透彻的解释。其不具于各式各样法规者，那只应说为什么人就那么无用，杀一次就死。法律不负杀人的责任，也就像这责任不应该使枪刀担负一个样。刀枪的快利，在精致雅观一事上也未尝无意义，但让一个强梁的人拿着刀把，则就只能怪人生有长的细的颈项了。

因了法律使人怎样的来在生活下学会作伪，也像因了公寓中的伙计专偷煤使住客学会许多小心眼一样。

中国人的聪明伶俐善于抓搔捉摩何尝不是在一种教训下养成的？

自宽君，听到那小警官在电话间述说着今日执行职务的话语，婉约而又极详细，心想着，这块材料一世也只好在这职位上面终老了。

在上灯时分，用两个法警作伴，自宽君已从区里转到警厅拘留所外了。在管狱员的监视下他给两个便衣人全身搜索，除了把袋中所有七块纸币以及一些零钱掏去代为保存外，互相无一话可说，随即就如所吩咐暂留在待质所候办。

把人从待质所又移到优待室来，大约因了学生模样吧。

将怎样发落？不得知。就是那么坐下来，一年或一月，执行法律的人就可以随早晚兴趣不同而随便定下。

在同一屋子内的人无一个脸熟，然而全年青的学生。这之间，就有着那可以把头割下来示众的青年人吧。这之间，就没有比自己更抱屈的汉子么？

来到此间以后的自宽君，却把以前所有的入狱悲愤消尽，默想到这意外遭逢黯然微笑了。

进到屋中时，不少的眼睛，就都飞过来。眼睛有大小，可是初无善恶分别。心想到，得了这坐牢经验，也许在将来作文章赞美这国家制度有所着手吧。

屋顶一盏灯，高高的悬起。三个大土炕，炕各睡十二个人，人各一床被，房中另外两张大桌子，似乎是吃饭所用，初初所得的印象如斯而已。

既不能说话，又无话可说，就也去细看别的同难中人。

自己居然也有资格坐起牢来，自然是自宽君在早上所料不到的事！然而，为什么定要来麻烦这官家人？明明知道这几月来为了担心年青人在外面作噩梦，维持地方的人就已抓了不少年青人来到牢里管束，忙得不开交。……于是又觉得自己是趁热闹为不很应该了。

设若法官在堂上，讯问起来又将如何分辩？应想到。

就不说话也许更好。牢中并不会比外面容易招感冒。在此又可以省去每月伙食。且……然而为这胡涂坐一年拘留所会为那女人所知道么？就是这个时节在这里的情形朋友中又有谁知道么？

…………

莫名其妙在就寝时自宽君却哭了。

到第四天时，他从管狱员手中，领回所有的存款，大摇大摆出了警察厅。

为什么在四天以后连审讯也不曾正式审讯过一次，又即松松快快为人赶出牢外？这全只有天知道。

九

在自宽君的经过上使我想每日也到北海去。坐牢时候也许比在寓中可以清静许多了。

当自宽君说到出了狱时隔壁有人正在唱马前泼水。

十六年冬于北京——某夹道

本篇发表于 1927 年 12 月 7 ~ 10 日，12 ~ 17 日《晨报副刊》第 2144 ~ 2147 号，第 2149 ~ 2154 号。署名张戬。

一件心的罪孽

人生的关系是怎样成立？怪。

没有痕迹，没有线索，也没有一定方向，是友谊的神秘。友谊不是神秘，是……说是胡撞胡碰这事情得了。

还有那比友谊更缥缈的事在，算神秘吧。

学过三年心理学的人，也许在这些事上可以找出那更科学的解释，如像我举的神秘两字。我们靠“注意”认识了世界，但注意又像烟，那无依无傍的袅着的烟。注意是烟的存在，但烟的消失与行动，简直还是莫名其妙！看到烟，我想起在我心中所起的波了。为一些小小事情，忽而搅起轻微的烦恼同愁郁，又继着妒嫉，殿之以自伤。这事有时是当之无所动于心，有时则相异。本已觉得为熄灭后冷灰，何以在一种小小风的下面又燃起？是我这凡人找不到自解的事了。大风大浪的突来，平常的小小的风波，使你心不得不随着摇，使你轻轻颠簸一阵又在你料不到的当儿就平静，我对于这不安定的心更捉不着那鹄的了。

望到烟，我就奇怪我心上的烟！

刺在心上微微作痛的命运，似乎还有许多未来的终不可免。也许每一个人都有这永远缠缚，纵在他的幸福恣肆享受下面掩不了那为烟逗起的怅惘。这义务，最能容易使我们担负上身的怕没有比“美”这一字的接触了。一切的美都能在各人心上揎起很小的涟漪，惟有人，美的女人更有力。

我不明白我这心的构造是与一般人有怎样的不同，为女人，我的美的反应给我已经有过不知多少次数不受用的情形了。

也不是爱。不是憎。一种美的模型在我眼睛下，一种美的印象在我回忆上，都能使我麻，都能使我醉。在梦中，遇到一种美的情境直到醒来一天两天仍然保留我那难于捉摸的来去甜苦。听人说，吸鸦片者过瘾时节常有一种说不出的味，吃烧酒者到微醺时能把一个人性格全变：这两种易人灵魂均衡的方法，我不能去试。不拘何种美的型，美的光与影；在我心上反应时，我想我就全变了。

一年以前听到八曼君说在他大学里，有美的女人。问他是不是会做诗那个福建女人？说不是。

“但是，”八曼说，“我同你说，仍然是福建人呢。”

福建人比江浙人还美。这是八曼在他读书的圣恩大学中观察所得的结论。把这结论问其他大学朋友，全准不得账。但圣恩大学，却是实在的情形。我从其他友人口中也得到与八曼相符的议论，蛮多呢。人美一点难道算是坏事吗？纵天生有些子缺陷，藉了各样的帮助，把丑处掩去，难道也算坏事吗？天生一个女人她的最大的义务，就只是把身体收拾得很美。一定要像一个落托莽男子汉对世界算是最大损失。有人说：这个时代应把女子放出同男子在一块担负一切足以损坏女子固有的美的事业，我奇怪这话的原起。破坏美，拿来换女子不应受的劳顿，我看不出这算现代女子的需要。男子也不要这个。女人同男子，生理上的不同正应直接影响于生活事业，有些地方男子是主人，有些地方女子是主人；他们她们互相各在不同一点上作对方奴隶；是天然。说人应平等，以前女子是奴性，为压迫而成，一定要她到世界上担负一个男子的工作，这类人，多忽于从其他生物的比较。捉一匹蜂子，可以攻破这平等的呼声。我们人，在没有能如同蚜虫一身具有雌雄两性前，强女子以形势上站在一个地方去作工吃饭，结果损失还不说，即如所希望的达到也很难！

我们四川人，湖南人，方且竞以解放于家庭中搀入社会为荣幸，美的损失真难于去计量。攻击一个社会制度的溃败，完成政治革命的工作，要女人帮忙，是一定女人在这事上有一种义务，也明白。但所要的是力量。不定要把服饰改成一体便算尽了力。且所尽的力，在一个女子本身上也可找得出，也不一定要一同去打仗才算帮过忙。把人情的优美性去摧毁，换取工作的早日完成，即如能如革命者所希望女子在实力上也能负一半责任去打仗作工，到完成以后，从一种人类固有生理差别的弹性伸缩，行见这类女子过三五代后，仍得好好坐到家中去作生儿育女的中心工作！女子与男子，这差别，在工作上应如同天上日头与月亮一样；一同有着所谓光：日的光，足以供生物改造，月的光，就只能看！从女子身上，我们可以得一种从月光下面得来的诗兴，这种美，毁灭多可惜！为这美的存在，我在有形无形许多主张上面认为女子收拾比所谓口头觉悟还重要，八曼君，首肯而腹非。然听到他说及这人很美时，就只是说着，他心上为这美的煽动也比他唱的女人解放还容易兴奋，为我看出了。

我当时就对到他的话头说："老朋友，那你仍然赞成女人要美了！"八曼没话说，是点头。

朋友八曼随即还说这美的女人是同他在一个班上课，可以为我找出好多机会去看她。看女人，在我是把来同看画看字看风景一般。欣赏那从别的事物本体找不出的美；欢喜看女人，又是朋友知道的，于是约下分开了。

听到不止一个朋友说到这女人，且从各人巧拙不等的模拟中略略把这个女人身体性格范出个轮廓，也觉得这女人是真美。因为美，在心中，便起过小波，起过连自己也不能注意到的轻微烦恼。

八曼君，虽说过，仍然也不曾指点过我望过这女人一次。八曼君，终于毕了业走了。

不知如何原故这女人在心中便不能忘记。听到圣恩大学朋友提到女人便想问这女人的故事。人没有说到这女人时节，我也曾当成无意中去问过。得来的答话，又多使我不受用。我是就在爱这女人不？没有爱。不能忘，但并不是时时的念到。在别一地方，望到别个女人时，我会忽然因这眼前的人想起那据说很美的人，这有之。

也并非是为想看这女人一面，我才常常到圣恩大学去找朋友。但到了那里，时常遇到些女生，我便不能禁止我不去在这些女人群中搜索那女人了。是曾有过一次两次虽搜索到仍然以为不是轻易放过的事？我自信不会有过。因为这女人我虽不认识，我已自信是俨然很面熟，这不消说是全恃朋友无心的描绘，给了我大的深的印象了。

有一次，到那校中一个朋友楼上宿舍去，谈着话，忽然听到上课的钟，我半闹玩笑的向朋友说：听八曼君说是贵校有许多好看女生，想站到洋台去偷看一下，悖于礼节吗？

“那怕什么？成，咱们去。”朋友就拉我的手出房门到了洋台上。

我心跳。我不让我的心中诡计使朋友明白。我注意到每一个进第七课室的女人，因为我先听到朋友说过这课室为教生物学用的，而女人所念的，也就是这门功课。时为十一月天气，照例无雪无风也很冷。大家手挟了书本，都把头缩到两肩中间。女人们，则多用大粉红围巾缠绕着脖子，要想从脸相中去分别这人的媸妍，不比夏天容易了。就是身体结构也难于判定美恶。我站的地方，又是当课堂对面，除非是进课室的人站在门前回头来，我无法去望觑这人的脸嘴。朋友 H 陪到我站在那里，也像并非无兴趣，但失望，我不敢相信他会比我望人望得更清楚。然而若是这一班有朋友爱人的功课，我却相信朋友 H 不会轻轻看过！

许多男女全进去以后，没人了。心跳是空的，我自己惭愧。我先朋友走进房，但当进房时节听到楼下的笑语，是两个女人，使我想忘形飞奔出去，又恐朋友笑，就同朋友坐下了。

在暖气管边剥花生的朋友 H 君笑着问我：“见到好的不？”

“窝窝头，像全是粗料点心。”

我们两人相互笑。笑我们比喻。

我继说：“我听八曼说，女人蛮多精致的，像是八曼故意闹玩笑，然又听……”

“好的在后头。刚才你进房以后，下面的笑声，那才是从一个美的女人口中吐出呢。故意落在后面让你瞧，你又进房了，怪谁？”

听到朋友说是美，我就想到这必定就是那女人。不知如何忽然怪难受起来。

勉强着问：“是谁呢？”

“这八曼总早同你说过，”朋友说，“是我们校中的一朵黄色玫瑰！”

我要哭。我悔。慢一点进来，我就有福了。进来以后听到笑声又追出去，也就看到了。“这中有天意”，我心想：不胜讨厌我自己失计。我的心事一半大致为朋友暗里瞧透了，他说有法可见到，马上就成功。

朋友是一面念书一面还作事。办公室在楼下无一人。朋友的计划，便是要我同他下去，回头下课时节叫人找那女人来商量件事情，事情当然是功课一类不要紧询问，实则我从这机会上便可饱餐一顿秀色了。我不敢。不愿意。不好意思作这事。这就只好等下次机会去了。我怕因此朋友疑我笑我的胡思乱想，就说看看女人也平常，藉故似乎是多事，要看等下一次机会也像并不迟。就算了。回头到下课时节，我仍然怕朋友瞧透了我心中的鬼，索性不出他的宿舍门，听到外面楼下笑，超乎一切男女清锐发着三月嫩草新鲜的笑声，我知道这是那个女人，心中又偷偷的在跳。

另一次，在另一个朋友 Y 房中，见到一张圣恩大学年会团体像，不让朋友注意我去数着那群女人的脸嘴。

“我告你，这里有几个，看来使人又舒服又不好过的女人，我的大同乡。”

Y 是福州人。同乡是谁我已明白了。

把相送到 Y 的面前，他便为指出。我在他意料以外，感着大的兴趣看他所指的几人。

“这顶好，说是本校的皇后，瞧，不是漂亮？”

Y 的手指压着相上一个女人的腰部。我望 Y 的眼睛同到八曼上年谈到这女人的时节一样的发光，了解了。

“你莫以为不比其他不同？可以看这个。”Y 于是回头到抽屉中乱翻，结果翻出一样东西来。

一个六寸卡片有五个人影。上年纪的我认识，他是生物学者。其余两男两女中间我认有 Y。但我还认识一个，是那朵玫瑰。

我想若果 Y 懂得到我目下心中的蕴藏，马上我会便为这人打死了。

我当成望另一个女人的那模样说这是很美。朋友笑。朋友笑的用意自以为幸而不为我望这女人称赞的样子。实则我一眼已看尽这相，以后遇到这女人，似乎就是暗中摸也摸得出。

“怎么又一起照这样一个相？全是同乡吧？”

“不。四个人上O的功课，上次一同到O家中去，就照得了。”

接着Y同其他朋友一样供了我些新材料。朋友说到这些话时万万料不到是给我在造孽。这一来，对这女人我不单是已若见过面，且莫明其妙的关心，更糟了。

然而在平常时候，我仍有我的事做，不会便让女人影子永远占据我全心。固然听人提到时，免不了要从那话语上，引起一点难以说明的羡或妒成分，究竟也很有限不至于长久吃亏。

女人好的是很多。好的女人随了有钱的在一块，也成为自然趋势。间或为这个女人着想，将来能够得一又有钱又年青的丈夫，则自己也像了一桩心事一样。看样子，在圣恩大学校中未必少这样的一个人，这女人前途可贺是一定了。但一想到自己也是人，也并不算很年老，却连希望一个再平常一点的女子见爱也不敢，则同时又未免伤心了。为别人想是安置到那极幸福的环境中也像并不过分，为自己想是觉到总应与人差一等或竟相差数等：经验使我自贬自馁，常常教我疑心我自己算不得这一时代的青年，尤其是在女人的选择以前，我为我自己所估的价的卑低下贱（为这还哭过）。过去的经验又明白的告我，照我所拟是不会错得很远，我能大胆狂妄说是这样好的女人像我这样的人难道也有分？在心中，纵免不了要多少造一点孽，真是有限得很！我到一明白我的为人，就释然，连痛苦也没有了。在许多事上，我曾制止过我的妄诞思想，这女人，则根本便以为在我心中造孽也不合我的身分。然而仍要有那莫可捕捉的轻烟，游丝样来去，我无法！

因了这个女人有一时节在我心中搅起的微波，我俨然想从卑贱中自拔起来，是有过的事。若说我是为一些希望，人才活下来，则这女人的印象，对我帮助也不算不多！

这能为那女人知道？这能为朋友知道？都没有知道必要。我怕人知道。明白了，也只有嘲笑。因为卑贱的人爱高尚的人，这比一个穷人求神赐福与他还觉不应当。人类所能的除冷嘲外也没有给穷人的东西，这我已早熟习了。

是四月，到一个大学大礼堂去看剧，同到一起有三人，随意的说话，无规矩，无忌讳，很以为有趣。过了一阵另外来了几个不认识的人，全年青，其中一个瘦个儿的小子则尤其出众。我脾气是看人不问男女的，只要是美都能使我神往。望男人既少嫌疑，则更随便的丢开台上音乐望那白脸瘦小子。

“不认识么？”姓齐的友人像唯恐此人听见一样在我耳边说。

我说：“不。”继着我问他，“老齐你以为这人标致不？”

他说还有人赏识这个人呢。问他那赏识那白小子的人是谁？说是他们校中那皇后。

我感觉到一阵冷。但我随即自制到自己，问这人同朋友齐的同学是何等关系。

朋友初没有作声。我仍然去望这白小子。怎么不逗人爱？洋服穿得那么的合式，人又像用精致模型印出的，并且那鼻子，那耳朵，那眼，……还有那适宜于“说谎”“献媚”“接吻”的一副又薄又红的嘴唇，若非天生这人特为让女人去爱，就是天生这人让他去征服那世上顶美顶骄的女人。在没有得朋友解释以前，我已断定这小子不必费多大功夫，就已把那女人的心抢到手中了。

“让你瞧饱了。”他说。朋友见我回头过来不再望那小子，以后才对我笑说。

我说：“已经看过了，饱则将无餍足时。”

我同朋友又相对而笑。

其他朋友正留神台上的戏，我们两人却来谈论这事情。

以下是老齐的话：

“你知道，这个学校中是出名了的产生小白脸。这不过算一个二等货罢了。那一天有空时节，我还可以引你看那第一漂亮的，要你癫！

“我们学校一搬家，我们就说如今同这学校成比邻，恋爱的侵略主义，恐怕免不了。果然，来了。一搬不久情形就变了。想法阻止这势力，结果大家总绝交。

“但你相信这是办得到的事？冬天一到来，我们的池子里全结了厚冰，帝国主义者，此时利用天然机会每天总有二十人过来溜冰，从此……”

我心想，这无怪。

“这白小子就是个玩家，从溜冰上把我们的皇后的手得机会握着。从此牵手溜。从牵手溜上，我们全校的皇后，便成了别人的个人皇后了。”

“瞧，他在望你！”

顺到朋友的话我也去望那白脸小子，我们打了个照面。或者朋友后面那一句话已为这小子听到，似乎不敢再望我们这排了。

唉，那样嫩的脸，怪不得人爱！

我想打这人一拳，又想为他作一个揖说一声贺喜。但不消说两者我均不能做。我又自笑自己的瞎猜瞎想。当到这人面前我重复去留心他那一双手，这就是在某一时节把那女人抱着搂着的手呀！啊，多幸福的一副臂膊！看他那种懒懒散散的姿式，就有一种骄傲存在，又像满不在乎的模样，多毒多凶的一种态度！这手岂但是专用去抱这女人么？不知还有许多光致致的艳丽身躯自己到这臂膊上来！

为这叹息羡慕妒嫉全是很无聊，觉得除了换换空气我无法能把我从这种自私切齿中救出，我于是借故先离开这会场了。

“什么时候我总得见这个女人！”想是想过。光是想，也没有设过法去寻找那机会，随即又忘却，距见到那白脸小子以后又是四个月，到初冬，听人说是这皇后已毕了业，书已不念了。

始终是没有见到本人，这纵有那淡淡的怀想，若无人道及与这女人关连的一切，我是把她位置在一切远的陌生的人一类中，只保存这稀薄的脸相，上半年所能引起的难过，近来也很少有机会再来引起了。

今年天气特别好，初冬到十月将尽，树叶还未凋，且每日晴朗无风，像为我这懒人凑趣使我想到西山去。到西山，又怕那些琐碎的麻烦。就到圣恩大学朋友齐君处去搅扰他，要他丢下功课陪我到圆明园左边去看红叶子。

没有所谓预兆告我以这一日的幸遇。但本应早上赶上车子的我一直等到十二点，才动身，这就是奇怪！

上到车子后，有了五个人。人越来越多，挤过去。生平怕同女人一车的我，如今有的是机会红脸！自视身上寒愴又深怕因同人相并排时脏了人衣裳的我，心更加不安，然而我又不能就下车。让脸红着不管仍然移身过去了。

人还有上车的来，作着已不高兴勉强移身往里的我，自己觉得是皱着眉成八字。我也不敢看左右的人。我只明白这全是女人，且容易明白这是圣恩大学的女生。

车开了，风吹着，才觉得从对面身旁女人身上发出的香味芬馥。我心想：是这样，就正是在鼓励男子向上的一种工作！这本身，这给男子的兴奋，就是诗，就是艺术，就是真理！女人就应作女人的事。女人的事是穿绣花的衣裙，是烫发，是打粉，是用胭脂擦嘴唇，是遍身应洒迷人的贵重香水，没有别的！在读书中间，也不忘记这类事，这女子算一个好女子。一面求知识，一面求美丽，真是女子一种要紧的训条。在两者中有不得已将疏忽其一面时，则干脆把求知识的欲望放下就是了。人的生活是两种意义，精神物质各一半：但女人，求知识的结果是经济独立，是物质上有机会自谋，然而空有知识缺少美的人，那这人虽活下来，却并没有爱，没有爱，仍算不得生活！爱的原则纵不全为性欲所支配，至少多半要建设到外形美恶的基上，美的审定同时有优生选择的意义，是以把一个不漂亮的公主同到一个标致乞丐少女在一起，按到爱情的自然趋势，人所要的仍然是乞丐，而美的成立，又并不是纯粹的天然，比称搭配有一半，从这看来女人爱美收拾更是天公地道了。想使人人对这世界更觉得可恋，同时对这世界又感到不满，就全在女子！一个民族的活泼努力，是因有女子这东西站在反正两个方向的刺激，这例子，从法国去找寻再好也没有了。单看法国巴黎娼妓的多以为这是女子不同男子平等作工的妇女问题，从而笑法国人的堕落，不是真能懂法国的人。叔本华，恨骂一辈子女人，实则便是女人这一件印象，把这天才如一块铁一样乘热敲打成就一颗时代的尖钉。女人没有美，我们的世界，便长久是阴郁的梅雨天气，再不会有万花齐放的三月春天了。

车还刚开到东单，坐在车上的我便有过一大段的感想。把头老老实实低着让那些粉香汗香的攻击，我渐渐就不再想什么，专去从这各式各汇香味中来消磨我的神经运动了。

过了南池子，又上一个人。这又是个如我所谓的中国有用的女子。有这人来其他几人全谈起话来了。听别人谈话，几乎成了我一种嗜好。这样的一来，我觉得虽拘束也可以在拘束中享受一点小福，很自幸。他们没有谈话时节我就免不了要疑心是正好玩似的注目于我的身体，也许所想的也会与我都有关。这时显然就开释我了。

“是吧，O 先生也不能够即回。”

说这话的先说话时我就疑心这是 O 太太，这时别人问到博士 O，她答着，我知道我已猜准。她与我并不怎样认识，还是去年见过一次面，我想她未必还记到我，我就抬头作为望前面大路似的去看她，一点不错！

乘此一举我的目光溜到各个女人身上去。

怪啊！稍稍斜对着我的那个女人，在我刚望着她时，她是正把那大氅护颈皮领子折下，露着一个孩子似的小圆脸。我几乎怪喊。我不能分明我目前的一切。一种光焰（一种奇迹显示似的光焰），炫耀着，闪烁着，燃烧着。

我脸上不知羞耻的发着热了。

为什么我要红脸？难道人一见我就知道我在她身上造得有什么罪孽？红是已经红着了。我不敢再装作大模大样的望人，但我能明白我的红脸已为人瞧见，就深恨无法可把脸的全部暂时隐了去。大致认为我是她同学，认错了，见我望她她就想点头似的微笑，别人没有因误会而红脸，我却害起羞来了。

我不敢想，假若真是如同八曼君一样每日同到这人上课，我是怎样的幸福，或是我将怎样的苦恼。就是这一次，我就永远可以把握到这印象了。

为了脸红我自视就觉得非常伤心。别的比我年龄总小到三岁四岁的白脸少年，在这女人面前是如何放肆，手与口，又如何自由！

我则因了生来无用面目尾琐竟连抬起头来作一度刘桢之平视也不敢，我纵算得是个人，也算负疚在心的贼一样的人，勉强羼在这些上流绅士小姐队里来罢了。

不敢看，却并不是不想看。我耽心我一看到这女人的脸部时，又碰到这一对眼睛，我会第二次逃难。我怕从我红脸一事上给人笑话以外还容易给人嫌憎。过一会，低着头，到颈部微微发疼了。汽车骤然停止，为让一对面来的大的军用车的路。各人争着延颈看，我借此“随喜”。

把身子端正，略略起身脱下那灰呢西服大氅，便露出那身内衣。将淡黄缎子镶于浅天蓝色缎子短衣的领头袖口，裙用深砖青哔叽料子，一种朴素艳丽比称的美如站在黄山老君石下看杜鹃花，只想身体隔得再远一点则反而似乎心的距离更近。

我看到我心上的烟腾起了。

若我是人，则这在我身边坐下的是神；若她是人，则我只能算一匹狗了。无论如何我们是不能算作一世界的人。把车上其他的人相比也一样。这种区别不像一个穷人对百万富翁的区别，也不像大王与伙夫。再过二十年，也许我们可以算是一同生在这世界上的人，这时则她不属于神我们便应算猪狗。天然的美的巨富，岂止能给人嫉妒，它把你理性善恶爱憎名词全取去，只让你惊诧这天工雕凿的手段，连动弹也不能有自由！在这整个的美型的前面，如其你人，是还有着那凡人的普通认识，则会令你只想骤然变得聪明伶俐便好为她当差。令你只想忽然能变一只小狮子狗，好在她面前打滚献你的谄媚。令你觉到自身的奇丑褴褛。令你忽然感觉到灵魂发光，又自视极小。

这是什么意思？我不明白这大神奥妙。若说女人便应这样美，则为什么其他那么多女人又全不同？若说这各有造化，这大神的自私便该咒！

一个看似滑稽实则异样怆心的想头忽涌上心来，我想我若有一种足以制人死命的器械在手，我会在这车上演一幕喜剧给这些男女瞧看。并且这喜剧的印象将从这些目击者的传说使延长到许多人心中，经过一百年还如目前的情形。我要把这人的血流到我的血上，我们的血将在一块流。我将因此得来世人一堆咒骂，一堆怜恤，并一堆眼泪。唉，不要枪，也不要刀，也不要一颗针之类，我只要有那疯狂人的血注入到我的脑中，用我的力我能把这人扼死！我这样的作去未尝不是为这世界把那美永远保留下来，我这样作去我自己也未尝为失计，我不作，我只一人演这悲剧给我自己看，该死！

从京西回来，遇到朋友B，对他说是在去圣恩大学的车子上，我非常满意我的机会，因为一个圣恩大学美的女生给我同一车，视官上的盛宴可算幸福大极了！

朋友只苦笑，是怜我。意思以为这若算幸福，那些同到这女人每日上课的人又将怎样来计算他所享的福？并且那将来作她丈夫的人又怎样来说？

我也并不再去与朋友B哓辩。明知道，在人的应有生活享受中我简值就不算得一个人。譬如一个火炉在别人却是拿来燃煤烤手的，我却看一次这装潢美观的炉已感到温暖，还说什么？

天气已大寒，北方的冬又来了。因了经过说是在作文化运动类乎恩人的书铺掌柜，指定一笔给我的款子，到头延了期，不得不把仅有的三床薄被之中抽出一床搭在朋友新为我赎出的棉夹衣去当，天冷被薄晚睡一点也相宜，就独坐下来，回想我到这世界上与人发生的关系。听到打了更，是三下，还仍若有所恋粘在临灯桌前一张藤椅上。脚已冻得发了木。这时候，是许多人正做好梦的时候，醒着还很少有人怀念的我，在别人的梦里总不会有我的影子吧。

我要肆意痛哭了。到明天，一种照例因为时间推迁新的生活也许便能把我过去一切忘了去，这时让我犯罪把握着这女人给我的印象来哭一场。

我无形中已被世上许多人痛殴过了！

本篇曾以《这个男人和那个女人》为篇名发表于1927年11月21日～26日《晨报副刊》第2128～2133号。署名王寿。发表时有开篇一段话：

近得读一文，乃悉畏友百福君亦为人引为目下知名之士，名预于一群佳人才子之末，可幸也。吾亦滋荣。

就其寓，则友方据床头，拥败絮，仰屋而嗟，嗒然若丧。怪之。“知名之士，固应如斯乎?”

曰：“惟知名之士乃应如斯。吾将何所恃而不如是？夫彼马车行中人，固尝曰，吁，吾固有骏马八匹，此为乌骓，此为飞电，此为拿破仑，此为某某：然则非真良马也。间亦有之，十之二三。余则骠壮可观而已。且不论马之真良与否，然为人利用则一。今吾名与小姐名人并列，非八骏之意乎?”言既乃相视而作苦笑。

继询其究竟，则因怯于见饭馆中人，已试行绝食一次矣。因相与过市端小馆吃炸酱面。且勖以勿太自弃。

“马因饥而病，宁复为主人念及?”友之言，使吾悄然以悲。言虽沉痛，复何补于事实。勉之曰，“君休矣，收拾牢骚，且作工，毋自馁，忧能伤人，兹可念也!”

回寓乃以其新作相示，意吝不欲使他人知。然吾怂恿之，谓以此示人何害?

作文为己，初不为人。……因写此数行，附于文前，盖以明吾友近况云尔。

吴自宽

一个妇人的日记

题目是《一个妇人的日记》，接着写——

四月十三日，天晴

周嬢[①]早上来，借去熨斗一个。母亲问她是儿子好了么？说是不呢。借熨斗去就是为傩傩缝新衣。因为亲家那边愿意送三妹儿过来冲喜，又，前次光兴师傅为到天王庙许下的红衣，时间是到了，病虽不曾好，也得把愿心了下来，因此到蔡太太家借得六十吊钱，三分息，拿来缝衣。……那老妇人也怪可怜，傩傩倒在床上不起，什么事都得一个人去做。

半日后，得四弟来信，一个人还在南京。生活是很好，母亲听了很高兴，饭似乎是多吃了半碗儿。

四弟同时寄了一本妇女杂志，还有两份报。

> 大嫂在家中原是无多事，可以看点书。莫把往日所能写的一笔字荒疏，要什么帖，这里都可得。万一将来还寻得出升学机会，则大嫂再到学校去念书也不算很迟。
>
> …………

照四弟的话，把半年来都不曾动过的笔砚取出来学写日记；还不知能继续到几时？

晚上看报，把时事念给母亲听了。母亲说是人老了，不知道眼以外的事也省得许多麻烦。但听到北京做总统都无人时，又说应该把住在什么天津租界内的宣统皇帝请去，也好乘到没有到土内以前看看前清那种太平景象，享一点如今真无从享的清闲福。

四月十四日，雨

早上在床还不知道外面落了雨，想把母亲那霉了的袄子晒晒，谁知雨是约在天亮以前就落起，不大，所以瓦上不听到响，枧筒里也无檐溜，到起身时，雨是落得厌了。

母亲也不知，还拟请老向媳妇来家洗帐子。到后说及都好笑。

在吃早饭时雨是止了，天也像待要放晴的样子，很明。无事可作，为母亲念了一会报，把副刊上四弟做的文章也读给母亲听了。

“新诗我不知是说些什么，也亏他做呢。”母亲笑笑的说，极见了四弟会做诗，心里是高兴了。

四弟寄这些来大约也就是要母亲高兴。

四弟做诗不用韵，句子不整齐，但又不像词，读来是也还像好的，但好处我就说不出。

雨在十二点前一直落到上灯都不见休息，母亲比平时略早一点就睡了。

看了一会妇女杂志，又丢到一旁了，很倦却不能眠，想了些什么，听着极其低微的雨点打落的声音，到十一点以后。

四月十五日，上半日雨，晚晴

不知在什么时雨是加大，在床上，就可以听到活活流着的枧水了。

早上用白菜煮稀饭吃。母亲说极好，要晚上又做。

大姨来，带了一篮子粑粑。昨天为七妹抓周打了禄，大姨怕母亲又送礼，所以不报母亲去吃饭，今日把粑粑送来。

“怎不引七妹来呢？”

“雨大，不然也是挣着要来！”

“大姨是怕我送不起礼，所以为七妹打禄也不告我么？”

“那里，”大姨把脸掉向我，“你看，你婆婆就只是那么一味冤枉人！”

“母亲说得是对，大姨恐我们费不起，就连为七妹满十岁打禄也瞒过了。”

“哎哟，哎哟，你两娘母是那样来冤我！你是不应当帮着婆婆来对付你大姨的！”

到后来是大家都笑了。

大姨去时，母亲执意要我把那一串五百制钱放在大姨篮里去。这样的制钱，在如今是见不着的东西了，母亲钱柜却还收藏有七八串，遇到逢年过节，就用红绳子穿好，每一百为一小串，来打发那些到家拜年的小孩。

“妹，你体谅一下老婆子吧，我还要到别处去看看，那么重的东西，会把你大姨骨头也压疼！”

大姨是把钱置放在琴凳上就走了，母亲说明日将打发向嫂送来。

快要到天黑时，天上的云忽然红起来了。母亲说这时天上必有虹。但除了一片花霞在镶了边的黑灰色云里，很快的为薄暮烟霭吞吃外，我什么都不见。

照母亲的意思，在灯下把给四弟的信写就，母亲去睡了，在信后我加了像下面的几句话。

——四弟：我信你的话，当真是作鼓振金的在每日写日记了。只是读书太少，从前的又荒疏太久了。几多字就写不出，且不知道记些什么为好。写日记就能帮助我做文章的进步么？我是用不到做文章的，但有时心烦，也想写得出时写一点什么感想之类在日记上，好留给他日自己看。你寄来的书收到了，希望以后再多寄一点，把你做的诗念与母亲听，她真高兴！你是知道许多事情，比我高明若干倍的，看是怎样好，就怎样指示我，我好也来努点力。……

四弟的像似乎比去年出门时胖了一点，到明年，又到他哥哥那么年龄了。母亲还不为他订婚。其实四弟在外面纵是得了一个什么女人，未必又比母亲眼睛下选择的好。他又并不反对在家中订婚，只说是在外事业不佳所以不提起这事。不知母亲意思何如。难道是因为侄子隔了一层就不必怎样注意么？四弟他是一个人，小小儿孤孤零零在家中养大的，小时候的教养，母亲都不辞烦琐去照料，这事何以反而任他？我不懂母亲的意思。

四月十六日，晴

得了一个可伤的梦。像是在别一处，又像是在黄土坡的旧家，见到直卿从外面来，忘了他是已死。

直卿仍然是笑着嚷着，一见我就近身来……

“你有过好久都不刮脸，你看你胡子都刺人了！”

他只是笑。

“怎不说话？”

我这时忽然又记起他是死过一次，所以忽然害怕，往里就走，遇到家里的爹，告爹说适间见着直卿，瘦了一点，还是旧模样，爹就跑出去追他……

醒了，追想着很分明的梦境，就哭了。

听更声还只转五点。以后也没有再睡。就在床上味着那笑着嚷着的直卿的脸相。哭是今年第一回。

头只是昏沉，怕母亲知，还是先母亲起床。

母亲于早饭后到南门坪去看周孃家傩傩，拿了昨日大姨送来粑粑的一半。母亲刚出门，义成铺子里即送来十斤茶油，告他没有钱，老太太不在家呢，那伢仔说不要紧，连坛子放下就走了。晚上母亲回，才知道是母亲从铺前过身时订下的。母亲说拿五斤为四弟炸菌油，遇到好菌子时就办。

文鉴同他娘于下半日来，坐了一回，又谈了一阵近来四弟的情形。

“我可以为他做个媒，廖家桥张家亲戚那大妹乖极了！”

“你下次来试和我妈谈谈吧。”

“那大妹真好，样子脾气都配得上四弟。我文鉴是太小，不然我是将留到自己做媳妇用，谁还愿意帮别人做媒？”

我恿着她，要她等另一次试同母亲去谈谈，她答应了。走时把大姨送来那粑粑取十多个送文鉴，两娘儿就去了。文鉴小小的就非常懂事，也亏得他田嫂子生到这世界上才还有点趣儿。若我的碧碧莫有死，则七月初五是五岁了，不知又是如何的乖。母亲又是如何的惯恃。……这也是命。

听到外面吹小唢呐，要帮工张嫂把那四只小公鸡都捉去阉了，二十文一只，一共是八个铜元。母亲回时说是应得关到笼里去，不然它一吃了水，将来又会咯咯开叫了。告母亲粑粑又去了一半，母亲说我们又都不大欢喜吃糯米食，正好明天谁来都送去，免得发霉。

院子里那一盆慈菇，经了雨，叶子更其绿的可怜了，上旬数着是九匹叶子，如今是十四匹。月季忘了收拾，开着的热热闹闹的花都给雨打落了。人也是这样，一阵暴风雨吹到心上来，颜色也会于很快的时间中就摧残憔悴得不成样子的；慈菇般的心肠呢，因此会使叶子更其肥壮。

今天日记写下了许多，像这样记下去，到年底真会有颇厚的一本了，也是可喜的事。

四月十七日，晴

要张嫂喊老向屋里人来下帐子去洗。

用鲫鱼川汤作早饭菜，母亲说这非常好。近来鲫鱼卖五百多一斤，比去年贵一半了。但比较鸡同鸭子算来，还是合宜。鲫鱼好是好，却多刺。母亲不爱那无刺的鳜鱼，喜欢鲫鱼，每见她老人家筷子一动，心就一跳。她又不要人帮她拣。阿弥陀佛的是从不闻鱼刺签了喉。

黄土坡家中教人来接，问了母亲，稍稍收拾下，就同来的那女人回家了。到家见了爹，像是胖点了。问八弟，才知近日棓子涨了价，爹拟不久就下常德，棓子一共是三千多斤，还有四十桶桐油。

八弟是因了我回家，特得许可，逃了一天学，因此对我异常高兴。要我拿钱送他试去采买一点新上市的枇杷吃，不久就大大的提一篮枇杷回来了。

“爹是不准吃的，姊姊你来，我就叨光了！”把篮子顿到地板上的八弟，蹲下去把胖大的都拣给我，自己选那小而熟的。

“八弟你少吃点。为哥哥留一半，不然爹爹又会说你淘气。”

“是，我知道呢。”他也怕爹爹知道是他出的主意，吃了些就玩去了。

到家中看到爹，姨娘，朱嫂，松弟，柏弟，八弟，在一个桌子上吃了饭，恐怕天黑，就回这边家来了。母亲同宋婶子正吃着饭。宋婶子说：“听说是回娘家做客去了，我怕你不会回来的，你婆婆还留我做伴！”

“有偏婶子了。早是不知婶子要来的，不然也不去了。”

母亲不知道还以为是有许多客：“请了些什么人？”

“一个都没有！是为爹不久拟下常德卖棓子，所以要我转去坐坐。”

宋婶子于断黑后挣着要回去。母亲也不好怎样留了，只把那剩下来的粑粑为几个小老表用手巾包去。

晚上母亲说怕是吃饭太多了，腹略有点疼。煨了点糊米茶吃，母亲出了些汗，即时像就好了点。恐怕母亲半夜人不安，是夜灯只捻得很小很小，打了三更始上床。

四月十八日，晴

母亲是像是忘了昨夜的腹痛，很早的就起床了。

“大妹你还莫醒么？”

在梦中为母亲惊醒，母亲是站在床边笑着。我想起身，又为母亲按倒下去。

“妹你莫忙，还蛮早咧。我醒了，想起今天是佛生日，还得到玉皇阁去找到师母，所以早早的就起来了。我洗一个脸就出去，顺便到大姨家去邀她。大概是晚上回吧。”

“妈是全好了？”

“早好了，昨夜睡得也很好。妹你昨夜太睡晚了，再睡睡吧。我报了张嫂，为你买了早饭菜，那坛子里盐蛋你欢喜吃正好用新辣子炒吃。”

母亲何时出的大门都不知，起床时已是十点了。

太阳甚好，把母亲皮袄都取出到院子中晾着晒，那件青宁绸面的脱了许多毛，我那件狐腿坎肩似乎也有了点毛病了。看妇女杂志上说是用樟脑可以杀虫，用汾酒喷可以使毛不脱，因不知喷法，只令张嫂买了两百文樟脑，做小包分置在箱子里。

收到四弟寄来报五份，有画报一张，印有北京清宫内里景物。听说是近来清宫里只要花一块钱即可入内去参观一切，黄瓦红墙，俊伟富厚，真不知是如何有趣！四弟在北京时总是常到过的吧，可惜我们是无从梦及。

母亲回时携了一包新鲜的枇杷，说，妹，这是特意为你拿来的：刘师母园里折来，我是只能吃一两颗尝尝新，应下节候就有了。不知我还比母亲早得吃。

在灯下为母亲念报，又把四弟为直卿做的一篇纪念文章读给母亲听。

“是这样咧，可怜他们两弟兄当年在当兵的那时。你四弟的确真小，听说做了书记后别人还为他取了个绰号叫‘躲师爷呢’。”

念到后面，母亲是眼眶子全湿着在那里默听，我也无从念下，只说文章是就此完了。

不知这文章是不是四弟一旁脸颊上流着大的泉样眼泪时写成的。他大哥，除了在母亲，在我，在四弟；几个人心中似乎还生存外，如今是又生存在这文章里了。因此也就使我愈觉得可伤。若是两弟兄还是一同存在，一同做着事，不相分离，虽然是无从使母亲见面，母亲也会少了一点忧愁吧。家中有直卿在，也不至要四弟一人来撑持，四弟也可以去多求点学吧。看四弟的相，身体比他大哥似乎还要单，可怜一个人从小到如今还是那么无可奈何的到处飘，也都是为我们母媳两人……

恣意的伏在床上哭了多时，又恐母亲知时心中难过，只好用被蒙了头。

……（间了十二天）

真像是书引出我许多的烦恼。在往常，像不至于那样。

近日只觉得一堆一堆苦恼，竟如同蜂子样飞拥上身来。我又像新发见缺少了许多东西。

本日晚得四弟信，说不日要归家，因卖文章得了七十块钱，所以路费就有了。母亲听到是极其高兴。

五月初五日

端阳，晨，三姨送粽子来，同时又送了一对鸡。母亲叫张嫂把那小一点的鸡婆杀了。到吃过早饭后，周家又送了粽子同糖点心来，因为太多，母亲叫来人拿回去，赏了他四百钱。

八弟来拜节，母亲嘱送两百钱。

“送他一百就有了，这孩子，一得了钱就去买果子吃，又不怕伤食。”

“别人那么远远的来拜节的，有希望咧。”母亲说了就好笑。

“母亲对于这些小孩子都疼得太过分了。我若是一个小孩子，恐怕还要得老人家疼！”

母亲笑。说：“小孩子是可爱的。”

人越老，对于小孩子越爱，是真事。

“八弟，你不能拿钱全买李子枇杷吃，明天我回去见娘是要告的。”

“是的是的，我买纸抄字。”

八弟去了不久文鉴来。仍然是二十枚铜子的打发。问母亲，怎不给小钱，说是小钱留到过年用。

母亲说：“文鉴，要你妈晚上来吃饭，吃皮蛋，吃白片猪肉。”

“好，好！”就走了。

“记到要你娘来，我们等她哩。”我追出去告。

“好，好！”这小孩，跑得像一匹脱了笼头的小马，想必又拿钱到老端那里买蛐蛐笼去了。

文鉴妈来了，母亲想打牌，要向嫂去接几个客。

接大嫂，接刘干妈，接宋婶，接伍家婶子。我猜详，除了饿牌的刘干妈，其他的人都怕不能来。告母亲：“怕不能来吧。”

母亲说：“妹你为我想一想。”

“我想在过节还能出来打牌的，恐只有刘干妈一人。”

“那邀大姨的大妹来，说你要她来。”大妹是大姨的大女儿。

“好，要她来，周姊也要来，䓫你打一个，就够了。文鉴妈，是能打三天三夜不下桌子的，麻将到老鼠搬家，全都来，全都会。到家里时，同松弟柏弟打一铜子一墩也不辞，还是冷笑!”

人来了，就摆场。特意要大妹坐母亲上手，好放老人的张子。牌是打“一百二百叠叠翻”，我又坐大妹上手，当母亲作庄时，我“守醒”。就站到母亲同大妹身背后牵线，好让母亲尽得好牌吃。刘干妈知道只尽笑。

因为客多了，晚饭菜上加了腊肉同板鸭。大家吃雄黄酒，用雄黄末子放到酒里去，母亲很高兴，吃酒到四杯。文鉴娘扯文鉴的耳朵用雄黄在额上画了个王字，母亲笑，说是记到前几年还为大妹画十字，如今大妹就是大姑娘家了。大妹就笑请母亲再为画一次，我也要母亲为画一个小王字，大家笑得喘不过气来。母亲高兴得很，自己也在额上搽了三点子。刘干妈也搽，向嫂也搽。晚上因为留大妹在家里莫回去，又打牌，一直到二炮，文鉴母子同到刘干妈等才转家。打牌母亲赢我输，把母亲赢的全输去，还不够数的。今天是应当我输点钱，好让这些老人高兴点。

同到大妹一起睡。当睡时，母亲告我们明天可以晏起一点的，她已嘱咐向嫂买菜了。

大妹还是三月到过我们家中的。我们预备照料母亲上床以后才去睡，母亲不答应，说大妹是客。其实大妹到这里，比到自己家里还随便，客还要跑到厨房去自己炒菜，这客也真太不像客了。

五月初六日，晴

天气特别好。老早我们就醒了，不即起，同在床上说话。

大妹说："䒾嫂子，我想把我头上的这些毛剪了，我真讨厌它！"

我是不赞成。听说别处是有好多人都剪了的，剪得是很短，同男人一样。但我想，剪得很短总不大好看。

"大妹，你这头发多长多好，剪掉也可惜。"

"我就嫌它长。一天梳，要一点两点钟。睡时也讨厌。"

"我看头发是很美的东西，你瞧我母亲，她的头发多好！我是愿意头发多点长点也办不到的。"

我又想起大姨头发也很好，三姨头发也很好，只四姨不成。

"我妈不愿意我剪，四姨说剪了很好看。"

"哈，四姨，四姨的头发不好，她就欢喜你剪头发呀！我还正想起这几个老人家为什么四姨头发就特别坏的原故！"

"她是因为病。"

当真我是不愿大妹把一头青幽幽的好发剪去的。作兴剪去以后又来悔。不过剪了方便得多也是真。

早上母亲昨夜教向嫂预备好了的小羊角粽子，还未起床就为向嫂端到床边来。大妹是在家中床上过惯早了的，脸不洗，也就吃了四五个。

在吃早饭时，大妹向母亲征询对于头发的意见。

"二姨，你瞧我剪了头发好不好？"

"那样返俗尼姑的样子。"

"四姨说是见到别人剪得很好呢。"

"你四姨，她是想把她自己的头发剪去的。"

"我也想到四姨怎么她的头发特别坏！一个人顶小，头发却顶差。妈，你的发似乎比大姨三姨都要好。"

"不，近来少多了。往年我们做姑娘时节，梳头都是搁在椅子背后搭转来作两节梳。让它披散就到脚后跟。"

"那剪去真是可惜。大妹其实近来的头发，就快拖脚了。若是像我样，剪了倒或者好点，别人也看不出是黄癞毛了吧。"我不过是说而已，我是也不愿剪的。

"我都不赞成剪去。有头发是要好看点的。妹你看头发好的髻子又梳得好看，这人去吃酒，多注目！”

大妹就不说话了。大妹笑。

我知大妹总有一天仍然会剪去，为那一把头发着想真是很可惜的一件事。

吃饭的菜是川汤肉加口磨，和昨天未切完的腊肉。大妹是欢喜辣子的，故那一碗新辣子炒猪肝辣子就特多。又有茄子，是放在饭锅上蒸好后拌麻油酱醋葱姜冷吃的。

吃了饭，仍然接文鉴的娘同到刘干妈来打牌。因为是初六，知道宋婶同伍家婶子必定无事可做了，也接来。宋婶子先来，拿了一篮子自己用草灰包好的盐蛋。不一会，都到了。客多我就不上场，大家都不依，结果是与大妹同财输赢各一半，牌让大妹打，我去料理菜。

杀了一只大母鸡，又把昨天大妹来时送的那一对猪脚加卤汁煮好。午时用鸡汤下面，称了两斤切面，吃得一点也不剩。

打牌母亲又赢。今天是刘干妈坐在母亲的上手，更会灌张子了。母亲很不好意思，故意掉到伍婶下手去，又特意把赢来的钱同文鉴娘赌第一张大。

大妹说：“看不出二姨，还会许多赌钱方法！”

“这是我跟文鉴学来的，文鉴这小子，会赌一二十种不同的方法，将来必定要成赌棍子。”

文鉴的妈笑，大妹也大笑。实在大妹就是能干人，打牌会二十种以上（掷六颗骰子，大妹也能喊出许多名字来）。文鉴的妈呢，则一到大姨家时同到小孩子们在一处，推牌九总是做庄家，且极会滚钱，母亲还不知道哪。

大妹故意装不懂，来同母亲照母亲同文鉴的妈方法赌大小，母亲可尽输，还说小孩子手兴好才赢。

下首刘干妈，可忍不住了：“二姊，你被大丫头骗了。她才是个赌棍子哪。她骗你，掉了牌的。”

大妹才把所赢的钱全退给母亲，母亲又推给大妹。母亲说：“让大妹骗也不要紧的，因为大妹同媳妇合夥。”

我说：“这是母亲故意要送我们小孩子几个节钱，又怕我们不好意思用手接，才作为不见到大妹换牌，让我们赢钱，不然怕不那么好容易吧。”

大家都笑说是的。

“既然这样说，就一五一十退我吧。”然而大妹却不再退了，明知退时母亲也不会当真就收回。

晚饭吃了大妹挣着要回去，大家就不打夜牌。客去后，母亲也很倦，很早就睡了。

在灯下来为四弟写信，就便把这几天的情形，写告给四弟。

五月初七，晴

早八时起，告向嫂洗帐子，洗被，洗桌布。

为母亲念给四弟信。

母亲说：“加一笔，问他，说我的意思，为他讲媳妇，愿意不愿意，回一个信。”

“妈，是不是文鉴的妈同你老人家谈的那家?”

“不，我心里还有一个人。”

“你老人家莫说让我猜一猜。”

我不载猜也知道是大妹。但是我先猜胡家的素小姊，次猜伍婶的侄小姊，又次猜杨三妹，末尾我装做无意猜到大妹身上来。

“是大妹。我看是好的。”

“我也说好，将来有帮手，我们两人可以欺负老太了。”

母亲说，等回信来再张扬，这时倒不必提及。

本篇曾以《老魏的梦》为篇名发表于1927年8月18～20日，22～23日《晨报副刊》第2035～2037号，第2039～2040号。署名疑瑊。发表时有开篇一段话：

> 今年北京的天气真要人招架，不是老天成心开玩笑，我想在有那么多人的北京，也应当来得和式一点才像话。下两次雨难道也是罪过么？令人不懂解。许多尊贵的大老不是膝头曾跪酸过么？虽说是跪处有顶好顶软的鸭绒方垫，然而终于跪了许多时间了，并且头上光光的，尽让太阳晒，没有遮阳器具，这是从报上祈雨摄影知道的，为什么雨还是不落？真怪。

为了躲避这不可当的暑气，每天到吃完早饭时节，我便跑到老魏处去邀他到一个好地方去玩，这地方，我这时可不愿意说，要到秋天才来告别人，是目下专利，果真一说明，恐怕我们地盘就丢了。

今天星期四，我按着一往时间到我朋友住处去。照例在窗子外听一听，是不是房里正有老魏同掌柜舌战的声音。没有的，又照例轻轻扣了一下门。扣完门，问：

“喂，吃了么?”这也是照例的。

不过照例问这一句话以后，老魏就接声，“请。”于是我就訇的把门推开进到房中了。可是今天却变了。问了“吃了没有”以后不即有回答，门又不曾锁，是熟人，我就不待什么推门冲进去。朋友是手脚齐平睡在硬木床上的，显然是因我推门才醒，我进房以后，朋友就张开眼睛，眼睛眶子两个黑色圈，朋友必定上半夜，是不睡了。

“怎么这样? 病了吧。”

“难道吃饭了?”

“难道昨夜不曾睡?”

“蚊子咬得我——”朋友说到此，不说了，起身来，第一个动作是捏了拳头擦眼屎。

接着大声叫伙计，伙计若作对样子也在柜房大声应。

朋友在洗脸当儿，才把失眠原由说明了，蚊子只有一半应负责，(因为蚊子并不是昨夜才有) 另一半，却是朋友家中来了信。

“因为得到家中信，忽然兴奋起来，就觉得蚊子比起昨夜更加多，简直不能睡。”朋友走到桌边去，理一些□纸，“不能睡。却做梦，睁大眼睛做了一夜好梦了。”

我是到近来，因了天气的原故，虽有做梦的天才，但总□少把梦记下力量的。

“你瞧吧，我是因为想起我大嫂，就写了这些。”朋友在送把我稿子以前又翻转稿子给我看尾巴，“没有结果的梦啊！回头咱们俩到那里去讨论这结局事情吧。”

①周孃，孃，此处读作 niāng，湘西方言，姑姑、姑妈的意思。周孃，即周姑姑。